中华优美随笔

世说新语

【南北朝】刘义庆◎著
周倩◎译评

北京理工大学出版社
BEIJING INSTITUTE OF TECHNOLOGY PRESS

图书在版编目（CIP）数据

世说新语 / (南北朝) 刘义庆著；周倩译评. -- 北京：北京理工大学出版社, 2017.1（2023.2重印）
（中华优美随笔）
ISBN 978-7-5682-3394-1

Ⅰ. ①世… Ⅱ. ①刘… ②周… Ⅲ. ①笔记小说－中国－南朝时代②《世说新语》－译文 Ⅳ. ①I242.1

中国版本图书馆CIP数据核字(2016)第284739号

出版发行 / 北京理工大学出版社有限责任公司
社　　址 / 北京市海淀区中关村南大街 5 号
邮　　编 / 100081
电　　话 / （010）68914775（总编室）
（010）82562903（教材售后服务热线）
（010）68948351（其他图书服务热线）
网　　址 / http: //www.bitpress.com.cn
经　　销 / 全国各地新华书店
印　　刷 / 三河市嵩川印刷有限公司
开　　本 / 889 毫米 × 1194 毫米　1/32
印　　张 / 14.75
字　　数 / 328千字
版　　次 / 2017 年 1 月第 1 版　2023 年 2 月第 2 次印刷
定　　价 / 68.00元

责任编辑 / 刘永兵
文案编辑 / 刘永兵
责任校对 / 周瑞红
责任印制 / 边心超

前 言

六朝小说有“志怪”和“志人”两大类。志怪，就是记录怪异，主要指魏晋时代产生的一种以记述神仙鬼怪为内容的小说，也可包括汉代的同类作品，与当时社会宗教迷信和玄学风气以及佛教的传播有直接的关系。志怪小说是在当时盛行的神仙方术之说而形成的侈谈鬼神、称道灵异的社会风气的影响之下形成的。志人，就是记录人事，指魏晋六朝流行的专记人物言行和记载历史人物的遗闻轶事的一种杂录体小说，又称清谈小说、逸事小说，数量上仅次于志怪小说。《世说新语》就是六朝志人小说的代表之作。

《世说新语》是南朝宋刘义庆（403—444）编撰的一部志人笔记小说集，主要记载东汉末、三国、两晋氏族阶层的遗闻轶事。《世说》之名，始于两汉刘向，但刘向所著的《世说》早已亡佚。刘义庆的《世说新语》起初亦名《世说》，后人为与刘向所著书做区分，别称《世说新书》，大约在五代以后才改称今名；一说唐初已称《世说新语》。“新书”与“新语”二名，孰先孰后，难以凭现有的文献做出准确判断，只好存疑。但比较确定的是，从宋初起，《世说新语》这个名字就已经通行了。

《世说新语》所反映的时代——东汉末、三国、两晋，是中国历史上极为特殊的时代。宗白华先生称之为“中国政治上最混乱、社会上最苦痛的时代，然而却是精神史上极自由、极解放，最富于智慧、最浓于热情的一个时代”。这一时期，经历了汉末农民起义、西晋的短暂统一、“八王之乱”、“永嘉之乱”、“五胡乱华”乃至东晋与前秦的淝水之战，是中国历史上极端动乱的时期。与此同时，民族矛盾、阶级矛盾以及统治集团内部的矛盾纠缠在一起，不仅普通百姓经受了无以聊生的苦痛，即使是高门大族，甚至天子贵胄，也不得不面对山河沦陷、朝不保夕的彷徨与痛苦。

这一时期，产生了两种新的思想倾向：何晏、王弼高谈《老》《庄》，玄学兴起，并逐渐动摇了儒学定于一尊的局面；而佛教也在中土大兴，僧侣接踵而来，大量佛经被译成汉语。这两种思想倾向蔚然成风，缓和了当时人们精神上的痛苦与空虚。但当它们与东汉末年以来盛行的月旦品评之风相结合后，大家以谈空说有、相互评议为乐，清谈之风日益盛行，更加剧了政治的萎靡与风气的虚浮。

《世说新语》一书，充分展现了这一时代的风俗、习尚，以及人物的风貌、思想，书中所涉及的人物有五六百人，上至帝王卿相，下至士庶僧徒，都记载在列，其价值主要有以下几方面：

一是保存大量史实，真实地反映了从汉末到两晋这个动荡时期的政治现状、社会百态、人民生活及思想观念等。这些记载虽然偶有失实、讹误，但因为刘义庆去古未远，又参考过当时的第一手材料，总体来说，其可信程度是比较高的。也正因为这样，后来《晋书》等正史的作者都曾大量参考此书，甚至几乎一字不动地照搬其中的内容。同时，此书通过记述人物言行，真切地反映出当时重视门第、崇尚玄思、“清谈”盛行、饮酒服药等时代风气，其历史、文献价值可见一斑。

二是因为此书形成于东汉以来品藻人物的风气之下，故主要以真人真事为描写和品评的对象，言约旨丰，文笔清雅，记事简要，具有很高的文学价值，遂成为魏晋六朝志人小说的代表作。《世说新语》可谓开风气之先，其艺术成就和对中国古典文学的影响是不言而喻的。

三是《世说新语》的精神趣味。书中如“德行”“栖逸”等所载人物的修养和精神，往往成为后世士人的典范；“文学”一章所记条目则往往成为后世文史典故的出处；至于“任诞”“排调”，则又带有谑而不虐的幽默，一言以蔽之，《世说新语》为一代又一代读书人呈现了广义的“魏晋风度”。

四是其在训诂、名物等方面的价值。由于刘义庆及其手下文士在写作时并未刻意求古，故原书保存了大量当时的语言，尤其是丰富的俗语、口语。这些词语的用法既不同于上古，也不同于近代，反映出语言的时代特点乃至地域特点，为后人研究中古汉语留下了可贵的资料。至于书中记载的名物，则为中古文物的辨识、鉴定等工作提供了参照。但也正因此书包含大量当时的语汇，使后人在释读此书时常感困难，历来学者都认为《世说新语》是一部难读而又有挑战性的书。

作为中国古代志人小说的杰出代表，《世说新语》曾被鲁迅称“记言则玄远冷隽，记行则高简瑰奇”，给予了极高的评价。文中所载人事虽各各不同，但逸笔草草、传神写照的特色却一以贯之。

作者写人，往往抓住人物的三言两语或神态举止来刻画其精神风貌，又或者通过美好的自然景物来比拟人物仪态。如“袒腹卧，如不闻”生动地描写了王羲之自然率真的性情，展现了其独特的个人魅力；而“谡谡如劲松下风”，则深刻地表现了李元礼挺拔潇洒的气质，如一股清风迎面扑来。

《世说新语》为我们呈现了一个丰富多彩而又饱满真实的魏晋时代，它也因此成为历代文人百读不厌的书。其优美的文笔引领着读者去追怀“魏晋风度”，也由此影响了中国古代士大夫的人格和志趣，成为他们的“精神桃花源”。

这次评译此书，有几点需要说明：

考虑到本书主要面向普通大众读者及学生，尽量使用浅显易懂的文字进行注译。对具体字义的阐述，各家有不同说法的，一般择取其一，不做一一说明。对于历史背景酌情介绍，而较为复杂的职官、地理等问题，不影响理解时，一般从简处理。

考虑到趣味性、知识性等因素，本书所选条目数量力求适中，不以多取胜，读者如有兴趣，可以结合其他文本进行学习。

由于我们水平有限，本书难免存在不妥和贻误之处，望广大读者批评指正。

目 录

Contents

德行第一

1

陈仲举[①]言为士则，行为世范，登车揽辔，有澄清天下之志。为豫章[②]太守，至，便问徐孺子[③]所在，欲先看之。主簿白："群情欲府君先入廨[④]。"陈曰："武王[⑤]式[⑥]商容[⑦]之闾[⑧]，席不暇暖。吾之礼贤，有何不可？"

注 释

① 陈仲举：陈蕃，字仲举，东汉人。东汉桓帝末年时官至太尉，灵帝即位后为太傅，参与谋诛宦官，事情泄露后被杀。

② 豫章：郡名，治所在今江西南昌。

③ 徐孺子：徐稚，字孺子，今江西南昌人，终身隐居不仕，有"南州高士"之誉。陈蕃在豫章做太守时，特意为徐稚设下一榻（一种狭长、低矮的坐具），徐稚走后便悬挂不用，以此表示对他的敬重与推崇。

④ 廨：官署，旧时官吏办公处的通称。

⑤ 武王：周武王姬发。

⑥ 式：同"轼"，车厢前用作扶手的横木，这里作动词使用，表示乘车时俯身扶轼，以示敬意。

⑦ 商容：商代贤人，因进谏被纣王废黜。

⑧ 闾：里巷。

译 文

陈仲举的言谈举止优雅，是士族的榜样，行为可称典范。他登上马车，手执缰绳，有使天下太平、人民安居的志向。在他赴任豫章太守之时，刚刚到官府所在地，就打听徐孺子的下落，打算先去拜访他。主簿告诉他说："您刚到任，大家都想要您先去官署。"陈仲举说："当年周武王征战天下，席子都不曾坐热，就先去商容住过的里巷寻访致敬。我这样对待贤者，是在效仿他，有何不可呢？"

评 析

陈蕃的所作所为，在当今来看实在是清官之举。他赴任之后，并不先入官署，而是去拜访名士徐孺子，并且为他专设一榻，体现了其礼贤下士的广阔胸怀。初唐王勃就曾高度赞扬他的这种做法，在《滕王阁序》中以"人杰地灵，徐孺下陈蕃之榻"表示对其赞赏，后代用"悬榻"比喻礼待贤士。

7

客有问陈季方[①]："足下家君[②]太丘，有何功德，而荷天下重名？"季方曰："吾家君譬如桂树生泰山之阿[③]，上有万仞之高，下有不测之深；上为甘露所沾，下为渊泉所润。当斯之时，桂树焉知泰山之高，渊泉之深？不知有功德与无也。”

注 释

① 陈季方：陈谌，字季方，东汉人，太丘陈寔之子。

② 家君：尊称别人的父亲，或者对人称自己的父亲。

③ 阿（ē）：山脚。

译 文

有客人问陈谌说：“太丘先生是您的父亲，他何德何能有此盛名？”季方回答说：“我父亲好比生在泰山角落的桂树一样，上面有万丈高峰，下有无尽深渊；上受甘露浸洗，下被渊泉滋润。这时候，桂树哪能窥得泰山之高、探知深渊之幽深？所以我不知道我父亲有没有功德。”

评 析

陈太丘陈寔在当时名望非常高，他去世之日，前去吊唁之人多达数万。他的儿子陈谌这里的回答是一种聪明的说法，他没有辩驳自己的父亲有多么居功至伟，而是通过比喻，说明父亲处于一个怎样的地位。这种回答委婉、客观、简约，不过多强调父亲的功德，却是有千斤之重。

8

陈元方[①]子长文[②]，有英才，与季方子孝先[③]各论其父功德，争之不能决。咨于太丘，太丘曰："元方难为兄，季方难为弟[④]。"

注 释

① 陈元方：陈纪，字元方，东汉陈寔之子。

② 长文：陈群，字长文。

③ 孝先：陈忠，字孝先，陈谌之子。

④ 元方难为兄，季方难为弟：是说兄弟二人才智不分高下。后世用"元方季方""难兄难弟"来赞扬兄弟才华俱佳。

译 文

陈元方（陈纪）的儿子陈群才华非凡，他和叔叔陈季方（陈谌）的儿子陈忠各自表达对父亲的看法，谈论父亲的功德，一时之间难以分高下。两人找爷爷陈太丘寻求帮助，让他做个公平的判断，陈太丘先生说："元方是哥哥，但也不一定能胜过弟弟；季方虽然是弟弟，也不一定不如哥哥。"

评 析

陈元方、陈季方兄弟俩虽有长幼之分，但是德行以及才华却是在伯仲之间，所以父亲对他们的评价是"元方难为兄，季方难为弟"。成语"难兄难弟"就是来源于这个故事，比喻两人同样优秀，很难分出胜负高下，后来也用于形容曾经经历过相同困境的两个人。

9

荀巨伯①远看友人疾，值胡②贼攻郡，友人语巨伯曰：“吾今死矣，子可去！”巨伯曰：“远来相视，子令吾去；败义以求生，岂荀巨伯所行邪？”贼既至，谓巨伯曰：“大军至，一郡尽空，汝何男子，而敢独止？”巨伯曰：“友人有疾，不忍委③之，宁以我身代友人命。”贼相谓曰：“我辈无义之人，而入有义之国！”遂班军而还，一郡并获全。

注释

① 荀巨伯：东汉人，因重视友谊而闻名。

② 胡：古时西方、北方各少数民族统称。

③ 委：丢下，抛弃。

译文

朋友生病了，荀巨伯走很远的路去探望，当时，正好碰上外族的强盗攻打郡城，朋友对荀巨伯说：“我眼看难过这一关了，您先走吧！”荀巨伯说：“我这么大老远地过来，您却让我走，这是让我做有违道义的事情！用这种方法保全性命，这难道是我荀巨伯干的事吗！”外族强盗进了城，碰到荀巨伯，说：“我们的大军都到了，其他城里人都已经逃命了，你是什么样的男子，敢于一个人面对？”荀巨伯说：“我朋友生病了，我不能扔下他不管，我宁可代替他去死。”强盗听了开始内部议论：“我们这些人是不讲道义的，却这样入侵了如此有道义的地方！”于是就撤军回营，如此郡

城也得以保全。

评 析

荀巨伯重义而轻生，在危急时刻誓与朋友共存亡，实在是有情有义之士。他的高尚品德感化了敌人，凭借人格魅力以一当百，使敌人退兵而去，实在是忠义勇武的好男儿！

10

华歆[①]遇子弟甚整，虽闲室之内，严若朝典。陈元方兄弟恣柔爱之道，而二门[②]之里，不失雍熙[③]之轨焉。

注 释

① 华歆：字子鱼，东汉人，桓帝时任尚书令，入魏后官至司徒，封博平侯，依附曹操父子。

② 二门：两家。

③ 雍熙：和乐。

译文

华歆和晚辈相处的时候很威严，喜欢端架子，即使在家中也不例外，像觐见皇帝那样讲究规矩。陈元方兄弟却与之相反，相当随和，但两家之间并没有因处事风格不同而产生矛盾。

评析

华、陈两家处事风格迥异，但他们在相处的过程中并没有发生失和的情况，显示出他们各自高尚的品德，可谓殊途同归。

11

管宁[①]、华歆共园中锄菜，见地有片金，管挥锄与瓦石不异，华捉而掷去之。又尝同席读书，有乘轩冕[②]过门者，宁读如故，歆废书出看。宁割席分坐[③]，曰：“子非吾友也！”

注释

① 管宁：字幼安，汉末魏时人，不仕而终。

② 轩冕：在此单指车子。

③ 宁割席分坐：后人以“管宁割席”“割席分坐”喻朋友断交。

译文

管宁和华歆在园子中锄地，发现地上有块金子，管宁依旧干自己手中的活，视之如普通石块一样，华歆却把它捡起来扔了。两人还曾坐在一张席上读书，有官员乘车打门前经过，管宁依旧读书不加理会，华歆却放下书出去观望。管宁就把席子割开，不愿与之同坐一张席子，并对其说："我们两个不能做朋友了。"

评析

管宁淡泊名利，无视功名利禄，而华歆却容易为这些所吸引。所以管宁认为华歆与他并不是一路人，不愿意再与其做朋友，因此割席而坐，与割袍断义有着异曲同工之处。后来"割席"一词一般都比喻朋友之间断绝关系。事实上，历史上的华歆德才兼备，也并非一味追求富贵荣利，所以不能因为这一件事而完全否定他。

12

王朗[①]每以识度推华歆。歆蜡日[②]，尝集子侄燕饮[③]，王亦学之。有人向张华[④]说此事，张曰："王之学华，皆是形骸之外，去之所以更远。"

注释

① 王朗：字景兴，汉末魏时人，儒雅博学，官至司徒。

② 蜡日：年终祭祀的日子。

③ 燕饮：举行宴会饮酒。燕，通“宴”。

④ 张华：字茂先，以博学著称，官至司空，被赵王司马伦杀害。

译文

王朗常常推崇华歆，对他的见识和气度表示钦佩。华歆在祭祀那天，曾召集子侄后辈们参加宴会，王朗于是也效仿他的做法。后来有人把这件事透露给张华听，张华说：“王朗的这种做法，都是一些表面功夫，这就是王朗和华歆两个人存在差距的原因啊。”

评析

我国有句古话叫“画虎不成反类犬”，这种模仿或者学习需要一定的内在，应该多注重本质性的东西，而不能只注重形式的相似。否则，只能在外围打转，永远也学不到真正的东西。

13

华歆、王朗俱乘船避难[①]，有一人欲依附，歆辄难之。朗曰：“幸尚宽，何为不可？”后贼追至，王欲舍所携人。歆曰：“本所以疑[②]，正为此耳。既已纳其自托，宁可以急相弃邪？”遂携拯[③]如初。世以此定华、王之优劣。

注 释

① 避难（nàn）：这里指躲避汉魏之交的动乱。

② 疑：迟疑，犹豫不决。

③ 携拯：携带救援。

译 文

华歆、王朗在同一艘船上避难，有一个人想搭他们的船，华歆立即说很难答应他的要求。王朗说："好在船还足够宽，为什么不让他上船来呢？"后来敌人追了上来，王朗就想放弃那个搭船的人。华歆说："我当初犹豫，就是害怕出现这样的情况。既然都已经答应了别人，怎么能因为情况紧急就随便舍弃别人呢？"于是就带着并帮助那个搭船的人一起渡过难关。世人仅凭这件事就能看得出华歆和王朗孰优孰劣。

评 析

子曰："信近于义，言可复也。"这句话的意思是只有合理的承诺才能得以兑现，不合理的承诺索性就不要轻易许下。因此，当我们对别人承诺做一件事的时候一定要深思熟虑，根据自己的实力考虑问题，不能为了沽名钓誉而许下承诺，这样会害人害己。而一旦做出承诺，就必须一诺千金，负责到底。

14

王祥[1]事后母朱夫人甚谨。家有一李树，结子殊好，母恒使守之。时风雨忽至，祥抱树而泣。祥尝在别床眠，母自往暗斫（zhuó）[2]之。值祥私起[3]，空斫得被。既还，知母憾之不已，因跪前请死。母于是感悟，爱之如己子。

注 释

① 王祥：字休征，魏晋时人，以孝著称。因侍奉母亲，很晚才出来做官。

② 斫：砍。

③ 私起：起来小便。

译 文

王祥很谨慎地侍奉后母朱夫人。家里有一棵李子树，结的果子非常丰富，后母就让王祥一直守护着。一天狂风骤雨之后，王祥抱着李树痛哭流涕。王祥曾在别的床上睡觉，后母亲自走进来，想要拿刀砍死他。恰好王祥起来小便，后母只是砍到被子上，没有成功杀死王祥。王祥回来后，知道后母因为没有成功而感到遗憾，就跪在后母面前请死。在这种做法下，后母被感动了，从此对待王祥像对待自己亲生儿子一样好。

评 析

百善孝为先，“孝”是我国传统儒家思想的美德。后母憎恨王祥，

经常无故为难他，甚至想要杀害他。而王祥却以德报怨，谨守孝道，最终以自己的言行感化了后母。关于王祥孝顺的故事历史上多次出现，比如：寒冬腊月，河中都结了冰，后母却要吃鱼，王祥便解开棉衣，打算融化冰面捉鱼，忽然有一块冰自己融化了，并跳出来一对大鱼。在我国古典神话读物《搜神记》中，详细记载了这个故事，后来就形成了“卧冰求鲤”的典故。

15

晋文王[①]称阮嗣宗[②]至慎，每与之言，言皆玄远，未尝臧否[③]人物。

注 释

① 晋文王：司马昭，司马懿的二儿子。魏时任大将军，专揽朝政，死后谥号“文”，因此称晋文王。

② 阮嗣宗：阮籍，字嗣宗，“竹林七贤”之一，好“老庄”，纵酒放达。

③ 臧否：褒贬，评价。

译 文

晋文王（司马昭）对阮籍的谨慎赞叹有加，每次和阮籍聊天，阮籍说的都是玄之又玄的事情，从来不对人物加以评判。

评 析

阮籍生性豁达，为了避免与当政的司马氏集团产生冲突，防止他们对自己的猜忌与迫害，常以醉酒的方式来保全自己，做事谨小慎微，不露出任何破绽。魏晋时期，大量名士因为被牵连到政治中而遭到迫害，阮籍正是凭借他的慎重在乱世中得以保全自己而闻名。

16

王戎①云：“与嵇康②居二十年，未尝见其喜愠之色。”

注 释

① 王戎：字濬冲，晋琅邪（今作琅琊）临沂（今属山东）人，“竹林七贤”之一。

② 嵇（jī）康：字叔夜，魏朝时任中散大夫，世称嵇中散，与阮籍等并称“竹林七贤”，为人内心谨慎，而行为狂放，崇尚“老庄”哲学，借以反对司马氏的黑暗统治，后遭陷害，被司马昭处死。

译 文

王戎说：“在和嵇康相处的二十年中，从来没见过他有喜怒哀乐的表情。”

评析

魏晋时期，名士多惧怕受到政治的牵连，喜怒不形于色。这也成为一种评价标准，即不苟言笑、清高自若等态度被认为是良好的风姿仪态，是一个人有良好道德素养的表现。

21

王戎父浑，有令名①，官至凉州刺史。浑薨②，所历九郡③义故④，怀其德惠，相率致赙⑤数百万，戎悉不受。

注释

① 令名：好的名声，美名。

② 薨（hōng）：周代诸侯死亡叫作薨，后也指高级官员死亡。

③ 九郡：据《晋书·地理志》，凉州管辖八个郡，所以有人以为这里的“九郡”应是“八郡”。但是也有说《御览》是引作“州郡”的，认为“九”是“州”的误字。我们暂从后者。

④ 义故：义从和故吏，指自愿受私人招募从军的官佐和旧部下。

⑤ 赙（fù）：送给别人办丧事的财物。

译文

王戎的父亲为王浑，有着美好的名声，曾经做过凉州刺史。王浑去世后，凉州的旧部下与官吏怀念他的德行与恩泽，一起凑了几百万的丧葬费给王戎，王戎却概不接受。

评 析

王戎的父亲生前有着非常高的威望，大家都非常敬仰他。在他去世之后，之前的部下感激他的恩情，捐出大量金钱作为安葬他的费用，表达他们对老上司的缅怀，王戎却一概拒绝。王戎的做法存于史书之中，受到当时以及当代人的赞赏。

23

王平子[①]、胡毋彦国诸人，皆以任放为达，或有裸体者。乐广[②]笑曰：“名教[③]中自有乐地，何为乃尔[④]也？”

注 释

① 王平子：王澄，字平子，晋琅邪临沂人。

② 乐广：字彦辅，晋河南淯阳（今河南南阳东南）人。

③ 名教：指儒家礼教。

④ 乃尔：这样。

译 文

王平子、胡毋彦国等人，都有着豪迈的特性，甚至有赤身裸体的。乐广讥笑他们说：“儒家礼教也有使人愉悦之处，为什么要用这样的方法呢？”

评 析

魏晋时期，不少名士崇尚玄学，以表达自己真实洒脱的一面。他们藐视礼法，希望摆脱世俗的束缚。但这种做法却是不可取的，在开放的当代亦属不雅之事，更何况在一千多年前。乐广虽然重视玄学，却也不忽略儒家礼教，对这种放荡不羁的风气不屑一顾，他的“名教中自有乐地”有嘲讽之意，又有劝解之图。

24

郗公①值永嘉丧乱②，在乡里甚穷馁③。乡人以公名德，传④共饴⑤之。公常携兄子迈及外生周翼二小儿往食，乡人曰：“各自饥困，以君之贤，欲共济君耳，恐不能兼有所存。”公于是独往食，辄含饭著两颊边，还，吐与二儿。后并得存，同过江⑥。郗公亡，翼为剡县⑦，解职归，席苫⑧于公灵床头，心丧⑨终三年。

注 释

① 郗公：郗鉴，字道徽，以博学儒雅著称，官至太尉。

② 永嘉丧乱：晋怀帝永嘉年间（307—313），政治腐败，民不聊生。永嘉五年（311），匈奴南侵，攻破洛阳，俘虏怀帝，焚毁全城，史称“永嘉丧乱”。

③ 馁（něi）：饥饿。

④ 传：轮流。

⑤ 饴（sì）：通“饲”，给人吃东西。

⑥ 过江：“永嘉之乱”后，中原士人为躲避战乱，纷纷渡江到江南。

⑦ 剡县：县名，晋时属会稽郡，在今浙江嵊州。

⑧ 苫（shàn）：居丧期间睡觉时用的草垫子。

⑨ 心丧：不穿丧服，在心中服丧。

译 文

郗公（郗鉴）在永嘉丧乱时躲在乡下，经济非常拮据，甚至有挨饿的时候。乡里人对郗公的品德非常敬重，决定轮流给他送饭吃。郗公带着侄子郗迈和外甥周翼一起去吃饭，乡亲们为难地说道：“大家都非常饥饿困顿，因为我们重视您的德行，所以愿意共同帮助您，但如果两个孩子也要一起来吃饭，那恐怕就不能一起养活了。”从此以后，郗公独自去乡亲们家里吃饭，把饭含在腮帮子边上，回来后吐给两个孩子吃。后来，两个孩子活了下来，他们就一起乘船南渡。郗公去世的时候，周翼担任剡县的县令，他辞职回家，在郗公的灵位前铺上草垫，开始为其守灵，在心中服丧长达三年。

评析

战乱中，乡亲们因为敬重郗鉴，打算轮流接济他。但村民也没有多少食物，不能兼顾两个孩子，郗鉴为了保全他们，把饭存于口中，使两个孩子安全长大。当两个孩子长大成人后，都成为显要之士，也都铭记着郗鉴的恩惠，表现出了郗鉴的伟大，也表现出两个孩子知恩图报的品德。

25

顾荣[1]在洛阳，尝应人请，觉行炙人有欲炙之色，因辍[2]己施焉，同坐嗤之。荣曰："岂有终日执之，而不知其味者乎？"后遭乱渡江[3]，每经危急，常有一人左右[4]己，问其所以，乃受炙人也。

注释

① 顾荣：字彦先，吴郡吴县(今江苏苏州)人，东吴丞相顾雍之孙，西晋末年拥护司马氏政权南渡的江南士族首脑。曾任尚书郎、散骑常侍，死后追赠侍中、骠骑将军。

② 辍：通"掇"，拾取。

③ 遭乱渡江：遭遇永嘉之乱，晋人纷纷渡江南下避乱。

④ 左右：帮助，保护。

译文

顾荣在洛阳时，应邀去参加别人的宴会，在宴席上，他发觉烤肉的下人也很想吃肉，于是，他把自己的那份烤肉分给下人吃，同席的人都嘲笑他有失身份。顾荣说：“对于一个每天都烤肉的人，怎么能让他连烤肉是什么味道都不知道呢？”后来烽烟四起，顾荣南下，每当遇到危难，顾荣的身边总有一人保护他，顾荣感激地问那个人为什么这么做，这才知道此人就是当年被顾荣赠予烤肉的那个人。

评 析

顾荣在享有荣华富贵之时，能够关怀下人，设身处地地照顾到他人的感受。当乱世到来时，却也能得到被施与恩惠的人之回报，应验了“好人好报”这句话。

27

周镇[1]罢临川郡[2]还都[3]，未及上，住泊青溪渚[4]，王丞相[5]往看之。时夏月，暴雨卒至，舫至狭小，而又大漏，殆[6]无复坐处。王曰：“胡威[7]之清，何以过此！”即启用为吴兴郡[8]。

注 释

① 周镇：字康时，陈留尉氏（今河南尉氏）人。他的祖父周和做过故安（今河北固安）令，父亲周震做过司空长史。《中兴书》中说：“镇清约寡欲，所在有异绩。”

② 临川郡：今江西抚州大部分地区，这里指临川太守。

③ 还都：回都城。这里的都城指东晋都城建康，就是今天的江苏南京。

④ 青溪渚：地名，靠近都城建康的一个小洲。

⑤ 王丞相：王导，字茂弘，琅邪临沂人。东晋的实际缔造者，永嘉元年(307)，晋怀帝任命司马睿为安东将军，出镇建业，王导相随南渡，任安东司马。他主动出谋划策，联合南北士族，拥立司马睿为帝，建立东晋政权，晋元帝即位后任丞相。由于王导官居宰辅，总揽元帝、明帝、成帝三朝国政，他的族兄从弟们均位居显要，当时有“王与马，共天下”的说法。

⑥ 殆：几乎，近于。

⑦ 胡威：字伯虎，淮南人，以清廉著称。

⑧ 吴兴郡：今浙江湖州一带，这里是以地名指代吴兴太守的职务。

译 文

周镇卸任临川太守之职，坐船回都城，还没靠岸，船停泊在青溪渚，丞相王导就来看他了。当时正值夏日，突然下起了暴雨，船狭窄异常，而且多处漏水，几乎没有多余的可以坐下的地方。王丞相说：“胡威的清廉，哪里能超过此种情形啊！”于是立即启用周镇担任吴兴郡太守一职。

评 析

胡威是西晋人，在父亲胡质任荆州刺史的时候，他前去探亲。胡威一路上没有任何仆从陪侍，只是单人单马。在要返回的时候，父亲给了他一块绢布，胡威在问清这东西乃父亲的俸禄，并非不义之财之后，才肯接受。胡质的属下在途中暗中帮助他，胡威发觉后，将父亲给他的绢布赠予这位属下，并让其回去，拒绝被送。回去之后，胡威把这件事情告诉了胡质，胡质知道后便将这名属下打了一百军棍，并开除了他。胡氏父子二人都为官清廉，十分注重自己的名声。魏晋时期，周镇也同样有着廉洁的声誉，他生活简朴，清正廉明，被王导看重并委以重任。

28

邓攸[1]始避难，于道中弃己子，全弟子。既过江，取一妾，甚宠爱。历年后，讯其所由[2]，妾具说是北人遭乱；忆父母姓名，乃攸之甥也。攸素有德业，言行无玷，闻之哀恨终身，遂不复畜妾。

注 释

① 邓攸：字伯道，弟弟早死，留下一个儿子由邓攸抚养。逃难路上，他挑着两个孩子，觉得势难两全，就舍弃了自己的儿子，保全了弟弟的儿子。

② 所由：根由，指身世。

译 文

永嘉之乱时期，邓攸为了躲避战乱而逃往江南，半途中，他抛弃了自己的儿子，保全他的侄儿。南渡之后，邓攸娶了一个妾，甚

是宠爱。过了一年之后，邓攸询问她的身世，她告诉邓攸说自己是北方人，当时正值战乱，不得以才逃到此地。她回想起了父母的名讳，原来她竟是邓攸的外甥女。邓攸向来德行高尚，事业也如火如荼，从来没有听到过任何关于他的负面消息。自从听了这件事后，邓攸便伤心悔恨了一辈子，从此之后再也不纳妾。

评 析

邓攸德行高尚，此事便成了他唯一的污点。邓攸没有子嗣，当时的人们对这件事都比较感叹。《晋书·邓攸传》有“天道无知，使郑伯道无儿”之语，表达对此事的惋惜。

29

王长豫[①]为人谨顺，事亲尽色养[②]之孝。丞相[③]见长豫辄喜，见敬豫辄嗔。长豫与丞相语，恒以慎密为端[④]。丞相还台[⑤]，及行，未尝不送至车后。恒与曹夫人并[⑥]当箱箧。长豫亡后，丞相还台，登车后，哭至台门；曹夫人作簏[⑦]，封而不忍开。

注 释

① 王长豫：王悦，字长豫，丞相王导之子，早亡。

② 色养：指孝顺父母的神色。

③ 丞相：指王导。王导有六个儿子，长豫是长子，敬豫是次子。

④ 端：根本，原则。

⑤ 台：此指尚书省，为中台。

⑥ 并：收拾，整理。

⑦ 作簏：整理箱子，往箱子里放衣物。

译文

王长豫为人谦卑，恭敬和顺，能使父母和颜悦色。丞相王导看见长豫就非常欣喜，看见敬豫就来气。长豫和王导谈话，总是以缜密的思维见长。王导要前往尚书省，走的时候，长豫总是要为他送行。长豫还经常和母亲曹夫人一起收拾衣物箱。长豫死后，每次王导去尚书省，在车上总要哭一路；曹夫人收拾衣物箱，把长豫收拾过的箱子封存，不忍心再把它打开。

评析

王悦生前品行高尚，对父母尽了许多孝道。对待母亲，温顺体贴，帮助收拾家务；与父亲谈话，显得恭敬而缜密。由于这些生前的做法，他死后，父母长期陷在悲痛之中。即使是贵为丞相的王导，也难以承受失去这样优秀的儿子的痛苦。

31

庾公①乘马有的卢②，或语令卖去。庾云：“卖之必有买者，即复害其主，宁可不安己而移于他人哉？昔孙叔敖③杀两头蛇以为后

人，古之美谈。效之，不亦达乎？”

注释

① 庾公：庾亮，字元规，任征西大将军、荆州刺史。《晋书·庾亮传》说他美姿容，作风严整，动由礼节。

② 的卢：马名，额部有白色斑点的马。按迷信说法，这是凶马，它的主人会得祸。

③ 孙叔敖：春秋时代楚国的令尹。据贾谊《新书》载，孙叔敖小时候在路上看见一条两头蛇，回家哭着对母亲说：听说看见两头蛇的人一定会死，我今天竟看见了。母亲问他蛇在哪里，孙叔敖说：我怕后面的人再见到它，就把它打死埋掉了。他母亲说：你心肠好，一定会好心得好报，不用担心。

译文

庾亮的坐骑中有一马名为的卢，有人出主意，让庾亮把马卖掉。庾亮说：“如果要卖，那就一定要有人买，这样就是把那个买家给害了，怎么可以因为对自己不利，就把这种不利转嫁给他人呢？从前，孙叔敖打死两头蛇，目的是保护后面的人，这是古时候人们比较赞赏的做法。我向前人学习，这不是一件非常豁达的事情吗？”

评析

孔子有云：“己所不欲，勿施于人。”对于我们不喜欢的事情，我们也不要把它转给别人。庾亮正是这样的人，他设身处地地为他人着想，害怕的卢马对它的新主人不利，所以不想把马卖给别人。

32

阮光禄[1]在剡，曾有好车，借者无不皆给。有人葬母，意欲借而不敢言。阮后闻之，叹曰：“吾有车而使人不敢借，何以车为[2]！”遂焚之。

注 释

① 阮光禄：阮裕，字思旷，擅长论证疑难的问题，任东阳太守，后被召为金紫光禄大夫，不肯就任，人们仍然称呼他为阮光禄。

② 何以车为：要车子做什么。“何以……为”是文言文中表示反问的习惯用法。

译 文

光禄大夫阮裕在剡县，那时他有一辆很不错的车，不论是谁要借他的车，他都欣然答应。有个人母亲去世，想向他借车葬母，可是不敢开口。阮裕之后听说有此事，叹息道：“我虽然有车，但别

人却不敢借，还要车子做什么呢！”于是就烧掉了车子。

评 析

阮裕在历史上以豪爽著称，对身外之物毫不吝啬。有人想借车而不敢开口，这虽然不是阮裕的过错，但也让他自责不已，表现了他善于反省自我的良好品德。

34

谢太傅[1]绝重褚公[2]，常[3]称“褚季野虽不言，而四时之气亦备”。

注 释

① 谢太傅：谢安，字安石，号东山，谢奕的弟弟，浙江绍兴人，祖籍陈郡阳夏（今河南太康），东晋政治家、军事家，历任中书监、录尚书事，进位太保，死后赠太傅。世称谢太傅、谢安石、谢相或谢公。

② 褚（chǔ）公：指褚裒（póu），字季野，曾任兖州刺史，死后追赠太傅。《晋书·褚裒传》说：桓彝认为“季野有皮里阳秋”，就是说他虽然口里不说别人的好坏，可是心里是有褒贬的。

③ 常：通“尝”，曾经。

译 文

太傅谢安对褚季野非常敬重，曾经称赞他说：“褚季野虽然嘴上不说话，可是心里却是非常明白，正像一年四季的气象那样，每一种都有。”

评 析

褚季野为人稳重、谨慎，嘴上很少评论别人的过失，但心中却有一本账，有自己的立场。成语“皮里阳秋”就出自这个典故，比喻虽然嘴上不说，但心里却异常明白。

36

谢公[1]夫人教儿，问太傅：“那得[2]初不见君教儿？”答曰：“我常自教儿。”

注 释

① 谢公：即谢安。

② 那得：如何，怎么。

译 文

平时都是谢安的夫人教导儿子，夫人追问太傅谢安说：“怎么从来没有见您教导过儿子？”谢安回答道：“我平常都是以自身的做法教导儿子。”

评 析

言传身教是最好的教育方式，能够让后代以自身为榜样去做事。谢夫人经常以口头教育为主，谢安更倾向于“身教”，即通过规范自己的言行，在潜移默化中引导孩子，为其树立榜样。

37

晋简文①为抚军时，所坐床②上，尘不听拂，见鼠行迹，视以为佳。有参军见鼠白日行，以手板③批杀④之，抚军意色不说。门下起弹，教曰：“鼠被害，尚不能忘怀；今复以鼠损人，无乃⑤不可乎？”

注 释

① 晋简文：晋简文帝司马昱（yù），即位前封会稽王，任抚军将军，后又进位抚军大将军、丞相。

② 床：坐具。古时候卧具叫床，坐具也叫床。

③ 手板：即“笏”，下属谒见上司时所拿的狭长板子，上面可以记事。

④ 批杀：打死。

⑤ 无乃：恐怕，用来表示语气比较缓和的反问。

译 文

晋简文帝还在任抚军将军的时候，禁止让侍从擦去床上的灰尘，见到老鼠在上面走过的脚印，认为很好看。有个参军白天看见老鼠走出来，就用手板打死了老鼠，晋简文帝很不高兴。他的门客就站起来劝解他说："老鼠被打死了，尚且不能释怀；现在又为这只老鼠去责备人，这就有些说不过去了吧？"

评 析

历史上的简文帝宅心仁厚，考虑事情详细周到，同时对自己的好恶又有节制，虽然属下杀死了他喜爱的老鼠，但在别人的劝说之下还是放弃了动怒。

38

范宣[1]年八岁，后园挑[2]菜，误伤指，大啼。人问："痛邪？"答曰："非为痛，身体发肤[3]，不敢毁伤，是以啼耳。"宣洁行廉约，韩豫章[4]遗绢百匹，不受；减五十匹，复不受；如是减半，遂至一匹，既终不受。韩后与范同载，就车中裂二丈与范，云："人宁可使妇无裈[5]邪？"范笑而受之。

注 释

① 范宣：字宣子，家境贫寒，崇尚儒家经典，居住在豫章郡，后被召为太学博士、散骑郎，推辞不就。

② 挑：挑挖，挖出来。

③ 身体发肤：语出《孝经》："身体发肤，受之父母，不敢毁

伤，孝之始也。”身，躯干。体，头和四肢。

④ 韩豫章：韩伯，字康伯，晋颍川长社人，历任豫章太守、丹杨尹、吏部尚书。

⑤ 裈（kūn）：裤子。

译 文

范宣八岁的时候，一次在后园挖菜，不小心伤到了手指，就大哭不止。别人问道：“很痛吗？”他回答说：“并不痛，而是因为手指乃身体发肤，不敢毁伤，因此才哭的。”范宣德行高尚，为人清正廉洁，有一次，豫章太守韩康伯赠给他一百匹绢布，他无论如何也不肯收下；韩康伯又把数量减到五十匹，他照样不肯接受；就这样一直减下去，终于减至一匹，他到底还是不肯接受。后来韩康伯邀范宣一起乘车，在车上又给了范宣两丈绢布，说道：“一个男人难道可以让老婆没有裤子穿吗？”范宣这才笑着把绢收下。

评 析

范宣安贫乐道，能做到“贫而无谄”，具有高尚的品质。韩康伯的“人宁可使妇无裈邪”，亦是对朋友的一种调侃。

39

王子敬[①]病笃，道家上章[②]，应首过[③]，问子敬由来[④]有何异同得失[5]。子敬云："不觉有余事，惟忆与郗家[6]离婚。"

注 释

① 王子敬：王献之，字子敬，晋代大书法家王羲之的儿子，信奉五斗米道。

② 道家上章：道家本来指一个学术派别，这里指道教，具体指五斗米道，是一种道教团体，东汉末张陵创立，利用符咒辟邪驱鬼，为人治病。受道的人出五斗米，有病就请道家做章表，写明病人姓名、服罪之意，向上天祷告除难消灾，这叫上章。

③ 首过：道教用语，意思是病人要坦白自己的罪过。

④ 由来：向来，一向。

⑤ 异同得失：异同和得失是两个偏义复词。异同，指异，即和平常不同；得失，指失，即过失、过错。

⑥ 郗家：王献之娶郗昙的女儿为妻，后离婚。

译 文

王子敬病重，请道家主持祈福仪式，病人要坦白自己曾犯的过错，道家问子敬平时有什么异样和做得不对的地方。子敬说："其他事情想不起来，只记得和郗家离过婚。"

评 析

王献之对于自己平生的回忆，最耿耿于怀的便是昔日与郗家离婚之事。对于这种愧疚与遗憾，他也是显得很坦荡，不加以掩饰，从中可以看出他当时的无奈和痛苦。

40

殷仲堪[1]既为荆州，值水俭[2]，食常五碗盘[3]，外无余肴；饭粒脱落盘席间，辄拾以啖之。虽欲率物[4]，亦缘其性真素。每语子弟云："勿以我受任方州[5]，云我豁[6]平昔时意[7]，今吾处之不易。贫者士之常，焉得登枝而捐[8]其本！尔曹[9]其存之！"

注 释

① 殷仲堪：陈郡长平(今河南西华)人，东晋太常殷融之孙，晋陵太守殷师之子。晋孝武帝太元十七年（392）任荆州刺史，太元十九、二十年，荆、徐二州水灾，正值他在任期间。他笃信天师道，但生活俭省，事神不惜钱财。

② 水俭：因水灾而年成不好。俭：歉收。

③ 五碗盘：古代南方一种成套食器，由一个托盘和放在其中的五只碗组成，形制较小。

④ 率物：率人，为人表率。

⑤ 方州：大州。方，大。

⑥ 豁（huò）：抛弃。

⑦ 时意：时俗。

⑧ 捐：丢弃。

⑨ 尔曹：你们。

译 文

殷仲堪当上荆州刺史以后，适逢水灾泛滥，粮食歉收，吃饭通常只用五碗盘，除此之外再无其他荤菜；当米粒掉在盘子里或者坐榻上，他会立即捡起来吃掉。这样做，虽然是为了给大家起到表率作用，更是因为他自身质朴的性格。他常常告诫后辈们说：“不能因为我担任了大州的地方长官，就认为我舍弃了平淡的生活，我现在的这种习惯并没有因为我的腾达而改变。读书人时常贫困，怎么能当了官就忘记初衷呢！你们要记住我的话！”

评 析

富贵不能淫，贫贱不能移，这是我国文人经常挂在嘴边的一句话。殷仲堪没有因为自己当上大官而改变昔日朴实平淡的生活，也不因现在的富贵而改变自己的品行，反而更加认为清贫难能可贵，可见当时的殷仲堪高贵的精神品质。

44

王恭①从会稽还，王大②看之。见其坐六尺簟③，因语恭：“卿④东来，故应有此物，可以一领及我。”恭无言。大去后，即举所坐者送之。既无余席，便坐荐⑤上。后大闻之，甚惊，曰：“吾本谓卿多，故求耳。”对曰：“丈人⑥不悉恭，恭作人无长物⑦。”

注 释

① 王恭：字孝伯，小字阿宁，历任中书令，青州、兖州刺史，为人清廉。晋安帝时起兵反对帝室，被杀。

② 王大：王忱，小名佛大，也称阿大，王恭的同族叔父辈，官至荆州刺史。

③ 簟（diàn）：竹席。

④ 卿：六朝时，尊辈称晚辈或同辈熟人间的亲热称呼。

⑤ 荐：草席。

⑥ 丈人：古时晚辈对长辈的尊称。

⑦ 长物：多余的东西。

译 文

王恭从会稽回来，王大前去探望，只见王恭坐在一张六尺长的竹席子上。王大对王恭说："你从东边回来，自然会有这种东西，可以拿一张给我。"王恭一语不发。待王大走后，他就把自己所坐的那张席子送给了王大。这样自己就没有了多余的席子，只能坐在草席子上。后来王大得知王恭的做法很吃惊，对王恭说："我以为你会有多余的席子呢，这才向你讨要。"王恭回答说："您不了解我的处事方法，我身边从来都没有多余的东西。"

评 析

王恭虽然地位显耀，但生活节制、简约，从不囤积财富。在他死后，家中最多的就是他的书籍。

46

吴郡陈遗，家至孝。母好食铛底焦饭，遗作郡主簿，恒装一囊，每煮食，辄贮录焦饭，归以遗母。后值孙恩①贼出吴郡，袁府君②即日便征。遗已聚敛得数斗焦饭，未展③归家，遂带以从军。战于沪渎④，败，军人溃散，逃走山泽，皆多饥死，遗独以焦饭得活。时人以为纯孝之报也。

注释

① 孙恩：东晋末，孙恩聚众数万，攻陷郡县，后来攻打临海郡时被打败，最终跳海。

② 袁府君：即袁山松，任吴国内史（诸侯王封国内掌民政的长官，相当于太守）。

③ 未展：未及。

④ 沪渎：水名，吴淞江下游近海处一段。

译文

陈遗为吴郡人，在家里是一个非常孝顺的人。他母亲喜欢吃锅巴，陈遗在郡里做主簿的时候，身边总是存放着一个口袋，每次煮饭后都把锅巴储存起来，带回去给母亲吃。后来遇上孙恩贼兵的侵入，内史袁山松即将出兵抗敌。这时陈遗已经积攒了几斗锅巴，由于没有时间回家，就把这些锅巴带到了军营。袁山松与贼军在沪渎开战，袁山松战败之后军队溃散，逃到了山林之中。由于食物匮乏，只有陈遗靠他积攒下来的锅巴活了命，其他大多数人都饿死了。当时人们认为正是由于他纯厚的孝心使他得到了好报。

评 析

百善孝为先，“孝”一直是我国历代首肯的美德。陈遗孝敬母亲，体现在收藏焦饭这样微不足道的小事上，在紧要关头也得到了好报。

言语第二

2

徐孺子年九岁，尝月下戏，人语之曰：“若令①月中无物，当极明邪？”徐曰：“不然。譬如人眼中有瞳子，无此必不明。”

注 释

① 若令：如果。

译 文

有一次，九岁的徐孺子在月光下玩耍，有人对他说：“如果月亮里面什么也没有，嫦娥、玉兔、桂树等东西将会更加明亮吧？”徐孺子说：“并不是如此。就好比人的眼睛里有瞳仁，如果没有黑色的瞳仁将什么都看不到。”

评 析

徐孺子有着较强的联想能力，他善于对比，思辨能力强。我国有句古话叫“水至清则无鱼”，凡事都过犹不及，一些看似是瑕疵的东西往往都是事物中最重要的。

3

孔文举[1]年十岁，随父到洛。时李元礼[2]有盛名，为司隶校尉。诣[3]门者，皆俊才清称及中表[4]亲戚乃通。文举至门，谓吏曰："我是李府君亲。"既通，前坐。元礼问曰："君与仆有何亲？"对曰："昔先君仲尼与君先人伯阳有师资之尊，是仆与君奕世[5]为通好也。"元礼及宾客莫不奇之。太中大夫陈韪后至，人以其语语之，韪曰："小时了了[6]，大未必佳。"文举曰："想君小时，必当了了。"韪大踧踖[7]。

注释

① 孔文举：孔融，字文举，汉代末年的名士、文学家，历任北海相、少府、太中大夫等职。曾多次反对曹操，被曹操借故杀害。

② 李元礼：李膺，字元礼，东汉颍川襄城（今属河南）人。

③ 诣（yì）：到。

④ 中表：父亲姐妹的儿女叫外表，母亲兄弟姐妹的儿女叫内表，互称中表。

⑤ 奕世：累世，世世代代。

⑥ 了了：聪明，明白，通晓。

⑦ 踧踖（cù jí）：局促不安的样子。

译文

孔融十岁时，跟随父亲来到洛阳。当时的李膺名声很大，担任司隶校尉一职。他要求拜访他的人必须是才子、名士或者内外亲属，如此才会通报。孔融来到李膺家，对看门的说：“我是李膺的亲戚。”通报之后，孔融就入门坐下。李膺问道：“你和我有亲戚关系吗？”孔融回答道：“古时候我的祖先仲尼曾经拜您的祖先伯阳为师，从这个角度看我们世代都是亲戚了。”李膺和宾客都赞扬孔融的聪明才智。太中大夫陈韪来得晚一些，从别人口中得知孔融的事迹，陈韪说：“小时候聪明，长大了就不一定如此了。”孔融应声回答说：“想必您小时候一定很聪明啰。”陈韪听了，感觉无地自容。

评 析

“小时了了，大未必佳”，这是众所周知的典故。孔融很聪明，随机应变能力非常强。首先巧称是李元礼的亲戚，进得李家大门，又巧妙利用祖上的师生情谊坐实了亲戚的关系。在面对陈韪的傲慢时，更表现出超凡的智慧。

5

孔融被收[①]，中外[②]惶怖。时融儿大者九岁，小者八岁，二儿故琢钉戏，了无遽容[③]。融谓使者曰：“冀罪止于身，二儿可得全不？”儿徐进曰：“大人[④]岂见覆巢之下复有完卵乎？”寻亦收至。

注 释

① 收：逮捕，这里指孔融被曹操逮捕一事。

② 中外：指朝廷内外。

③ 遽容：恐惧的脸色。

④ 大人：对父亲的敬称。

译文

孔融被捕，朝廷内外都感到很震惊与恐慌。当时，孔融的两个儿子大的九岁，小的八岁，两小儿仍在玩琢钉戏，丝毫感觉不到恐慌。孔融对前来逮捕他的差使说：“我自己犯下的错误我自己承担，可否让两小儿保存性命？”这时，儿子从容地上前说：“鸟巢被打翻之后，还能存在完整的鸟蛋吗？”随即，两个儿子也被逮捕了。

评析

孔融的两个孩子年纪虽然小，却懂大义。“覆巢之下，安有完卵”正是来源于这则故事，展现出他们不愿意苟且偷生，对将到来的灾难从容、淡定的态度。

11

钟毓[①]、钟会[②]少有令誉[③]。年十三，魏文帝[④]闻之，语其父钟繇[⑤]曰：“可令二子来！”于是敕见。毓面有汗，帝曰：“卿面何以汗？”毓对曰：“战战惶惶，汗出如浆。”复问会：“卿何以不汗？”对曰：“战战栗栗，汗不敢出。”

注释

① 钟毓：字稚叔，小时候很机灵，十四岁任散骑侍郎，后升至车骑将军。

② 钟会：字士季，钟毓之弟，小时很聪明，被看成非常人物，官至镇西将军、司徒，因谋划反帝室，被杀。

③ 令誉：美好的声誉。

④ 魏文帝：曹丕，曹操之子，逼迫汉献帝让位，自立为帝。

⑤ 钟繇：字元常，钟毓、钟会的父亲，官至太傅，擅长书法。

译文

钟毓、钟会两兄弟年少时就闻名于世。时逢钟毓十三岁，魏文帝听说他们两兄弟，便对他们的父亲钟繇说："你把你的两个儿子带来见我！"于是他们奉旨前来。觐见时钟毓脸上出汗，文帝问："你为什么会出汗？"钟毓回答道："战战惶惶，汗出如浆。"文帝又问钟会："你为什么不出汗？"钟会回答道："战战栗栗，汗不敢出。"

评析

钟毓、钟会在觐见魏文帝时，以一种幽默且有韵律的方式回答皇帝的询问，表现出他们的聪明智慧。

15

嵇中散语赵景真[1]："卿瞳子白黑分明，有白起[2]之风，恨[3]量小[4]狭。"赵云："尺表[5]能审玑衡[6]之度，寸管[7]能测往复之气。何必在大，但问识如何耳。"

注 释

① 赵景真：赵至，字景真，曾任辽东郡从事。

② 白起：战国时秦国的名将，封武安君。

③ 恨：遗憾。

④ 小：副词，稍微。

⑤ 尺表：用来观测天象的一种标杆。

⑥ 玑衡：古代测量天象的仪器，即浑天仪。

⑦ 管：指古代用来校正乐律的竹管。

译 文

中散大夫嵇康对赵景真说："你瞳孔黑白分明，有白起之风度，美中不足的是眼睛小了些。"赵景真说："一尺长的表尺就能测量浑天仪的度数，一寸长的竹管也能测量出乐音的高低。何必在乎大小，只问是否能看见就好。"

评 析

事物并不是由其大小、美观程度决定的，而是由其实用性来决定，外表美丽的事物不一定真正能发挥其价值，真正有价值的事物也并不一定有良好的外表。

17

邓艾①口吃，语称“艾艾”②。晋文王戏之曰：“卿云‘艾艾’，定③是几艾？”对曰：“‘凤兮凤兮’④，故是一凤。”

注释

① 邓艾：三国时魏国人，司马懿召为属官，伐蜀有功，封关内侯，后任镇西将军，又封邓侯。

② 艾艾：古代和别人说话时，多自称名。邓艾因为口吃，自称时就会连说“艾艾”。

③ 定：到底。

④ 凤兮凤兮：语出《论语·微子》，说是楚国的接舆走过孔子身旁的时候唱道：“凤兮凤兮，何德之衰。”

译文

邓艾口吃，称呼自己时常重复，发出“艾艾”的声音。晋文王和他开玩笑说：“你说自己是‘艾艾’，到底是几个艾？”邓艾回答道：“‘凤兮凤兮’，其实只有一个凤而已。”

评析

“凤兮凤兮”出自论语，邓艾引用典故回答晋文帝的调侃，这样

既不失礼，又表现出邓艾的博学多识。

21

诸葛靓[1]在吴，于朝堂大会，孙皓[2]问：“卿字仲思，为何所思？”对曰：“在家思孝，事君思忠，朋友思信。如斯而已。”

注释

① 诸葛靓（jìng）：字仲思，他父亲诸葛诞反司马氏，被司马昭杀害。他入吴国，任右将军、大司马。吴亡，逃匿不出。

② 孙皓：吴国末代君主。

译文

诸葛靓在吴国，一次朝堂大会上，孙皓问他：“你字仲思，思的是什么？”诸葛靓回答道：“在家思孝顺，在朝堂思效忠，对朋友思真诚。不过是这些罢了！”

评 析

在诸葛靓眼里，一位名士应当具有孝敬父母、效忠国家和诚实守信的责任与素养。

23

诸名士共至洛水戏，还，乐令①问王夷甫②曰：“今日戏，乐乎？”王曰：“裴仆射③善谈名理④，混混⑤有雅致；张茂先⑥论《史》《汉》，靡靡⑦可听；我与王安丰⑧说延陵⑨、子房，亦超超玄箸⑩。”

注 释

① 乐令：即乐广，曾任尚书令，故称乐令。

② 王夷甫：王衍，字夷甫，琅邪郡临沂县人，曾任太尉。

③ 裴仆射：裴頠（wěi），字逸民，历任侍中、尚书左仆射。

④ 名理：考核名实，辨别、分析事物是非，道理之学，魏晋清谈的主要内容。

⑤ 混混：滚滚，形容说话滔滔不绝。

⑥ 张茂先：即张华，晋武帝时任中书令，封广武侯。

⑦ 靡靡：娓娓，动听的样子。

⑧ 王安丰：即王戎，受命征伐吴国，吴国平定后，封爵安丰侯。

⑨ 延陵：今江苏武进县，这里以地代人。春秋时吴王寿梦的少

子季礼封在这里，称为延陵季子。有贤名，吴王欲立之，辞不受。

⑩ 超超玄箸：指议论超尘拔俗，奥妙透彻。

译文

名士们一起到洛水边游玩，回来以后尚书令乐广问王夷甫说：“今天玩得是否开心？”王夷甫说：“裴仆射擅长谈名理，从头到尾都志趣高雅；张茂先谈《史记》和《汉书》，头头是道，娓娓动听；我和王安丰谈论延陵、子房，也是极为美妙透彻，感觉超凡脱俗。”

评析

通过王夷甫的话，可以清晰地看出魏晋时期清谈之风的昌盛，各个名士之间也通过清谈陶冶情操，给人以超凡脱俗的感觉。

24

王武子[①]、孙子荆[②]各言其土地、人物之美。王云：“其地坦而平，其水淡而清，其人廉且贞。”孙云：“其山崋巍[③]以嵯峨，其水浬渫[④]而扬波，其人磊砢[⑤]而英多。”

注释

① 王武子：王济，字武子，太原晋阳人，历任中书郎、太仆。

② 孙子荆：孙楚，字子荆，太原中都人，仕至冯翊太守。

③ 嶵（zuì）巍：山险峻的样子。

④ 浻渫：即浃渫（jiá dié），水波连续的样子。

⑤ 磊砢（lěi luǒ）：形容人才卓越且众多。

译文

王武子和孙子荆都在谈论自己家乡的土地、人物等。王武子说："我们那土地平坦辽阔，水清澈至极，人又公正廉洁。"孙子荆说："我们那里山川高峻，水浩荡壮观，人才卓越而众多。"

评析

王武子和孙子荆各自谈论家乡的风土人情，表现出两个地方山水、土地以及人物不同的特性，用优美而具有韵律的语句向世人展现家乡的独特之处。

25

乐令女适大将军成都王颖[①]。王兄长沙王执权于洛，遂构兵[②]相图。长沙王亲近小人，远外君子，凡在朝者，人怀危惧。乐令既允[③]朝望[④]，加有婚亲，群小谗于长沙。长沙尝问乐令，乐令神色自若，徐答曰："岂以五男易一女[⑤]？"由是释然，无复疑虑。

注释

① 成都王颖：司马颖，晋武帝第十六子，封成都王，后进位大

将军。

② 构兵：出兵交战。

③ 允：确实。

④ 朝望：在朝廷中有声望。

⑤ 岂以五男易一女：意指如果依附司马颖，五个儿子就会被杀。

译文

尚书令乐广之女嫁给大将军成都王司马颖。当时，司马颖的哥哥长沙王正在京都洛阳掌管朝政，司马颖想起兵谋反取代他。长沙王平时器重小人，疏离正人君子，在朝廷为官之人无不感到畏惧与恐慌。乐广在朝廷中既有威望，又和成都王是亲家关系，长沙王手下的小人就说乐广的坏话。长沙王为了弄清楚这件事就问过乐广，乐广神色从容地回答说：“我难道会用五个儿子去换一个女儿？”从此之后，长沙王心中疑虑便打消了，不再怀疑和顾虑。

评析

西晋是我国历史上较为混乱的时期，“八王之乱”造成士人无辜受到牵连。根据史料记载，长沙王对乐广的怀疑并没有减退，乐广自己也深知此事，最后在郁郁寡欢中去世。

30

庾公[①]造[②]周伯仁[③]，伯仁曰：“君何所欣说而忽肥？”庾曰：“君复何所忧惨而忽瘦？”伯仁曰：“吾无所忧，直是[④]清虚日来，滓秽[⑤]日去耳！”

注释

① 庾公：庾亮令。

② 造：到……去，造访。

③ 周伯仁：周顗，字伯仁，汝南安成(今河南汝南)人。西晋时期名士、大臣，西晋安东将军周浚之子。袭父爵武城侯，世称周侯，曾任吏部尚书、尚书左仆射。

④ 直是：只是。

⑤ 滓秽：污秽，丑恶。

译文

庾亮去拜访周伯仁，伯仁说：“您最近有什么高兴的事儿，怎么忽然变胖了？”庾亮说：“那您又有什么烦心事儿呢，怎么忽然瘦下去了？”伯仁说：“我倒没什么可忧愁的，只是一天比一天爱清静淡泊，这样污浊的思虑就一天比一天减少！”

评析

俗话说“人闲长头发，心闲长指甲”，外表是内心的体现。周伯仁说的“清虚日来，滓秽日去”，不只是说身体上的消瘦，更是一种淡泊世俗名利、追求宁静的心理状态。

31

过江诸人[①]，每至美日，辄相邀新亭，藉卉[②]饮宴。周侯[③]中坐而叹曰：“风景不殊，正自[④]有山河之异！”皆相视流泪。唯王丞相愀然变色，曰：“当共勠力[⑤]王室，克复神州[⑥]，何至作楚囚[⑦]相对！”

注释

① 过江诸人：西晋末年战乱不断，中原人士相继过江避难。“过江诸人”本指这些人，这里是指其中的朝廷大官、士族人士。

② 藉卉（huì）：坐在草地上。

③ 周侯：指周伯仁。

④ 正自：只是。

⑤ 勠力：并力，合力。

⑥ 神州：中国，这里指沦陷的中原地区。

⑦ 楚囚：楚国的囚犯。据《左传·成公九年》载：有一个楚囚弹琴时奏南方乐调，表示不忘故旧。后来借指处境窘迫的人。

译文

那些到江南避难的人，每到阳光明媚的日子，都要相约去新亭，在草地上饮酒取乐。一次，周侯周伯仁在饮酒过程中叹着气说：“这里的风景同中原地区没有什么差别，只是不再是旧山河了！”大家彼此面面相觑，潸然泪下。只有丞相王导脸色突变，说道：“大家应该齐心协力为王室效力，收复我们失去的中原地区，怎么能在这像犯人一样哭哭啼啼！”

评 析

魏晋时期政治动荡，广大士族都没有安全感。在战乱时期，大批士人为了避免受到牵连而南下，大多都有着亡国的悲伤。但此时的王导却异常冷静，他怀揣大志，鼓励士人同心协力扶持新朝廷，收复失地，回到家园。

41

庾公[①]尝入佛图[②]，见卧佛，曰：“此子疲于津梁[③]。”于时以为名言。

注 释

① 庾公：即庾亮。

② 佛图：佛寺。

③ 津梁：桥梁。比喻为接引众生奔忙。佛教说要普度众生，登上彼岸。

译文

庾亮曾去佛寺，面对卧佛说：“这位先生疲于普度众生，因此把自己累倒了。”这句话也成了当时社会的名言。

评析

庾亮言语幽默，认为佛为了教化众生而变成了卧佛，表示对佛教的尊重，没有对佛有一丝不恭之意。

42

挚瞻[①]曾作四郡太守、大将军户曹参军，复出作内史，年始二十九。尝别王敦[②]，敦谓瞻曰：“卿年未三十，已为万石，亦太蚤。”瞻曰：“方于将军，少为太蚤；比之甘罗[③]，已为太老。”

注释

① 挚瞻：西晋末，在王敦的大将军幕府中任户曹参军，历任安丰、新蔡、西阳等郡太守，后因与王敦言语不合，被贬为随国内史。

② 王敦：字处仲，晋琅邪临沂人。丞相王导的堂兄。善谈名理，历任侍中、大将军、扬州牧。

③ 甘罗：战国时秦人，十二岁为秦外交使节，封为上卿。

译文

挚瞻曾在四个郡当过太守，还做过大将军户曹参军，如今又调任内史，才刚满二十九岁。他曾去向王敦告别，王敦对他说：“你不满三十岁就已经做了五任二千石的大官，这也太早了吧！”挚瞻说：“和于将军相比，是有些早了，但同甘罗相比，我已经显得很老了。”

评析

挚瞻可称为青年才俊，年纪轻轻却气量不凡，面对王敦的夸赞，他用两个例子作为回答，显得不骄不躁、不卑不亢，语言既灵活，又得体。

43

梁国[1]杨氏子，九岁，甚聪惠。孔君平[2]诣其父，父不在，乃呼儿出，为设果。果有杨梅，孔指以示儿曰：“此是君家果。”儿应声答曰：“未闻孔雀是夫子家禽。”

注 释

① 梁国：魏晋时期的郡国，在今河南一带。

② 孔君平：孔坦，字君平，累迁廷尉（掌管刑法），所以也称孔廷尉。

译 文

梁国有一家姓杨的，有一个年仅九岁且非常聪明的儿子。一次孔君平探望其父亲杨氏，由于杨氏不在，便叫出这家小儿，让其给自己摆上果品。果品里头有杨梅，于是孔君平就指着杨梅对小儿说："这是你家的果子。"孩子应声回答说："从来没听说过孔雀是您孔家的鸟。"

评 析

孔君平得知此小儿聪明，就想逗他一逗，戏谑地说杨梅是他们杨家的果子，没想到杨氏子很聪明地利用孔雀与孔君平的姓反击了他。

46

谢仁祖①年八岁，谢豫章②将③送客。尔时语已神悟④，自参上流⑤。诸人咸共叹之，曰："年少，一坐之颜回。"仁祖曰："坐无尼父，焉别颜回！"

注释

① 谢仁祖：谢尚，字仁祖，晋陈郡阳夏（今河南太康）人，谢鲲的儿子，曾为南中郎将，兼任江州刺史，后调为西中郎将、豫州刺史，再升为镇西将军。

② 谢豫章：谢鲲，曾任豫章太守。

③ 将：带领。

④ 神悟：指领悟神速。

⑤ 自参上流：自处于上等名流之中。上流，上等。

译文

谢仁祖八岁的时候，父亲豫章太守谢鲲已经开始领他去迎送客人。如此小小年纪的他在言语中已经显示出神速的领悟能力，自居于名流之中。大家无不对他赞赏有加，有人说："年纪虽小，也是座中的颜回。"谢仁祖却回答说："如果在座各位中没有孔子，又怎么能认出有颜回！"

评析

谢仁祖八岁时，就学识超群，显示出超凡的智慧。与当时的士人交往时，显得随心自如，游刃有余。当被别人说成颜回时，谢仁祖明白大家是在夸赞自己能赶得上颜回。颜回是孔子最欣赏的弟子之一，孔子认为他最为好学，对其赞赏有加。《论语》中有载："有颜回者好学，不迁怒，不贰过，不幸短命死矣。"意思是说，颜回不仅好学，而且从不迁怒于其他人，同样的错误不会犯第二次，是孔子的一位知书达理、学识渊博的青年弟子，只可惜却英年早逝。

在颜回死后，孔子感慨道：“善哉！回也。一箪食，一瓢饮，在陋巷。人不堪其忧，回也不改其乐。贤哉！回也。”意思是，颜回道德情操高尚，在简陋的屋子里只有一箪饭、一瓢水，别人都忍受不了的这种清贫，颜回却丝毫没有被其影响。通过颜回也可以看得出谢仁祖的才识有多么渊博。

51

张玄之①、顾敷②是顾和③中外孙④，皆少而聪惠。和并知之，而常谓顾胜，亲重偏至⑤。张颇不恹⑥。于时，张年九岁，顾年七岁。和与俱至寺中，见佛般泥洹像⑦，弟子有泣者，有不泣者。和以问二孙。玄⑧谓：“被亲⑨故泣，不被亲故不泣。”敷曰：“不然，当由忘情故不泣，不能忘情⑩故泣。”

注 释

① 张玄之：字祖希，顾和的外孙，任冠军将军、吏部尚书、吴兴太守、会稽内史等。张玄很有才学，名望很高，仅次于谢玄，当时称两人为南北二玄。

② 顾敷：字祖根，官至著作郎，英年早逝。

③ 顾和：字君孝，曾任吏部尚书、领军将军等职，死后追赠侍中，司空。

④ 中外孙：孙子和外孙。

⑤ 偏至：特别深，特别真挚。

⑥ 不恹（yàn）：不满意。

⑦ 般泥洹像：卧佛像。般泥洹，即洹盘，佛教用语，指修行的最高境界，也称僧尼死亡。

⑧ 玄：即玄之。晋代人单名常加“之”字。

⑨ 被亲：受到宠爱。

⑩ 忘情：指哀乐不动于心，不为感情所动。这是佛才能达到的境界。

译 文

顾和有孙子、外孙张玄之和顾敷，两人自幼聪明绝顶。顾和对他们都喜爱有加，但又经常说顾敷稍胜一筹，于是更加偏爱，外孙张玄之对此较为不满。此时的张玄之九岁，而顾敷只有七岁。有一次，顾和带他们俩一起去寺庙里看卧佛像，适逢有僧人去世，旁边的佛弟子有的哭，有的不哭。顾和于是就问两个小儿为什么会这样。张玄之解释说：“哭者是因为得到了佛的宠爱；不哭者则是没有得到佛的庇佑。”顾敷却说：“不是这样，应该是不哭者没有动情，哭者是因为动了情。”

评 析

张玄之和顾敷年少时期都有着惊人的智慧，面对顾和提出的问题，二人都给出了精彩的回答。张玄之的回答是为了说明自己没有得到长辈的喜爱，借此说了出来。顾敷的回答则表现出其更加沉着冷静、通情达理：哭与不哭，并不能表示感情的深厚与否，感情的深浅也不能取决于是否曾经蒙受长者的宠爱与亲近。人是

一种感情动物，哭与不哭，只是个人表达感情的方式不同，并没有高下之分。

52

庾法畅[①]造庾太尉[②]，握麈尾[③]至佳。公曰："此至佳，那得在？"法畅曰："廉者不求，贪者不与，故得在耳。"

注 释

① 庾法畅：应当作康法畅，和尚名。

② 庾太尉：庾亮，赠太尉。

③ 麈（zhǔ）尾：拂尘。一说形状像羽扇，扇柄左右扎上麈尾（驼鹿尾）毛，谈话时借助于它来指画。魏晋清谈之士喜欢用它。

译 文

庾法畅前去拜访庾亮，手里拿的拂尘品相极好。庾亮问他："此拂尘是一件这么好的东西，如何能留得住？"法畅说："清廉的人不会向我索要，贪心的人我也不愿意给他，所以才能留存至今。"

评 析

庾法畅的回答非常谦虚和中正，表达出自己洁身自好的一面，同时还不失幽默。

53

庾稚恭[1]为荆州，以毛扇上武帝[2]，武帝疑是故物。侍中刘劭[3]曰：“柏梁[4]云构[5]，工匠先居其下；管弦繁奏，钟、夔[6]先听其音。稚恭上扇，以好不以新。”庾后闻之，曰：“此人宜在帝左右。”

注释

① 庾稚恭：庾翼，字稚恭，太尉庾亮的弟弟，曾任荆州刺史。

② 武帝：指晋武帝司马炎，西晋的缔造者。

③ 刘劭：字彦祖，曾任侍中、尚书、豫章太守。

④ 柏梁：柏梁台，汉武帝所筑，在长安城。

⑤ 云构：高耸入云的建筑，大厦。

⑥ 钟、夔（kuí）：钟子期和夔，这里指代懂得鉴赏的音乐家。

译文

庾稚恭在担任荆州刺史时，曾向晋武帝进献羽毛扇，武帝却怀疑是庾稚恭自己用过的东西。刘劭说：“柏梁台这样雄伟的建筑，是工匠们进去过的；弹奏的管弦乐，也是乐师事先经过调整、梳理后产生的曲子。庾稚恭进献扇子，是因为试了后感觉它很好，而不是因为扇子是新的。”庾稚恭后来听说这件事，说：“有此人在皇帝身边再好不过了。”

评 析

新的东西并不一定好，好的东西并不一定是新的，因为只有试用过之后才知道好不好。所以，对事物的评价应该是“以好不以新”。

60

简文在暗室中坐，召宣武，宣武至，问上何在。简文曰：“某在斯①。”时人以为能②。

注 释

① 某在斯：引自《论语·卫灵公》，说的是一个盲人音乐师去见孔子，孔子给他指点、介绍在座的人，说：“某在斯，某在斯”（其人在这里）。

② 能：指有才能。一说当作“能言”。

译 文

简文帝坐于暗室之中召桓温进宫，桓温到了之后看不到皇上，便询问皇帝在哪。简文帝说：“某在斯。”当时的人们都认为他很有才能。

评 析

简文帝用《论语·卫灵公》中的一句“某在斯”，既让桓温知道自己在哪，又体现了文帝渊博的学识和超强的应变能力。

61

简文入华林园[①]，顾谓左右曰：“会心处不必在远，翳然[②]林水，便自有濠[③]、濮[④]闲想也，觉鸟兽禽鱼自来亲人。”

注释

① 华林园：在建康台城，本是吴国的皇宫花园，东晋时又仿照洛阳的华林园修整过。

② 翳（yì）然：形容荫蔽。

③ 濠：濠水。据《庄子·秋水》载：庄子和惠子到濠水的桥上游玩，觉得很快活，就认为河中的鱼也很快活。

④ 濮：濮水。据《庄子·秋水》载：庄子在濮水钓鱼，楚威王派大夫去请他出来主持国政，庄子不干，表示宁可做一只在污泥中爬的活龟，也不愿做一只保存在宗庙里的死龟。庄子拒绝了楚王的聘请，宁可选择自由的生活。后人以“濠濮”代指高人隐居山林，避开纷繁世俗之所。

译文

简文帝进入华林园，扭头对侍从说：“令人心领神会的地方不一定在较远的地方，只要是林木茂盛、山水相交的地方，自然会产生像在濠水、濮水等地那样心旷神怡的遐想，感觉周围的花鸟虫鱼自会亲近人。”

评析

简文帝的话深含意境和哲理，让人为之向往。想要超脱凡尘，宁静致远，亲近自然，归隐山林并不是唯一的方法。我们不必非要寻求遥远僻静之地，只要心中保持宁静，做到心无外物，不论在任何地方都能感受到自然的亲近，发现自然的美丽。

67

刘尹[①]云：“人想王荆产[②]佳，此想长松下当有清风耳。”

注释

① 刘尹：刘惔，字真长，沛国相县(今安徽宿州)人。东晋著名清谈家，晋陵太守刘耽之子，出身世宦家庭。少时便为王导所赏识，时人比之为荀粲，后娶晋明帝庐陵公主。历任司徒左长史、侍中、丹阳尹等职，故后世称其为“刘尹”。

② 王荆产：王徽，字幼仁，小名荆产，曾任右军司马。祖父王又为平北将军，父王澄任荆州刺史，是个放诞不羁的人。暗示出身名门、世代官宦的人家，儿子不一定优秀。

译文

刘惔说：“人们认为王徽是那么出众，其实这种想法好比高大的松树下定会有清风一样罢了。”

评析

“长松下当有清风”，意思是说家世出身较好的人，道德品行一定很棒。虽然这只不过是一种臆断，一种猜测之词，但确实有一定的依据。家庭出身好，家教也就会较好，再加上有父母长辈的风度和学识作为榜样，更容易教养出优秀的孩子。当然这只是一种外部条件，良好的门风可以引导一个人走向正途，同时需要自身有着良好的意志力，抵挡良好条件的诱惑，不断雕琢自己，否则也会走向沉沦。

71

谢太傅寒雪日内集①，与儿女讲论文义。俄而雪骤，公欣然曰：“白雪纷纷何所似？”兄子胡儿②曰：“撒盐空中差③可拟。”兄女曰：“未若柳絮因风起。”公大笑乐。即公大兄无奕女④，左将军王凝之⑤妻也。

注释

① 内集：家里人聚会。

② 胡儿：谢朗，字长度，小字胡儿，谢据之子，谢安侄子。

③ 差：甚，很。

④ 无奕女：指谢道韫。

⑤ 王凝之：字叔平，王羲之之子。

译 文

谢安在一个寒冷的下雪天把家里人聚在一起，和儿女们探讨文章写作。不一会儿，雪变得越来越大，谢安不禁欣然问儿女们："这纷纷的白雪像什么？"侄子胡儿说："像空中撒盐一样。"侄女说："像柳絮在风中飞舞一样。"谢安听后非常高兴。这位侄女就是谢安的大哥谢无奕的女儿，左将军王凝之的妻子。

评 析

侄子谢朗将飘雪比作撒盐，只是从颜色上来形容，缺少雪的神韵。盐粒坠落比较直接，在空中不会有多余的形态，而雪却是洋洋洒洒，在空中飘旋而落。侄女谢道韫却看到了雪的动态，比谢朗的比喻更加形象。她把雪花比作柳絮在飞舞，形象生动地把雪说成了"活物"。由此可见，谢道韫的观察力与领悟力要比谢朗强上许多。

76

支公[1]好鹤，住剡[2]东峁山[3]。有人遗其双鹤。少时翅长欲飞，支意惜之，乃铩[4]其翮[5]。鹤轩翥[6]不复能飞，乃反顾翅，垂头，视之如有懊丧意。林曰：“既有陵霄之姿，何肯为人作耳目近玩[7]！”养令翮成，置，使飞去。

注释

① 支公：支遁，字道林，晋时和尚，也称林公。

② 剡（shàn）：剡县，属会稽郡。

③ 岇（áng）山：山名。

④ 铩（shā）：摧残。

⑤ 翮（hé）：羽毛中间的硬管，这里用来指翅膀毛。

⑥ 轩翥（zhù）：高飞的样子。

⑦ 玩：供玩赏之物。

译文

支道林住在剡县东面的岇山上，特别喜欢养鹤。有人送给他一对小鹤。没过多久，小鹤翅膀越长越长，眼看就要飞起来了，支道林心里非常舍不得，于是就把它们的翅膀剪掉了许多。鹤做出高飞的样子却飞不起来，回头看了看翅膀后低下头，好像有懊丧的意思。支道林说：“既然有直冲云霄的资质，怎么忍心让它们做别人欣赏的玩物呢！”于是就继续把它们喂养起来，等到翅膀再次长成，就放它们飞了。

评析

支道林爱鹤，因为对鹤狭隘的喜欢而剪断了它们的翅膀；然而，当他看到它们想飞却因为翅膀损坏而不能飞的时候，他开始反应过

来，鹤本来就属于飞翔的动物，不能因自己的私欲去禁锢它们。喜爱一样东西或一个人，就应该给他合适的空间，允许他保持自由的精神，而不是为了一己私欲而禁锢他们。所以支道林是真正的爱鹤之人。

78

晋武帝每饷山涛[①]，恒少。谢太傅以问子弟[②]，车骑[③]答曰："当由欲者不多，而使与者忘少。"

注 释

① 山涛：字巨源，累迁尚书仆射（尚书省的副职）、吏部尚书、司徒。"竹林七贤"之一。

② 子弟：子侄辈。

③ 车骑：车骑将军，这里指谢安的侄儿谢玄，卒赠车骑将军，故称。谢玄，字幼度，谢安荐举以御苻坚，升为建武将军、兖州刺史。

译 文

晋武帝每次赏赐给山涛的东西总是很少。太傅谢安就问子侄们如何看待这件事，谢玄回答说："这应该是山涛所要求的并不多，才使赏赐他的人不觉得这很少。"

评 析

谢玄的回答很有哲理。许多过往之事，不能以自身的标准来衡量，而是应该具体到赐予者与接受者之间去看待问题。

81

王司州[①]至吴兴印渚[②]中看。叹曰："非唯使人情开涤，亦觉日月清朗。"

注 释

① 王司州：王胡之，字脩龄，曾任吴兴太守，后召为司州刺史，虽然未到任就病死了，仍称"王司州"。

② 印渚（zhǔ）：地名，在吴兴郡于潜县，据记载，渚旁有白石山，是水流汇集之地。

译 文

王胡之到吴兴郡的印渚游览。他赞叹地说道："这里的风景不仅能让人心情开朗愉悦，更让人觉得连日月都更加明净了。"

评 析

亲近自然，去体会其中的美妙，能够使人心情愉悦，心胸开阔，摆脱凡尘俗世的困扰。

85

桓征西[1]治江陵城甚丽，会宾僚出江津[2]望之。云：“若能目[3]此城者，有赏。”顾长康[4]时为客，在坐，目曰：“遥望层城[5]，丹楼如霞。”桓即赏以二婢。

注释

① 桓征西：桓温，任征西大将军，加官大司马。在江陵筑城墙、营建官署，城临汉江。

② 江津：指汉江的渡口。

③ 目：品评，评论。常以某一方式指出人或物的独特之处。

④ 顾长康：顾恺之，字长康，著名画家。

⑤ 层城：昆仑山的最高处，即天庭，这里用以比喻高峻的城墙。

译文

征西大将军桓温把江陵城建造得非常壮丽，完工后邀请宾客僚属来到汉江渡口远观城市景观。他说：“如果谁能恰当品评此处美景，我有奖赏给他。”顾长康也是当时的客人，他说道：“遥望层城，丹楼如霞。”桓温当下就赏给他两个婢女。

评析

顾长康在历史上非常有名，他博学有才气，也十分善于辩论、戏谑。他有“三绝”的本领：画绝、才绝、痴绝。在本文中，他随口品评江陵城，引经据典，并贴合当时的情景，言辞优雅从容，所以得到桓温的赏赐和时人的称赞。

86

王子敬语王孝伯[①]曰：“羊叔子[②]自复佳耳，然亦何与人事！故不如铜雀台上妓。”

注释

① 王孝伯：即王恭，笃信佛教，在东晋末年的战乱中被杀。

② 羊叔子：羊祜，字叔子，晋武帝时任征南大将军。出镇南夏时，开设学校，推行仁德之政，曾被看成是当时的颜回。

译文

王子敬对王孝伯说：“羊叔子是一个很不错的人，但是却不参与世事！所以还不如铜雀台之上的歌姬舞女。”

评析

王献之放荡不羁，认为先贤虽然有值得肯定与效仿的地方，但是却不问世事，跟自己的利益毫无关系，还不如歌舞伎的表演，尚能使人心情愉悦，一味盲从地仰慕先哲并无实际意义，不如把重心放到当下的生活中去。不过，当时的人普遍认为年轻时的王献之稍有轻狂。

88

顾长康从会稽[1]还，人问山川之美，顾云："千岩竞秀，万壑争流，草木蒙笼其上，若云兴霞蔚[2]。"

注释

① 会稽：郡名，治所在今浙江绍兴。

② 云兴霞蔚：彩云兴起，形容绚丽多彩。

译文

顾长康从会稽回来，人们问他关于那边美丽风景的情况，顾长康回答说："那里千峰竞相比高，万壑争先奔流，茂密的草木笼罩其上，有如彩云涌动，霞光灿烂。"

评析

会稽的山水风光很美，很多诗人的诗中都有体现。顾长康的这几句话，能更加生动地体现会稽之美景，让人有身临其境的感觉。

89

简文崩，孝武[1]年十余岁立，至暝不临[2]。左右启："依常应临。"帝曰："哀至则哭，何常之有！"

注 释

① 孝武：晋孝武帝司马曜，简文帝的儿子，十一岁继简文帝登位。

② 临（lìn）：哭。亲人死亡，到一定时候要哭丧。

译 文

简文帝去世，十多岁的孝武帝登基，服丧期间，直到天黑孝武帝也不哭丧。侍从提醒他说：“按照惯例这会儿您到该哭丧的时候了。”孝武帝说：“当感到悲痛的时候，自然就会哭，跟惯例有什么关系！”

评 析

孝武帝的这几句话，体现了其对陈规旧矩的抵触，认为哭丧的惯例是一种惺惺作态。人的感情由真实内心产生，孝武帝虽身为帝王，但他不愿意被所谓的规矩控制自己的情感。孝武帝在位期间限制士族的政治势力扩张，但又沉溺于酒色，经常有不守常规的做法。

90

孝武将讲《孝经》，谢公兄弟与诸人私庭讲习。车武子难苦[1]问谢，谓袁羊[2]曰：“不问则德音有遗，多问则重劳二谢。”袁曰：“必无此嫌。”车曰：“何以知尔？”袁曰：“何尝见明镜疲于屡照，清流惮于惠风？”

注 释

① 难苦：疑难，不精密。

② 袁羊：袁乔，字彦升，小字羊，故称。曾任尚书郎、江夏相。

译 文

孝武帝将要开始《孝经》的研讨、学习，谢安、谢石兄弟以及其他众人先在家里讲解、学习。车武子有些疑难之处不明白，急切地要来问谢安兄弟，于是先向袁羊问道："不问的话，怕漏掉许多精彩的讲解；问得多了，又怕劳烦谢安、谢石两兄弟。"袁羊回答说："肯定不会的。"车武子说："你怎么这么肯定？"袁羊说："你何时见过明亮的镜子会疲于映照别人，清澈的流水会害怕微风？"

评 析

晋代非常重视孝道，曾经提出"以孝治天下"的说法。少儿读书，首先要看的便是《孝经》，所以才有孝武帝少年时讲《孝经》的故事。袁羊和车武子的对话表明那些学识渊博的人一定有出众的人品，对于别人的疑惑也一定会不吝赐教。

政事第三

1

陈仲弓[①]为太丘长，时吏有诈称母病求假，事觉，收之，令吏杀焉。

主簿请付狱考众奸[②]，仲弓曰："欺君不忠，病母不孝，不忠不孝，其罪莫大。考求众奸，岂复过此！"

注 释

① 陈仲弓：即陈寔。

② 众奸：指诸多犯法的事。

译 文

陈仲弓任太丘县县长，当时有个小吏谎称自己的母亲生病要请假，事情败露，陈仲弓就下令逮捕并将他处死。主簿请求将他交给诉讼机关严查其犯罪事实，陈仲弓说："欺骗主子视为不忠，诅咒母亲生病视为不孝，不忠不孝的人，其罪恶已是最大。即使查究有其他罪状，还能比得过这两件不成！"

评 析

在我国传统的儒家思想中，“忠孝”为立身之根本。“忠”是忠诚之意，即每个人都忠于职守，坚持自己的道义，不得欺瞒自己的主子。“孝”指的是孝顺父母，给予他们最真诚的祝福。陈寔对属下的处罚以“忠孝”为基础，但从今日来看，他的处罚未免有矫枉过正之嫌。

2

陈仲弓为太丘长，有劫贼杀财主[①]，主者捕之。未至发所[②]，道闻民有在草[③]不起子者，回车往治之。主簿曰：“贼大，宜先按讨[④]。”仲弓曰：“盗杀财主，何如骨肉相残！”

注 释

① 财主：财货的主人。

② 发所：出事地点。

③ 在草：生孩子。草，产蓐。晋时分娩多用草垫着。

④ 按讨：查办。

译 文

陈仲弓任太丘县县长时，有强盗劫财害命，主管官吏捕获了强盗。陈仲弓正要去事发地点，半路上听说有一户人家生了孩子却不愿意抚养，便掉头前去处理。主簿说：“杀人案事关重大，应当先处理这件事。”仲弓说：“杀人谋财是件大事，但也比不上骨肉相残之事啊！”

评析

陈寔为地方长官，非常注重在德行上教化百姓。他以传统的仁、义、礼、智、信多方面教导百姓，使社会得以安定和谐。

7

山司徒①前后选，殆周遍百官，举无失才；凡所题目②，皆如其言。唯用陆亮③，是诏所用，与公意异，争之，不从。亮亦寻为贿败。

注释

① 山司徒：即山涛。

② 题目：品评。

③ 陆亮：字长兴，当时吏部郎出缺，山涛推荐阮咸，贾充则推荐自己的亲信陆亮。晋武帝选用了陆亮，山涛反对无效。后来陆亮因犯罪被撤职。

译文

山涛曾经两次担任吏部官职，几乎考查遍了朝野百官，没有漏掉一个人才；凡是他品评过的人物，其人格品性都和他说的一样。

只有皇帝想要亲自任用的陆亮，山涛不认同，他也曾为这事争取，但皇帝并没有答应。不过，陆亮也在不久之后因受贿而被革职。

评 析

山涛善于举荐人才，选贤任能。他任吏部尚书时，对于所选用的人才，都亲自写好评论，禀报皇帝，此即为“山公启事”。这个典故后来用于比喻公正公平地选拔人才，也比喻那些能够识才、辨才以及选才的伯乐。

9

王安期①为东海郡，小吏盗池中鱼，纲纪②推之。王曰：“文王③之囿④，与众共之。池鱼复何足惜！”

注 释

① 王安期：王承，字安期，累迁东海内史（在王国里，内史掌管太守职务）。

② 纲纪：主簿（主管府中事务的官）。

③ 文王：周文王。

④ 囿（yòu）：养禽兽的园子。

译 文

王承任东海郡内史时，有个小吏偷了池塘中的鱼，主簿要追查这件事。王承说：“周文王的猎场，大家都可以使用。只不过是池塘中的几条鱼而已，没有什么值得吝惜的！”

评 析

相传周文王的园囿，方圆七十里，附近的子民都可以使用，表示文王不圈私产，愿意与民同乐。王承认为，值得尊敬的周文王既然可以与民共享园圃，今日我又何必为了几条鱼而处罚下人呢?

10

王安期作东海郡，吏录[①]一犯夜[②]人来。王问：“何处来？”云：“从师家受书还，不觉日晚。”王曰：“鞭挞宁越[③]以立威名，恐非致理[④]之本。”使吏送令归家。

注 释

① 录：拘捕。

② 犯夜：触犯夜行禁令。

③ 宁越：人名，这里指读书人。《吕氏春秋》载，有人告诉宁越，要学习三十年才能学有所成，宁越说，我不休息，刻苦学习十五年就行。十五年后，宁越便成为周威公的老师。

④ 致理：致治，获得政绩。

译 文

王承任东海郡内史时，差役在一次巡夜中抓了一个犯宵禁的人。王承审问说：“你从哪来？”那个人回答说：“在老师那学完功课回来，没想到这么晚了。”王承听后说：“以处理一个刻苦的读书人来树立威信，恐怕不是获得政绩的根本手段。”便派差役送他回家了。

评 析

古代有“宵禁”的规矩，即到了一定时候，禁止一般人员或车辆在夜间通行。被抓到的那个读书人，因为求学而忘记时间已晚，不经意间就触犯了宵禁。王承对读书刻苦之人充满敬意，不愿以责罚勤学苦读之人来为自己立威扬名。

12

王丞相拜扬州，宾客数百人并加沾接①，人人有说色。唯有临海一客姓任及数胡人②为未洽③。公因便还到过任边，云：“君出，临海便无复人。”任大喜说。因过胡人前，弹指④云：“兰阇⑤，兰阇！”群胡同笑，四坐并欢。

注 释

① 沾接：款待。

② 胡人：此指胡僧。

③ 洽：指沾光，受到款待。

④ 弹指：搓手指搓出声。在佛经中也用来表示欢喜、许诺等意思。

⑤ 兰阇（shé）：可能是梵语的音译，有不同的解释，如褒誉之辞，寂静处，宣讲佛法的法师，请高兴些吧，赞美他人的敬称，等等。

译 文

丞相王导出任扬州刺史，来了几百名宾客，王导把他们招待得都很高兴。例外的是有临海郡一位姓任的客人和几位胡僧一直没同王导说话。王导便抽空走到这位宾客前说：“您离开了自己的地方，临海郡就不再有人才了。”这位姓任的宾客听了非常高兴。接着王导又走到胡僧面前，弹着手指说：“兰阇，兰阇！”胡僧们全都大笑，周围的人也都显得非常愉悦。

评 析

这则故事说明王导性格开朗，交际能力非常强，用句当代的话就是具有较高的情商。他善于察言观色，能把方方面面的关系处理得很好，使宾客都能各尽其欢。“兰阇”为梵语的译音，亦作“兰奢”，为褒赞之辞。

13

陆太尉[1]诣王丞相咨事[2]，过后辄翻异[3]。王公怪其如此。后以问陆，陆曰："公长民短[4]，临时不知所言，既后觉其不可耳。"

注 释

① 陆太尉：陆玩，字士瑶，吴郡吴县人，曾任尚书左仆射、司空，赠太尉。在他任尚书左仆射时，王导为司徒、录尚书事，总揽朝政，所以他经常要请教王导。

② 咨事：询问，请示。

③ 翻异：指事后改变主意。

④ 公长民短：您名位尊贵，我名位卑微。

译 文

太尉陆玩到丞相王导那里咨询商议事情，每次定好之后都会改变主意。王导就责备他多变。后来王导就此问陆玩为什么会出现这种情况，陆玩回答道："您地位尊贵，我地位卑微，临时不知该怎么说，事过之后就觉得那样不妥，所以会经常改变。"

评 析

陆玩官至太尉，面对地位崇高、名声显赫的丞相王导时，难免会显得有些紧张，当下不能准确地表达出自己的意见。事过之后，陆玩平静地思考，发觉自己当时做的决定不妥。然而陆玩在面对王导的质疑时，却能够自然地说出原因，表明陆玩是一个做事认真、毫不做作的性情中人。

14

丞相[①]尝夏月至石头[②]看庾公[③]。庾公正料事[④]，丞相云：“暑，可小简之。”庾公曰：“公之遗事，天下亦未以为允[⑤]！”

注释

① 丞相：即王导。

② 石头：即石头城，故址在今江苏南京清凉山。

③ 庾公：庾冰，字季坚，庾亮之弟、庾翼之兄，曾任吴国内史、中书监，后来接替王导担任丞相。

④ 料事：处理公事。

⑤ 允：妥当，恰当。

译文

一年夏天，丞相王导到石头城探望庾冰。当时的庾冰正在处理公务，王导说：“今天非常热，你可以处理得稍微简单点。”庾冰说：“如果您留下些公事不办，天下人可未必能答应！”

评析

这则故事体现了王导和庾冰二人在处理政务时态度的差异。王导身为丞相，需要从大局把握事情，注意处理和协调各方利益，以和平稳定发展为主。而庾冰官不及王导，是属于应该做“细活”的人，不能采用王导的处理方法。

15

丞相[①]末年，略[②]不复省事，正封箓[③]诺[④]之。自叹曰：“人言我愦愦[⑤]，后人当思此愦愦。”

注 释

① 丞相：即王导，他辅佐晋元帝、明帝、成帝三世，为政宽和得众，事从简易，晚年更是如此。

② 略：几乎，完全。

③ 封箓：文书，指奏章、公文、簿籍等。

④ 诺：画诺，签字。

⑤ 愦愦：糊涂，昏乱。

译 文

晚年的王导很少再仔细处理政务了，只是在文书上签字同意。他自己感慨地说：“别人都说我老糊涂了，后人应该会怀念我这种糊涂吧。”

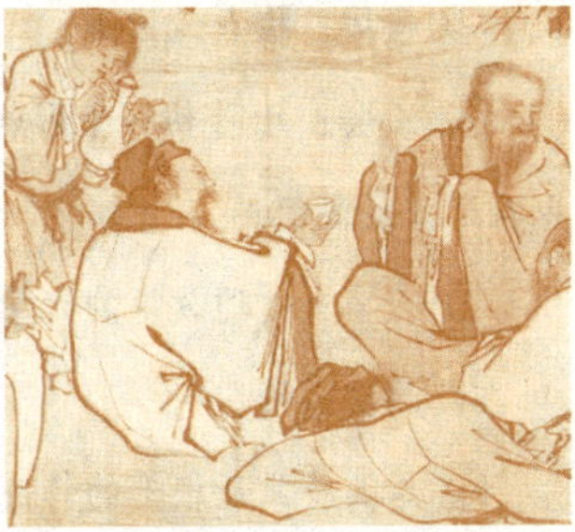

评 析

王导作为丞相，需要统筹上上下下的各种关系，对于很多细节并不在意。王导的做法，世人大多不太理解。王导死后，庾冰接替他的工作执掌东晋朝廷事务。由于他为政苛刻严厉，使得各方矛盾骤然加剧，这时候人们才开始怀念王导之前的处事方法。

16

陶公[①]性检厉[②]，勤于事。作荆州时，敕船官悉录锯木屑，不限多少，咸不解此意。后正会[③]，值积雪始晴，听事[④]前除[⑤]雪后犹湿，于是悉用木屑覆之，都无所妨。官用竹，皆令录厚头[⑥]，积之如山。后桓宣武伐蜀[⑦]，装船[⑧]，悉以作钉。又云：尝发所在竹篙，有一官长连根取之，仍当足[⑨]，乃超两阶[⑩]用之。

注 释

① 陶公：陶侃，字士行，晋庐江浔阳（今江西九江西）人，勤于政事，曾任江夏、武昌太守等职，封长沙郡公。

② 检厉：检点，认真。

③ 正会：正月初一皇帝朝会群臣，接受朝贺的礼仪，封疆大臣也在这天会见僚属。

④ 听事：处理政事的大堂。

⑤ 除：台阶。

⑥ 厚头：靠近根部的竹头。

⑦ 伐蜀：西晋惠帝时（304），李雄占据蜀（今四川）建立割据政权，国号成，后改为汉，史称成汉或后蜀。343 年，传位李势。346 年桓温伐蜀，到347年3月攻占成都，李势投降，成汉亡。

⑧ 装船：组装战船，即几个船组成大船。

⑨ 当足：当作竹篙的铁足。撑船弦的竹篙，头部包上铁制的部件，就是铁足。官长用竹根代替铁足，既便于取材，又节省了铁足。

⑩ 两阶：两个等级。晋代把官阶分为九个等级，叫作九品。

译 文

陶侃生性心思缜密，对事情要求严格，十分勤勉。在他任荆州刺史的时候，下令让造船官员将剩下的木屑收集起来，不论多少，当时大家都不知道陶侃的意图何在。后来正月集会，遇上连续不断的降雪，当天气放晴时，厅堂前的台阶由于下雪而湿漉漉的，于是就用之前存放的木屑覆盖住路面，使官吏们来来往往完全没有影响。陶侃令人把官府所用的竹子剩下的竹根收集起来，堆积如山。后来在桓温攻打蜀地的成汉时，这些竹根在装配船只时都用来做竹钉了。除此之外，陶侃还曾经收集辖区的竹篙，有位官吏把竹子连根拔起，把竹篙当作铁脚使用。于是，陶侃特将此人连升两级。

评 析

陶侃出身寒门，之后虽然步步高升，但始终勤勤恳恳，没有丝毫浮夸之风。他早年曾经吃过很多苦，积累了大量的生活经验，这使他在之后的从政过程中勤劳节俭，合理运用各种物资。

17

何骠骑[1]作会稽，虞存[2]弟謇作[3]郡主簿，以何见客劳损，欲白断常客，使家人节量择可通者。作白事[4]成，以见存。存时为何上佐[5]，正与謇共食，语云："白事甚好，待我食毕作教[6]。"食竟，取笔题白事后云："若得门庭长如郭林宗[7]者，当如所白。汝何处得此人！"謇于是止。

注释

① 何骠骑：何充，字次道，庐江郡灊县(今属安徽霍山)人，曹魏光禄大夫何祯的曾孙，安丰太守何睿之子。曾任会稽内史、骠骑将军、扬州刺史，死后赠司空。

② 虞存：字道长，曾任卫军长史、尚书吏部郎。

③ 謇作：字道直，官至郡功曹。

④ 白事：陈述意见的呈文，报告。白：下级对上级的说明，陈述。

⑤ 上佐：高级佐官的通称，如别驾、治中、长史等。

⑥ 教：指示，批示。

⑦ 郭林宗：郭泰，字林宗，很有能力，品评人物很准确。

译文

骠骑将军何充任会稽内史时，虞存的弟弟虞謇任会稽郡主簿，他认为何充每天都要接待大量宾客会非常累，就想禀告何充谢绝一些普通的宾客，让属下选择重要的宾客再通报。于是拟好文书，拿给哥哥虞存看。此时的虞存担任何充的上佐，正和虞謇一起吃饭。虞存告诉虞謇："你这个文书写得不错，等我吃完饭再作批示。"饭毕，虞存提笔在后面书写意见："若有一个像郭林宗这样使人信服的门亭长，肯定要照你的意见实行。可是你到哪里去找这样的人！"于是虞謇便不再提及此事。

评 析

虞謇心疼上司，认为何充接见客人太多，会过度劳累，应当谢绝一部分客人，并对客人的贵贱做出选择性会见。他的兄长虞存则不同意这样的做法，谢绝一部分宾客是可以的，但是如何甄别宾客的高低贵贱呢？如若没有一个统一的标准来区分，则宁可劳累也要全部会见。

18

王、刘[①]与林公[②]共看何骠骑，骠骑看文书，不顾之。王谓何曰："我今故与林公来相看，望卿摆拨常务，应对玄言[③]，那得方低头看此邪！"何曰："我不看此，卿等何以得存！"诸人以为佳。

注 释

① 王、刘：王濛、刘惔。当时有名的清谈家。

② 林公：支道林，是善谈老庄。

③ 玄言：也称玄谈或清谈，崇尚虚无，专谈玄理。

译 文

王濛、刘惔同支道林一起去看望骠骑将军何充，当时何充在看公文，并没有理会他们。王濛便对何充说：“我们今天和支道林特意来拜访您，希望您能先把公务放置一边同我们谈论玄学，怎么还能继续低着头看这些东西呢！”何充说：“如若我不看这些东西，你们这些清谈者怎么能生存下去！”于是大家都很赞赏何充。

评 析

魏晋时期，多数人重视清谈，忽略了实务。很多朝廷官员虽然有要职在身，却不做实事，把大量精力放在清谈上，并把清谈当作升官的捷径。在这种社会氛围下，何充却能勤于政事。面对王濛、刘惔和支道林，他的话有些讽刺意味，他希望这些清谈者能够少说一些玄之又玄的东西，把更多的精力放到为国家繁荣昌盛出谋划策上去。

19

桓公[1]在荆州[2]，全欲以德被江、汉，耻以威刑肃物[3]。令史[4]受杖，正从朱衣[5]上过。桓式[6]年少，从外来，云：“向从阁[7]下过，见令史受杖，上捎[8]云根，下拂地足。”意讥不著。桓公云：“我犹患其重。”

注释

① 桓公：桓温，字元子，东晋谯国龙亢（今安徽怀远西北）人。曾任征西大将军等职，东晋太和四年（369）伐燕，谥号宣武。

② 荆州：晋时长江、汉水部分地区。

③ 肃物：严峻地对待人、警诫人。

④ 令史：官名，掌管文书。

⑤ 朱衣：红色官服。

⑥ 桓式：桓歆，字叔道，桓温第三子，官至尚书。

⑦ 阁：官署。

⑧ 捎：轻轻擦过。

译文

当时桓温在荆州地区，想完全用思想品德教育来治理江、汉地区的百姓，非常鄙视严刑酷法的统治方针。有一次，一位令史受杖刑，而木棒只从令史红色官服上轻轻擦过。此时桓温的儿子桓式年龄尚小，从外边进来对桓温说：“刚才我从官府门口走过，看见令史在受杖刑，木杖举起高到云跟，落下来时又擦到地脚。”意思是讽刺所受杖刑并未触碰到令史的身体。桓温说：“就这样我还觉得罚重了呢。”

评析

桓温虽然是军人出身，是一位铁骨铮铮的汉子，但也有同情、仁爱等恻隐之心。这则故事体现桓温是一位以德服人的官员，对于属下的责罚看似严重，其实对他们充满内疚，设身处地地为他们着想，生怕他们多吃一点苦头。如此患得患失固然有些可笑，甚至会让人觉得有些沽名钓誉，但仍然可以看得出他单纯可爱的个性。

21

山遐[1]去东阳，王长史[2]就简文索东阳，云："承藉猛政，故可以和静致治。"

注释

① 山遐：字彦林，任东阳郡太守，处事严厉，多用刑杀，郡境肃然。后来死在任上。

② 王长史：王濛，字仲祖，晋太原晋阳（今山西太原）人，简文帝辅政时任司徒左长史，后请求出任东阳太守，简文帝不答应。

译文

山遐离任东阳太守一职后，左长史王濛就到简文帝那里请求继任东阳太守，说道："凭借前任太守猛烈的治世方法，我自然可以温和、委婉地处理政务。"

评 析

由于山遐对百姓采取严厉的政策，大家都战战兢兢地生活，生怕触犯到什么律法，对和平宁静的治理方针非常期待。在这种期望之下，王濛提出的温和宽松的统治政策将会起到良好的效果，达到安抚百姓、休养生息的目的。所以，我们做任何事都要张弛并重，才能收放自如，尽在掌握。

22

殷浩[1]始作扬州，刘尹行，日小欲[2]晚，便使左右取袱[3]。人问其故，答曰："刺史严，不敢夜行[4]。"

注 释

① 殷浩：字渊源，永和二年（346）出任扬州刺史，因父死，去职。除服后，再任扬州刺史。善清谈，负有盛名。

② 小欲：将要。

③ 袱（bǔ）：包袱，行李。

④ 不敢夜行：当时有宵禁，夜行者犯禁。

译 文

殷浩初任扬州刺史，那时丹阳尹刘惔正在从外地回来的路上，天色越来越晚，便让侍从拿出被褥用来晚上休息。别人问他为什么不走夜路，他回答说："我们的刺史太过严厉，我不敢走夜路。"

评 析

殷浩任扬州刺史时，当时的扬州城宵禁特别严厉，连作为名士的刘惔都不敢在夜间赶路，殷浩的严明可见一斑。

23

谢公时，兵厮①逋亡，多近窜南塘②下诸舫中。或欲求一时③搜索，谢公不许，云：“若不容置此辈，何以为京都！”

注 释

① 厮：服杂役的人，差役。

② 南塘：南岸，指秦淮河南岸。

③ 一时：一齐，同时。

译 文

谢安当政时期，经常出现差役逃逸事件，这些人大多都躲藏在秦淮河南岸的船里。当时有人请求谢安下令搜查所有船只，谢安不允，说道：“若不能容忍宽恕这群人，又怎么能治理好京都！”

评 析

在经历永嘉之乱后，中原百姓多流离失所，很多人南下渡江，隐居江南。谢安当政时期，经历淝水之战后，前秦苻坚战败，前秦随之灭亡，黄河流域再次陷入混乱，大批流民逃到南京、镇江、常

州一带。谢安认为，建康之所以被称为京都，是因为其为天子所居之地，城池广大，子民众多，所以也应当能接纳这些流民，表现出谢安的广阔胸襟与不凡的见识。同时，谢安也明白凡事过犹不及的道理，推崇张弛有度的方针。在那样的情况之下，必须有一定的策略来容纳流民，允许他们依附世家大族，同时对于隐瞒户口的大族也放宽政策，这样便能缓和社会各个阶层的矛盾，有利于国家的安宁与稳定。

25

王东亭[①]与张冠军[②]善。王既作吴郡，人问小令[③]曰：“东亭作郡，风政何似？”答曰：“不知治化何如，唯与张祖希情好[④]日隆耳。”

注释

① 王东亭：王珣，字元琳，小字法护，王洽之子，丞相王导之孙，王羲之之侄。曾在桓温手下任主簿，官至尚书左仆射，封东亭侯，故称。

② 张冠军：张玄，后曾任冠军将军（冠军是将军的名号）。

③ 小令：王珉，字僧弥，王珣的弟弟。先前王献之任中书令，后来王珉接任中书令，当时称大小王令。

④ 情好：交情。

译 文

东亭侯王珣和冠军将军张玄两人关系很好。王珣担任吴郡太守之后，有人问他的弟弟王珉说：“东亭侯担任一郡长官，民风和政绩如何？”王珉回答说：“不知道他的政绩教化怎么样，只是看到他和张祖希的交情一天天深厚起来。”

评 析

张玄之学富五车，在当时负有盛名，受到大家的敬仰。在这则故事中，王珉并没有直接点评哥哥王珣的政绩，而是通过叙说他与张祖希的情深意厚，间接地夸赞了王珣，实属机敏过人。

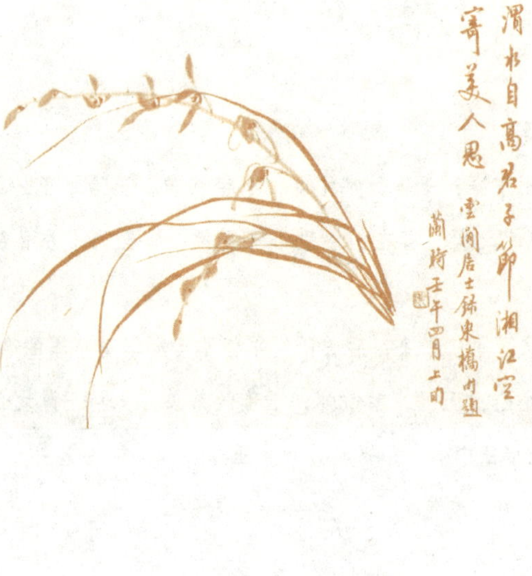

文学第四

1

郑玄[①]在马融[②]门下，三年不得相见，高足弟子传授而已。尝算浑天[③]不合，诸弟子莫能解。或言玄能者，融召令算，一转[④]便决，众咸骇服。及玄业成辞归，既而融有礼乐皆东[⑤]之叹，恐玄擅名[⑥]而心忌焉。玄亦疑有追，乃坐桥下，在水上据屐。融果转式[⑦]逐之，告左右曰："玄在土下水上而据木，此必死矣。"遂罢追。玄竟以得免。

注 释

① 郑玄：字康成，东汉末高密（今山东高密）人，著名经学家，遍注群经，精通历算。

② 马融：字季长，东汉大经学家。

③ 浑天：古代的一种天体学说和大体算法。

④ 一转：指转动一次栻盘。栻盘是古代占卜时用的器具。

⑤ 礼乐皆东：礼和乐是儒家的重要课程。这里是赞郑玄已掌握了礼乐的精髓，随着他东归，东方就成了讲授礼乐的中心。

⑥ 擅名：独享盛名。

⑦ 转式：旋转栻盘推演吉凶，是一种占卜的方法。式，通

"栻"，占卜之具，类似星盘。

译 文

郑玄在马融门下求学，三年都没有见到马融，只是由马融的高才弟子为他讲授而已。马融曾经按浑天学说演算，结果不相符，众弟子没有可以解释的。有人说郑玄能够推算，马融便把他叫来让他演算，郑玄转动一次就得出了结果，大家无不感到惊奇和佩服。等到郑玄学业完成后辞别回家，马融随即发出"礼乐皆东"的慨叹，痛心不已。他担心郑玄会独享盛名，心里便产生了对他的忌妒。郑玄也猜测马融会来追杀他，于是坐到桥下面，脚上穿着木屐搁在水里。马融果然转动栻盘占卜，以寻找郑玄踪迹，然后对身边的众人说："郑玄在土下（坐在桥下）、水上，靠着木头（穿着木屐），这一定是已经死了。"便决定停止追赶，郑玄终于因此免了灾祸。

评 析

在这则故事里，郑玄发挥出其渊博的知识，故意坐在桥下，穿着木屐，使马融推算出他在土下、水上、木头边的状态。马融也懂得栻盘占卜，这个结果就表明郑玄已死，从而放弃了追赶。郑玄在历史上是一名大儒，遍注儒家经典，以毕生精力整理古代文化遗产。但这则故事的真实性并不高，马融也是当时闻名于世的经学家，郑玄作为他的弟子，将马融所传授的学问发扬光大，马融并不可能因为其沿袭自己的衣钵而产生妒忌，更不可能萌生杀意。

2

郑玄欲注《春秋传》①，尚未成。时行，与服子慎②遇，宿客舍，先未相识。服在外车上，与人说己注《传》意；玄听之良久，多与己同。玄就车与语曰："吾久欲注。尚未了；听君向言，多与吾同，今当尽以所注与君。"遂为服氏注③。

注释

①《春秋传》：《春秋左氏传》，即《左传》。

② 服子慎：服虔，字子慎，任九江太守，作《春秋左氏传解谊》。

③ 服氏注：指服虔注解的《春秋左氏传解谊》。

译文

郑玄想要给《左传》做注释，还没有完成。有一次外出办事，和服虔相遇，两人入住同一个客栈。起先两人并不相识，服虔在店外的车子上和别人谈论自己注《左传》的想法，郑玄在一旁听了很久，感到服虔对此书的见解同自己多有相同。郑玄就走了过去对车前的服虔说道："我很早就有给《左传》做注的想法，但是如今还没完成，刚听了您对此事的看法，和我不谋而合，现在应该把我做的注全部送给您。"于是便有了服氏所注之《左传》。

评析

郑玄听说服虔同自己一样都在为《左传》做注，且观点多与自己相同，不但没有妒忌之心，而且将自己辛劳的结果慷慨、诚恳地送给了服虔，便有了服虔所注的《左传》。这件事情告诉我们，当今的学者也应该要有这样的襟怀，不专美，也不掠美，能与人共商学术，又能相互成就。

3

郑玄家奴婢皆读书。尝使一婢，不称旨[①]，将挞之。方自陈说[②]，玄怒，使人曳著泥中。须臾，复有一婢来，问曰："胡为乎泥中？"答曰："薄言往愬，逢彼之怒。"

注 释

① 称旨：称心，符合心意。

② 陈说：陈述，解释，这里指为自己辩解。

译 文

郑玄家里的奴婢都饱读诗书。一次郑玄使唤一个婢女做事，但那个婢女做得不合郑玄心意，郑玄便要用鞭子打她。婢女刚要为自己辩解，郑玄就更加怒不可收，令人把她拖到泥水里。过了一会儿有一个婢女走过来问她："胡为乎泥中？"她回答说："薄言往愬，逢彼之怒。"

评 析

两位婢女的对话都出自《诗经》中的原句，这说明大儒郑玄不仅自己学识渊博，在家里也不禁止婢女读书学习。从两个婢女的对话中可以看出，连自己府中的下人都能随口引经据典，更体现出郑玄学识的广博。

4

服虔既善《春秋》[1]，将为注，欲参考同异。闻崔烈[2]集门生[3]讲传，遂匿姓名，为烈门人赁[4]作食。每当至讲时，辄窃听户壁间[5]。既知不能逾己，稍[6]共诸生叙其短长。烈闻，不测何人，然素闻虔名，意疑之。明蚤往，及未寤，便呼："子慎！子慎！"虔不觉惊应，遂相与友善。

注 释

① 《春秋》：鲁国一部编年体史书，这里指《春秋左氏传》。

② 崔烈：字成考，汉灵帝时官至司徒、太尉，封阳平亭侯。

③ 门生：弟子，学生。

④ 赁（lìn）：做雇工。

⑤ 户壁间：门外。

⑥ 稍：渐渐，逐渐。

译文

服虔已经对《左传》的研究有较高的造诣，将要给它做注释，想要搜集各家不同的意见。他听说崔烈召集学生讲授《左传》，于是隐瞒了自己的身份，去给崔烈的学生当用人做饭。每逢崔烈授课之时，他就躲在门边偷听。等他了解到崔烈学识比不上自己之后，便开始同那些学生谈论崔烈讲授内容的优缺点。崔烈听闻此事，并不知道此人是谁，可是因听到过服虔的名声，便猜到是他。第二天一大早，崔烈前去探访服虔，趁他还没睡醒，便突然叫："子慎！子慎！"服虔不觉惊醒，条件反射地答应了。从此两人就结为密友。

评析

服虔想把《左传》注得相对完美些，便想参考不同人的意见。他故意在崔烈门下当伙夫，隐姓埋名，为自己偷听崔烈的讲课做好准备，这体现出服虔对学问的热情与执着。崔烈故意趁服虔还在酣睡之际大声叫他的名字，使服虔条件反射地答应了，暴露了自己的身份，这也表明崔烈的机敏与细心。崔烈并不介意服虔的偷听，也不在意别人评点自己，并且和服虔成为要好的朋友，更体现了崔烈的宽容大度。

5

钟会撰《四本论》[1]始毕，甚欲使嵇公一见。置怀中，既定，畏其难，怀不敢出，于户外遥掷，便回急走。

注释

①《四本论》：讨论人的才能与德行是否一致、相关，或相悖、分离的文章。

译文

钟会所著《四本论》刚刚完成，很想让嵇康看一看。于是他把书揣进怀里去找嵇康，但钟会又怕嵇康质疑问难，不敢拿出来，便走到嵇康门外把书远远地从外边扔进去，很快转身跑了。

评析

魏晋之际，司马昭有篡位之心已是人人皆知，嵇康不愿依附司马氏政权。然而钟会却是司马昭的心腹，因此两人的立场、作风完全不同。从这则故事中可以看出钟会内心非常纠结，一方面仰慕嵇康的广博才识，盼望能够结交到他，另一方面又很害怕嵇康才学过人、性格耿直，对自己没有自信，不相信自己在面对嵇康的驳问时能自如应答。史书上载，嵇康不愿意理睬钟会，钟会怀恨在心，有心杀之。后来嵇康为司马昭所杀，也有钟会暗中进谗、推波助澜的因素。

6

何晏[1]为吏部尚书，有位望；时谈客盈坐。王弼[2]未弱冠[3]，往见之。晏闻弼名，因条[4]向者胜理语弼曰：“此理仆以为极，可得复难不？”弼便作难。一坐人便以为屈。于是弼自为客主[5]数番，皆一坐所不及。

注释

① 何晏：好玄学，擅长清谈，喜欢谈名理，与王弼、郭象同为唯心主义玄学的代表。

② 王弼：字辅嗣，能言善辩，魏晋玄学的主要开创者，著有《老子注》《周易注》《论语释疑》等书。

③ 弱冠：古代男子到二十岁行冠礼，因为还没有达到壮年，称“弱冠”。也泛指男子二十岁左右。

④ 条：分条列出。

⑤ 自为客主：自己既做提问的一方，也做答辩的一方，即自问自答。

译文

何晏任吏部尚书时，有很高的地位和声望，当时清谈的宾客常常满座。王弼年龄不到二十岁时，也曾前去拜访何晏。何晏听到过王弼的名声，就分条叙述出之前清谈时的玄理来告诉王弼，说：“对于这些玄理，我认为已经了解到了极致，你还能再进行反驳吗？”王弼便又提出了一些驳问，满座的人都觉得何晏理屈。接着，王弼又反复自问自答，自己互为主客，所谈玄理精妙至极，其他在座的人无一能跟得上其思维。

评 析

何晏和王弼都是魏晋时期著名的玄学家。这则故事主要突出了少年时期的王弼聪明无双，学识和口才都是人中翘楚，不仅使当时的宾客折服，连何晏都难以跟得上其脚步。

7

何平叔[①]注《老子》始成，诣王辅嗣[②]。见王注精奇，乃迺神伏[③]，曰："若斯人，可与论天人之际[④]矣！"因以所注为《道》《德》二论。

注 释

① 何平叔：何晏，字平叔，东汉大将军何进之孙，后被曹操收养，娶曹操之女金乡公主，历任侍中、吏部尚书等职。

② 王辅嗣：即王弼。

③ 神伏：神服，倾心佩服。

④ 天人之际：指天和人的关系。天人关系是中国传统哲学的核心问题。

译 文

何晏刚完成对《老子》的注释，就去拜会王弼。他看见王弼的《老子注》见解独到，心生佩服之意，说："如此之人，可以和他讨论天人关系的问题了！"于是把自己注的《老子》改写为《道》

《德》二论。

评 析

何晏和王弼同是当时擅长玄理之人，在当时社会中影响很大，两人还同时为《老子》做注释。当何晏看过王弼所注《老子》之后，表示大为赞赏，直接把自己注的《老子》另选名字。由此可见，何晏能够正确地认识自己的不足，谦虚地承认其他人的观点，为当时学者们提供了榜样。

14

卫玠[①]总角时，问乐令梦，乐云是想。卫曰："形神所不接而梦，岂是想邪？"乐云："因也。未尝梦乘车入鼠穴，捣齑[②]啖[③]铁杵，皆无想无因故也。"卫思因，经日[④]不得，遂成病。乐闻，故命驾为剖析之。卫即小差[⑤]，乐叹曰："此儿胸中当必无膏肓[⑥]之疾！"

注 释

① 卫玠（jiè）：字叔宝，晋河东安邑（今山西运城东北）人。风姿秀逸，善于清谈，因为身体羸弱而早亡，年仅二十七岁任太子洗马（太子的属官），故又称"卫洗马"，后举家渡江到豫章郡。

② 捣齑（jī）：把葱、蒜、姜等捣碎腌成咸菜。

③ 啖（dàn）：给……吃。

④ 经日：《晋书·乐广传》作经月，指过了一段时日。

⑤ 差（chài）：病好了。

⑥ 膏肓（huāng）：心尖的脂肪叫膏，心脏和隔膜之间叫肓。古人认为这是药力达不到的地方，病入膏肓就无药可治了。

译文

卫玠年少的时候问尚书令乐广什么是梦，乐广说梦是心中所想之事。卫玠说："人的身体和精神都不曾接触过的东西，却能出现在梦里，这怎么能是心中所想的呢？"乐广说："这还是有原因的。人们不曾梦见过坐车进老鼠洞，捣菜的时候把菜也吃了进去，这都是因为没有这些想法，没有根据的缘故。"卫玠便思索形成的原因，百思不得其解，最后使自己生了一场病。乐广听说此事后，特意令人驾车来给他解释这个问题。此后，卫玠的病便逐渐好转，乐广感慨地说道："这孩子心里一定不会得无法医治的病！"

评析

卫玠热爱学习，勤于思考，每次遇到疑惑，都会探究到底。乐广听闻他因不得答案而生病，便为他答疑解惑，并认为他内心赤诚且通透，不容易因为抑郁而得心病。

16

客问乐令“旨不至[①]”者，乐亦不复剖析文句，直[②]以麈尾柄确几[③]曰：“至不？”客曰：“至。”乐因又举麈尾曰：“若至者，那得去？”于是客乃悟服[④]。乐辞约而旨达，皆此类。

注 释

① 旨不至：出自《庄子·天下篇》，原文为“旨不至，至不绝”，旨同“指”。

② 直：只是。

③ 几：古人坐时搁置物件的小桌子。

④ 悟服：醒悟而信服。

译 文

有位客人问乐广“旨不至”是什么意思，乐广也不再分析具体意思，只是用拂尘柄敲了敲小桌子说：“达到了没有（指的是拂尘柄敲击桌面的声音）？”客人回答说：“达到了。”乐广于是又举起拂尘说：“如果达到了，怎么能离开呢？（指的是拂尘柄既然碰到了桌面，怎么又离开了呢）”于是客人才醒悟过来，豁然开朗。乐广对事物的解释言简意赅，都像这个例子一样通透。

评 析

这则故事主要说明了乐广善于用简洁的语言，最精准地表达自己的意思。对于“旨不至”，乐广并没有深入字句去解释，而是通过拂尘柄碰到桌面的例子，让客人明白“到达”是相对的，即使是真正接触了，也并非绝对的“到达”。

18

阮宣子[1]有令闻。太尉王夷甫见而问曰：“老庄与圣教[2]同异？”对曰：“将无[3]同？”太尉善[4]其言，辟[5]之为掾[6]。世谓“三语掾”。卫玠嘲之曰：“一言可辟，何假于三！”宣子曰：“苟是天下人望，亦可无言而辟，复何假于一！”遂相与为友。

注 释

① 阮宣子：阮修，字宣子，陈留尉氏人，官至太子洗马，好《周易》《老子》，擅长清谈。

② 圣教：指尧、舜、禹、周文王、孔子的教导，也就是儒家思想。

③ 将无：莫非，大概，表示推测的语气词，意思更倾向于肯定。

④ 善：认为……好。

⑤ 辟：征召。

⑥ 掾（yuàn）：官府中佐助官吏的通称。

译 文

阮修声名远播。一次太尉王衍看到了他，便问道：“老庄的道家思想与儒家思想是否相同？”阮修回答说：“将无同（意思是大概相同）？”王衍对此表示赞同，便征召他为下属官吏。当时他被人称为“三语掾”。卫玠便嘲讽他说：“只说一个字就可以被征为下属，何必要用三个字！”阮修道：“如果这个人是众望所归，即使是不发一言也能被赏识，又何须一个字呢！”此后卫玠和阮修成为好朋友。

评 析

作为我国的传统思想，儒家与道家的关系并没有人敢断定。阮修亦不敢明确地说老庄的道家思想和儒家思想一致，所以用不确定的语气回答“将无同”，因此得到王衍的赞赏。卫玠对此则表示不屑，认为“一言可辟”，言下之意是回答一个“同”字就足够了，回答三个字则没必要。魏晋之际的玄学家，既推崇老庄，又提倡儒家思想，往往以玄学的观点来解释儒家思想，力图调和儒与道之间的矛盾，阮修与卫玠的看法不同，也是因为这样的社会风向。

19

裴散骑①娶王太尉②女。婚后三日，诸婿大会，当时名士，王、裴子弟悉集。郭子玄③在坐，挑与裴谈。子玄才甚丰赡④，始数交，未快。郭陈张⑤甚盛；裴徐理前语，理致⑥甚微，四坐咨嗟称快。王亦以为奇，谓诸人曰：“君辈勿为尔，将受困寡人女婿。”

注 释

① 裴散骑：裴遐，字叔道，任散骑郎。他善谈名理，且谈吐风雅。

② 王太尉：即王衍，曾任太尉，故称。

③ 郭子玄：郭象，字子玄，曾任豫州长史、黄门侍郎。

④ 丰赡：富足，这里指才识渊博。

⑤ 陈张：铺陈、理致，义理情致。

⑥ 理致：义理精致。

译 文

散骑郎裴遐娶太尉王衍的女儿为妻。结婚后第三天，王家邀各位女婿参加宴会，当时的社会名流和王、裴两家子弟共聚一堂。当时，郭象也在其中，他带头和裴遐清谈。郭象才识很渊博，刚清谈没几个来回，觉得不够过瘾。郭象把玄理分析得面面俱到，裴遐则不紧不慢地总结之前的内容，对玄理细致入微地讲解，在座的宾客无不表示赞叹与钦佩。王衍也甚为惊奇，于是对大家说："你们不要再这样谈下去了，不然就要被我女婿难住了。"

评 析

裴遐也是魏晋时期著名的清谈之士，在他婚后的家庭私人聚会中，与在座宾客清谈，足见当时清谈风气之盛。裴遐有着从容的气度和深远的见解，使在座宾客深深折服，也反映出裴遐较强的人格魅力。

20

卫玠始度江，见王大将军[①]。因夜坐，大将军命谢幼舆[②]。玠见谢，甚说之，都不复顾王，遂达旦微言[③]，王永夕[④]不得豫[⑤]。玠体素羸，恒为母所禁；尔夕忽极，于此病笃，遂不起。

注 释

① 王大将军：王敦，曾任大将军，故称。

② 谢幼舆：谢鲲，字幼舆，在王敦手下任长史，后出任豫章太守，好玄学，擅长音乐。

③ 微言：精微之言，玄谈。

④ 永夕：长夜，整夜。

⑤ 豫：通“与”，参加。

译 文

卫玠在南渡之初，前去拜见大将军王敦。由于他们夜里在一起清谈，王敦便把谢鲲也邀请过来。卫玠初见谢鲲，对他印象比较好，便再也不理会王敦，二人一直清谈到次日早上，而王敦整夜都插不上话。卫玠本来身体就不好，常常被他母亲管束住，不让他多谈论。而这一夜，他突觉身体困乏，病情恶化，最后去世了。

评 析

在清谈之风盛行的魏晋时期，卫玠和谢鲲惺惺相惜，有种一见如故的感觉。他们彻夜清谈，卫玠为此而病情加重，最终离开人世。

对于清谈，表面看似较为简单，实则要对玄学进行大量思索与阐发，非常消耗精力，而卫玠又为此倾注了极大的热情与毅力，足见当时这种风气在生活中的重要性。

25

褚季野[1]语孙安国[2]云：“北人[3]学问，渊综[4]广博。”孙答曰：“南人学问，清通[5]简要。”支道林闻之，曰：“圣贤固所忘言[6]。自中人[7]以还，北人看书，如显处视月；南人学问，如牖[8]中窥日。”

注 释

① 褚季野：褚裒，字季野，东晋河南阳翟（今河南禹州市）人。

② 孙安国：孙盛，字安国，曾任秘书监，著有《魏氏春秋》《晋阳秋》。

③ 北人：一说北人指黄河以北的人，南人同理。

④ 渊综：深厚而且融会贯通。

⑤ 清通：清新通达。

⑥ 忘言：指默识其意，无须用言语来说明。

⑦ 中人：中等人，指具有中等才质的人。

⑧ 牖（yǒu）：窗户。

译 文

褚裒对孙盛说："北方人对学问的探讨，深厚广博且融会贯通。"孙盛回答说："南方人探寻学问，主要宗旨是清新通达而且简明扼要。"支道林听了他们的对话说："对于圣贤我们便不多说什么了。对于中等才质以下的人来说，北方人读书，像是在敞亮处看月亮；南方人做学问，像是从窗户里看太阳。"

评 析

褚裒和孙盛的对话，实际上是在说魏晋时期南北方在学风上的差异。北方人读书，博览群书，追求数量，但是博而不精。南方人读书，喜欢精读，对一本书要求读透彻，发掘其中一切所包含的内容，但是视野狭窄，精而不博。

28

谢镇西[①]少时，闻殷浩能清言，故往造之。殷未过有所通[②]，为谢标榜[③]诸义，作数百语；既有佳致[④]，兼辞条丰蔚[⑤]，甚足以动心骇听。谢注神倾意，不觉流汗交面[⑥]。殷徐语左右："取手巾与谢郎拭面。"

注 释

① 谢镇西：谢尚，曾任镇西将军，故称。

② 通：陈述，阐发。

③ 标榜：提示。

④ 佳致：风致，指谈吐、举止风雅。

⑤ 丰蔚：丰富华美。

⑥ 交面：在脸上交织。

译 文

镇西将军谢尚年轻的时候，听闻殷浩善于清谈，便去拜访他。殷浩没有对玄理多加解释，只是给谢尚说了一些道理，有百句之多；殷浩不但辞藻丰富多彩，而且谈吐温文尔雅，给人以超凡脱俗的感觉。谢尚全神贯注地听他讲解，不知不觉中已经汗流满面。殷浩从容地吩咐手下人说：“取毛巾来给谢尚擦脸。”

评 析

谢尚年轻的时候非常好学，专心致志地听殷浩清谈，不觉中已是满头大汗，说明殷浩的清谈高深莫测，需要下很大功夫才能跟得上其思维。此时的殷浩亦没有表现出取笑的神情，而是细心地吩咐下人拿手巾给谢尚擦脸，说明其人格高贵。

38

许掾[1]年少时，人以比王苟子[2]，许大不平。时诸人士及支法师并在会稽西寺[3]讲，王亦在焉。许意甚忿，便往西寺与王论理，共决优劣。苦相折挫，王遂大屈。许复执王理，王执许理，更相覆疏[4]，王复屈。许谓支法师曰："弟子向语何似？"支从容曰："君语佳则佳矣，何至相苦邪？岂是求理中之谈哉！"

注 释

① 许掾：许询，曾被召为司徒掾。

② 王苟子：王脩，字敬仁，小名苟子。

③ 西寺：即光相寺，在会稽（今浙江绍兴）城西。

④ 覆疏：反复陈说，反复辩论。

译 文

许询年轻时，人们常拿他和王脩在一起对比，许询就非常不甘心。有一次，很多名士和支道林一起在会稽的西寺讲论，王脩也在场。许询心里很不服气，便到西寺去和王脩辩论玄理，看到底谁能更胜一筹。经过一番舌枪唇战，王脩被许询彻底驳倒。接着，两人又相互用对方的义理，再次反复驳斥，王脩又被驳倒了。许询就问支道林："弟子刚才的谈论怎么样？"支道林从容地回答说："你的谈论好是好，但是何至于要互相困辱呢？这哪里是为了寻求真理而辩论啊！"

评析

在这则故事中，许询因不满被与王脩做对比而想把他驳倒，经过一番辛苦之后，才将王脩挫败。但这并不是真正的胜利，支道林道出了辩论的目的与意义：辩论是为了探求义理，交流思想，而不是一味地挫败对方，为自己赢得荣誉，这就失去了辩论的意义。在这里，许询赢了辩论，却输了气量。

43

殷中军读《小品》，下二百签[1]，皆是精微，世之幽滞[2]。尝欲与支道林辩之，竟不得。今《小品》犹存。

注释

① 签：签注。读书有疑难处，夹上字条做标记。

② 幽滞：深奥难解。

译文

中军将军殷浩读佛经《小品》，有许多读不懂的地方，遂加了二百张字条做标注，这些地方是极为奥妙的，在当时是很难弄明白的。殷浩曾经想和支道林共同探讨这些问题，终究不能如愿。现在《小品》仍然保存了下来。

评 析

殷浩善于在读书过程中发现问题、探索问题，碰到读不懂的地方就做出标记，实在是一种良好的读书习惯。

52

谢公因子弟集聚，问：“《毛诗》[①]何句最佳？”遏[②]称曰：“昔我往矣，杨柳依依；今我来思，雨雪霏霏。”公曰：“讦谟定命。远猷辰告。”谓此句偏有雅人深致[③]。

注 释

① 《毛诗》：即《诗经》诗。

② 遏：谢玄，小名遏儿。

③ 深致：深远的意趣。

译 文

谢安趁子侄后辈们聚会在一起的时候，问道：“《诗经》里面哪一句最好？”谢玄说：“我认为最好的一句是‘昔我往矣，杨柳依依；今我来思，雨雪霏霏。’”谢安说：“应该是‘讦谟定命，远猷辰告’最好。”谢安认为这一句最能表达高雅之士的情怀与志向。

评 析

谢玄和谢安的回答不同，是因为他们所处视角不同。谢玄从百姓的角度出发，认为“昔我往矣，杨柳依依；今我来思，雨雪霏霏”写出了百姓劳役之苦；由于谢安身居显要，需要时刻统筹整个国家，所以把“讦谟定命，远猷辰告”当作最爱。虽然两人的角度不同，但是所要表达的都是对国家的热爱之情。

53

张凭[1]举孝廉[2]，出都[3]，负其才气，谓必参时彦[4]。欲诣刘尹，乡里及同举者共笑之。张遂诣刘，刘洗濯料事，处之下坐，唯通寒暑，神意不接。张欲自发无端。顷之，长史诸贤来清言，客主有不通处，张乃遥于末坐判之，言约旨远，足畅彼我之怀，一坐皆惊。真长延之上坐，清言弥日，因留宿至晓。张退，刘曰：“卿且去，正当取卿共诣抚军[5]。”张还船，同侣问何处宿，张笑而不答。须臾，真长遣传教[6]觅张孝廉船，同侣惋愕。即同载诣抚军。至门，刘前进谓抚军曰：“下官今日为公得一太常博士妙选。”既前，抚军与之话言，咨嗟称善，曰：“张凭勃窣[7]为理窟[8]。”即用为太常博士。

注 释

① 张凭：371年前后在世，字长宗，吴郡人。少聪慧，善清谈，举孝廉，用为太常博士，累迁吏部郎、御史中丞、司空长史。

② 孝廉：汉代选拔人才的科目，魏晋沿用。

③ 出都：指到京城去。

④ 时彦：当时的贤士，名流。

⑤ 抚军：建文帝司马昱，当时任抚军将军。

⑥ 传教：传达命令，这里指传达命令的人。

⑦ 勃窣（sū）：形容才华横溢，词彩缤纷。

⑧ 理窟：指富于才学。

译 文

张凭被举荐为孝廉之士，他前去京城，自恃其才，认为自己一定能加入当时的名士之列。他想去拜访丹阳尹刘惔，同乡以及同时被举荐者都嘲笑他。果然于一日，张凭真的前去拜访刘惔，当时的刘惔在处理其他事务，只和张凭随便寒暄几句，让他坐于末位，神情之中并没有表现出对张凭的重视。然而张凭却想主动引发话题，又苦于没有由头。不久，长史王濛与其他名士一起来清谈，每当双方有不能理解的地方，张凭便在末位为他们深入剖析，这样就使双方通畅地交流。张凭的剖析言简意赅，表现出不凡的造诣，在座的人无不感到惊异。刘惔遂邀请张凭上座，并与他清谈了一整天，还留他在府中住了一晚。次日早上，张凭正要告辞，刘惔说："你且先回去，等我邀请你一同去拜见抚军将军司马昱。"于是张凭回到自己的船上，同伴问他昨晚在哪过夜，他只是笑而不答。不一会儿，刘惔派人来找到张凭的船，周围的人都很惊诧。接着，张凭便和刘惔同乘一车去拜见司马昱。到了门口，刘惔先进去对司马昱说："下官今日为您选得一位博学之才。"待张凭进入抚军府，司马昱亲自与他谈话，当下就夸赞说："张凭才识过人，堪称义理的渊薮（sǒu）。"当下就任用他为太常博士。

评析

张凭作为一个毛头小子初到京城，能得到当时名士刘惔的肯定以及当政者司马昱的赏识，并取得高官厚禄，靠的就是他出众的清谈本领。清谈的核心为探讨玄学义理、交流彼此的看法，但单凭一张嘴就获得美好前途，有时候也存在沽名钓誉之辈，当时的清谈之风，从这则故事中可见一斑。

57

僧意在瓦官寺中，王苟子来，与共语，便使其唱理[①]。意谓王曰："圣人有情不？"王曰："无。"重问曰："圣人如柱邪？"王曰："如筹算[②]，虽无情，运之者有情。"僧意云："谁运圣人邪？"苟子不得答而去。

注释

① 唱理：带头提出义理。

② 筹算：筹码，计算的用具。

译文

僧意住在瓦官寺，有一次王脩来到寺里，两人坐在一起清谈，僧意便让他先开个头。僧意问王脩说：“你说圣人有没有感情？”王脩说：“没有。”僧意又问道：“那你的意思是说圣人同柱子一样没有感情吗？”王脩说：“圣人像筹码，虽然没有感情，可是使用它的人有感情。”僧意又问：“有谁能使用圣人呢？”王脩没有回答就走了。

评 析

这里所谓的“情”为人世间的诸多情感，包括好、恶、怒、哀、乐等。圣人是否有情，这是魏晋时期清谈的一个重要方面。有人认为圣人无情，人才有情，且人经常容易为情所困；也有人认为圣人有情，但圣人的情不同于凡人，凡人只不过容易为情所羁绊。王脩回答说圣人是无情的，是清谈时为了反问僧意，并无实际意义，所以他无法自圆其说，使自己陷入尴尬的境地。

62

羊孚[①]弟娶王永言[②]女，及王家见婿，孚送弟俱往。时永言父东阳[③]尚在，殷仲堪是东阳女婿，亦在坐。孚雅[④]善理义，乃与仲堪道齐物[⑤]，殷难之。羊云：“君四番后当得见同。”殷笑曰：“乃可[⑥]得尽，何必相同。”乃至四番后一通。殷咨嗟曰：“仆便无以相异。”叹为新拔[⑦]者久之。

注释

① 羊孚：字子道，泰山南城人，羊祜的后人，历太学博士、兖州别驾，自幼才华横溢，巧于文章，不幸早夭。

② 王永言：王讷之，字永言，曾任尚书左丞、御史中丞。

③ 东阳：指王临之，字仲产，曾任东阳太守，故称。

④ 雅：很，甚，颇。

⑤ 齐物：即《齐物》，《庄子》中的一篇，论述世间事物并无差别。

⑥ 乃可：宁可。

⑦ 新拔：清新超拔。

译文

羊孚的弟弟娶了王永言的女儿。等王家见女婿的时候，羊孚送弟弟一起去。当时王永言的父亲东阳太守王临之还在世，女婿殷仲堪也在场。羊孚长于玄学的清谈，便与殷仲堪谈论《齐物》。殷仲堪不时地对羊孚进行驳斥，羊孚说："等过了四个回合之后，你就会与我的意见相同了！"殷仲堪笑着说："宁愿一直谈下去，怎么会相同呢！"果不其然，四个回合过后，殷仲堪的看法果然已与羊孚一致了。殷仲堪不禁赞叹道："我没有不同意见了！"于是在很长一段时间内他都在赞叹羊孚的清新超拔。

评析

羊孚作为晚辈，清谈的水平却令人惊讶，甚至能预测到殷仲堪在四个回合后一定会认同自己的观点，实在是后生可畏。

63

殷仲堪云："三日不读道德经，便觉舌本间强[1]。"

注 释

① 间强（jiàn jiàng）：僵硬。

译 文

殷仲堪说："若三天不读《道德经》，就会觉得舌根发硬。"

评 析

当时的清谈主要以"三玄"为主，即《老子》《庄子》《周易》。殷仲堪这句话直接表达了自己若长期不清谈，就会舌根僵硬，言辞表达不畅。

66

文帝[1]尝令东阿王[2]七步中作诗，不成者行大法[3]。应声便为诗曰："煮豆持作羹，漉[4]菽以为汁。萁在釜下然，豆在釜中泣；本自同根生，相煎何太急！"帝深有惭色。

注 释

① 文帝：魏文帝曹丕帝。

② 东阿王：曹植，字子建，曹丕的同母弟，天资聪敏，当时杰出的诗人，曹丕登帝位后，他受到压迫，一再贬爵徙封，后封为东阿王。

③ 大法：大刑，重刑，这里指死刑。

④ 漉（lù）：过滤。

译 文

魏文帝曹丕曾经命令东阿王曹植在七步之内作成一首诗，如果不能作出，就要判处他死刑。曹植应声便作成一诗："煮豆持作羹，漉菽以为汁。其在釜下然，豆在釜中泣；本自同根生，相煎何太急！"魏文帝听了深感惭愧。

评 析

这是一首耳熟能详的诗，意思是煮熟豆子来做羹，豆子能压榨出豆汁。豆秆被焚烧于炉火中，豆子却在锅里哭泣；我们都是一根所生，为何要这样着急着相互煎熬！曹丕让曹植七步成诗，本来就是刁难之意。曹植不仅能在七步之内完成，还用豆子和豆秆比喻自己和曹丕，用来提醒和谴责曹丕：我们是一母所生的亲兄弟，为什么要相互残害呢？后世用"七步之才"形容才思敏捷的人。

67

魏朝封晋文王为公，备礼九锡[1]，文王固让不受。公卿将校[2]当

诣府敦喻。司空郑冲驰遣信就阮籍求文。籍时在袁孝尼家，宿醉扶起，书札③为之，无所点定④，乃写付使。时人以为神笔。

注 释

① 九锡：古代天子赐给诸侯或者大臣的九种器物，是一种最高的礼遇。

② 公卿将校：泛指朝廷中的文武官员。

③ 札（zhá）：书写用的木片。

④ 点定：修改。

译 文

魏朝封司马昭为晋公，并准备给他九锡大礼，司马昭执意推辞，不肯受礼。文武百官将要到他府上劝其收下赏赐，司空郑冲遣使疾驰到阮籍那里，请他写一篇文章劝说司马昭接受九锡大礼。当时阮籍正在袁孝尼家，在醉酒中被人扶起，并于木片上写下一文，全篇一气呵成，无半点修改，写完后就将文章交给来使。当时的人认为阮籍是神笔。

评 析

所谓“司马昭之心，路人皆知”，司马昭虽为魏朝的臣子，但篡位谋逆之心已十分明显，天下皆知。曹魏给司马昭封公爵、加九锡，已经是作为臣子最高的殊荣。司马昭却佯装推辞，为了营造出是在全朝大臣共同呼吁下不得已才接受的情景，经过文武大臣和当时名士再三敦促劝进，司马昭才肯接受。阮籍醉酒之中书写文章，且行文流畅，毫无瑕疵，体现了他才思敏捷、文学功底厚实的优点；或许阮籍早已看透司马昭这个人，早知道他会这样，便于胸中早已成文。阮籍在魏晋之际曹氏与司马氏的政治斗争中并未表现出明显的政治倾向，而是每日醉生梦死，同时谨小慎微，不过问政治，以免使自己遭杀身之祸。

68

左太冲[1]作《三都赋》[2]初成，时人互有讥訾[3]，思意不惬。后示张公[4]，张曰："此二京[5]可三。然君文未重于世，宜以经高名之士。"思乃询求于皇甫谧[6]。谧见之嗟叹，遂为作叙。于是先相非贰[7]者，莫不敛衽赞述焉。

注 释

① 左太冲：左思，字太冲，晋代诗人，曾用十年时间写成《三都赋》。

② 《三都赋》：指《魏都赋》《吴都赋》《蜀都赋》。

③ 讥訾（zī）：讥笑，非难。

④ 张公：指张华，学识广博，勇于赴义，名重一时，曾任太常、司空。

⑤ 二京：指东汉班固《两都赋》和张衡《二京赋》。班固，东汉著名文学家，科学家张衡拟班固《两都赋》作《二京赋》。两都、二京都是指汉代的东都（京）洛阳和西都（京）长安。

⑥ 皇甫谧（mì）：字士安，博览群书，著有《高士传》，名望很高，晋武帝屡召为官，不就。

⑦ 非贰：非难，不同意。

译文

左思刚完成《三都赋》的撰写，当时的人就开始对他进行讥笑和非难，左思非常不舒服。后来他把文章拿给张华看，张华说："这部《三都赋》可以同《两都》《二京》鼎足而立。但是如今您的文章并未被大家重视，需要先拿去给名士，让他们推荐。"于是左思便拿着《三都赋》去请教皇甫谧，皇甫谧看了之后对其赞赏有加，并写了一篇叙文。之后，先前非难、怀疑这篇赋的人，都开始赞扬他了。

评析

左思虽写得一手好文章，奈何无人赏识，还遭到别人的讥讽，后将文章拿给皇甫谧看并得到他的推荐，士人才开始对其争相传颂，一时间洛阳纸贵，说明当时的文人想要使自己的文章得到认可，就必须由名人推荐，侧面体现了魏晋时期门阀士族举荐之风的盛行。

70

乐令善于清言，而不长于手笔①。将让河南尹，请潘岳②为表。潘云：“可作耳，要当③得君意。”乐为述己所以为让，标位④二百许语。潘直取错综，便成名笔。时人咸云：“若乐不假潘之文，潘不取乐之旨，则无以成斯矣。”

注 释

① 手笔：文辞，文章。

② 潘岳：字安仁，世称潘安，早负才名，曾任著作郎等职，以擅写文章著称，长于抒情，善用辞藻。

③ 要当：总归，必须。

④ 标位：阐述，揭示。

译 文

尚书令乐广擅长清谈，可是不擅长写文章。他想辞去河南尹职务，便让潘岳替他写奏章。潘岳说：“我是可以写，但是要知道你为什么要这样啊。”乐广就告诉了潘岳自己要辞职的原因，阐述下来有将近二百句话。潘岳便把他说的这些话重新编排，就成了一篇名作。当时的人都说：“若是乐广不借潘岳的文辞，潘岳不明白乐广的想法，就不能编出这么优秀的书了。”

评 析

好文章的标准是不仅文笔要好，而且内容也要好。潘岳的文笔和乐广的意旨共同组成了一篇佳作。所以，在写文章的时候不能只重视辞藻优美与否，也不能只注重叙事的内容，而要使两者统一。这则故事还告诉我们，做任何事不要只考虑一个人的力量，而要多与其他人合作，发挥各自特性，才能共同创造出美好的事物。

72

孙子荆除妇服[①]，作诗以示王武子。王曰："未知文生于情，情生于文！览之凄然，增伉俪[②]之重。"

注 释

① 除妇服：按照礼俗为妻子服丧期满，脱去丧服。

② 伉俪（kàng lì）：夫妻。

译 文

孙子荆脱掉丧服之后，为妻子作了一首悼亡诗，并拿给王济看。王济看后说："看不出是情出于文，还是文出于情！看了之后只觉悲伤，也使我更加明白了夫妻间情谊的重要。"

评 析

文章能够体现情感，好的文章更能使情感升华，有情感的诗文才具有感染力。

95

王东亭到桓公吏，既伏阁下[①]，桓令人窃取其白事。东亭即于阁下更作[②]，无复向一字。

注释

① 伏阁下：在官署里。阁，官署。

② 更作：重写，另写。

译文

王珣将要去任桓温的属官，已经到了官署里，桓温令人偷走了他的文书。王珣当下就在官署重新写了一份，竟然同上一篇不存在一处相似的地方。

评析

桓温为了考量王珣，故意拿走王珣的文书。王珣从容地又重新写了一篇，竟与上一篇完全不同，由此可见王珣的聪慧机敏、学问广博和气度沉稳。

96

桓宣武北征，袁虎[①]时从，被责免官。会须露布[②]文，唤袁倚马前令作。手不辍笔，俄得七纸，殊可观[③]。东亭在侧，极叹其才。袁

虎云："当令齿舌间得利。"

注 释

① 袁虎：袁宏，字彦伯，小字虎，曾任谢尚参军、桓温府记室参军，官至东阳太守。

② 露布：不封口的文书，多指军中征讨檄文、公告或捷报。

③ 可观：好，优美。

译 文

桓温北征之时，袁虎因事受到责罚，被免了官，但当时也在出征之列。当时桓温正需要写篇文书，桓温把袁虎叫来，让他靠着马写文书。袁虎手中的笔不停地写，立刻写出了七张纸的内容，且质量非常高。王珣在一旁看着，对他的才华十分欣赏。袁虎说："也应该让我在口头上得到一点好处了。"

评 析

袁虎的一句"当令齿舌间得利"，暗示自己空有才华，但无人赏识，而且还被罢了官，只能得到王珣口头上的一点奖励了。"倚马可待"这个成语就出自这则故事，用来形容才思敏捷，在短时间内就能写出一篇好文章。

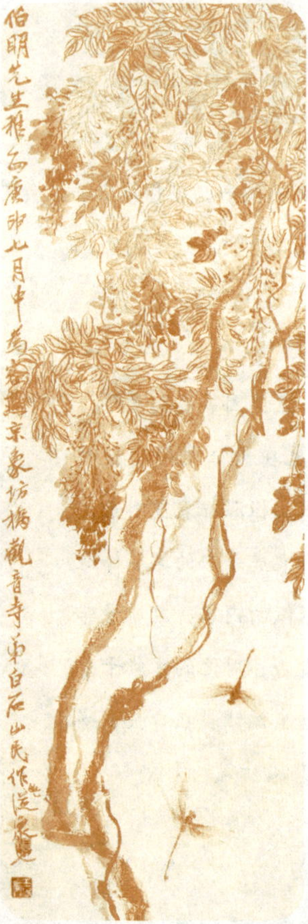

方正第五

1

陈太丘[1]与友期行，期日中，过中不至，太丘舍去，去后乃至。元方[2]时年七岁，门外戏。客问元方："尊君在不？"答曰："待君久不至，已去。"友人便怒，曰："非人哉！与人期行，相委[3]而去！"元方曰："君与家君期日中。日中不至，则是无信；对子骂父，则是无礼。"友人惭，下车引之。元方入门不顾。

注 释

① 陈太丘：即陈寔，曾任太丘长。

② 元方：即陈纪。

③ 委：抛弃。

译 文

太丘长陈寔和朋友约定一起出行，约定出发时间是中午，过了中午朋友还没有来，陈寔便不再管他，独自出发了，他走了之后那位朋友才到约定地点。当时陈寔七岁的儿子元方在门外玩，客人问他："你的父亲在家吗？"元方回答说："他等了您很久，以为您不来了，就独自走了。"那位朋友便生起气来，说道："真不是人

呀！明明约好了，却扔下别人不管，自己先走了！”元方说：“您跟我父亲约的时间是中午，到了中午还不来，这是您不守信用；当着孩子的面骂他的父亲，这是不讲礼貌。”那位朋友听了之后感觉惭愧，便下车招呼他。元方扭头便向家里走去，再也没多看那位朋友一眼。

评 析

陈纪虽然年幼，但懂得很多道理，且性格耿直，能够不卑不亢地维护父亲的尊严，让那些不懂礼貌的人汗颜不已。

6

夏侯玄[①]既被桎梏[②]，时钟毓为廷尉，钟会先不与玄相知，因便狎[③]之。玄曰：“虽复刑余之人[④]，未敢闻命[⑤]。”考掠初无一言，临刑东市[⑥]，颜色不异。

注 释

① 夏侯玄：字太初，魏齐王曹芳时任太常，为九卿之一，主管礼仪祭祀之事。

② 桎梏（zhì gù）：脚镣和手铐，拘捕。

③ 狎（xiá）：亲近而不庄重。

④ 刑余之人：受过刑的人。

⑤ 闻命：听从命令。这里说未敢闻命，意即不愿与之交往。

⑥ 东市：行刑的地方，法场。

译 文

夏侯玄被逮捕的时候，钟毓任廷尉，他弟弟钟会之前本与夏侯玄不和，这时便趁机对夏侯玄示好。夏侯玄说："我虽然是罪人，也还是不愿意与你交好。"后来夏侯玄被用刑，全程不发一声，临到解赴法场行刑，也依然面不改色。

评 析

夏侯玄是当时的名士，钟会一直比较欣赏他，曾经想与之结交，但夏侯玄鄙薄钟会的为人，始终不愿意接近他。夏侯玄下狱时，钟会的哥哥钟毓为案件主审，钟会趁此机会，想再次向夏侯玄示好。然而夏侯玄虽已是阶下之囚，却仍然能坚持自己的品行，不接受钟会的讨好，表现出其刚硬耿直的性格，宁为枝头抱香死，不为落叶舞秋风。

9

和峤[1]为武帝所亲重，语峤曰："东宫顷[2]似更成进，卿试往看。"还，问何如，答云："皇太子圣质[3]如初。"

注 释

① 和峤：字长舆，任侍中，迁中书令，曾任太子少傅。

② 顷：近来。

③ 圣质：资质，“圣”字是敬辞。

译文

和峤是晋武帝的亲信，武帝对他非常亲近和器重。有一次武帝对和峤说：“东宫太子最近好像是有所进步，你去看看是不是这样。”和峤去了之后，武帝问他情况，和峤回答说：“太子的资质同以前并无变化。”

评析

晋武帝非常宠信当时的太子，但是和峤一直认为太子不能担当大任。皇帝故意夸奖太子，想让和峤高看太子，争取他的支持。和峤去试探之后，回来回答说太子并无变化。这样的说法其实是委婉之辞，实则说皇太子与傻子无异。和峤也是个聪敏之人，他明白晋武帝是何用意，但他本着为国家认真负责的态度，敢于坚持自己的看法，而不是一味顺从皇帝。他这种耿直、负责的态度在当今社会也是值得学习的。

10

诸葛靓后入晋，除大司马，召不起。以与晋室有仇，常背洛水①而坐。与武帝有旧，帝欲见之而无由，乃请诸葛妃呼靓。既来，帝就太妃间相见。礼毕，酒酣，帝曰："卿故复忆竹马之好不？"靓曰："臣不能吞炭漆身②，今日复睹圣颜。"因涕泗百行。帝于是惭悔而出。

注 释

① 洛水：今河南洛河。

② 吞炭漆身：战国时期，韩、赵、魏联合攻杀智伯，智伯的门客豫让为了报答智伯的知遇之恩，决心为他报仇。他吞下木炭，用油漆涂身，改变了自己的音容面貌，寻找机会行刺杀害智伯的赵襄子，事败而死。这里用来比喻忍辱含垢、矢志复仇。

译 文

诸葛靓后来到了晋朝，被授予大司马，但他却不肯接受征召。因为他与晋王室有仇，所以常常背对洛水而坐。诸葛靓与晋武帝司马炎亦属旧交，但武帝却找不出一个见他的理由，便令诸葛靓的姐姐诸葛太妃把他叫来。诸葛靓到了之后，武帝前去太妃处与之相见。待诸葛靓行过礼，二人开始酣畅地喝酒，武帝问："你还记得我们小时候的竹马之情吗？"诸葛靓回答道："今天又看到了圣上，我做不出豫让那样用漆炭涂身为父报仇的事。"说完便泪水横流。武帝惭愧而出。

评 析

诸葛靓之父诸葛丰为晋室所迫害，他便不肯出任晋朝的官职。晋武帝与之有故交，有意与他叙旧，但他始终不顺从武帝的意思，甚至说自己没有豫让那样用漆炭涂身、为父报仇的勇气，表示心中仍然耿耿于怀，不愿意原谅。古人云："杀父之仇，不共戴天。"头顶深仇大恨，固然有儿时的情谊也枉然。

11

武帝语和峤曰："我欲先痛骂王武子[1]，然后爵[2]之。"峤曰："武子俊爽，恐不可屈。"帝遂召武子，苦[3]责之，因曰："知愧不？"武子曰："尺布斗粟[4]之谣，常为陛下耻之。它人能令疏亲，臣不能使亲疏。以此愧陛下。"

注 释

① 王武子：王济，累迁侍中。

② 爵：爵位，这里指封爵。

③ 苦：狠狠地，极力地。

④ 尺布斗粟：比喻兄弟不和，出自《史记·淮南衡山列传》。

译 文

晋武帝对和峤说："我想先把王济痛骂一顿，然后再封他爵位。"和峤说："王济才华过人，性格耿直，这样做恐怕无法让他屈服吧。”武帝于是召见王济，并狠狠地责骂了他，然后问道：“你可知道羞愧？”王济说：“每当我想起尺布斗粟的民间传言，便常替陛下羞愧。他人能让关系疏远的亲人变得亲密，我却不能使关系亲密的亲人变得疏远。为此我对陛下感觉有愧。”

评 析

晋武帝想对王济立威，打算先对其痛骂一番，然后再赐其爵位，表示自己赏罚分明，恩威并施。但是王济却不接受武帝的责骂，认为自己并无过错，反而引用民间谣言来讽刺晋武帝和弟弟相互残害。武帝晚年，朝廷内外要求齐王继位的呼声高涨，武帝深感威胁。在一些大臣的谗言的推波助澜下，司马攸被排挤出朝，最后生气吐血而死。所以，和峤对此做法非常不屑，在面对武帝的痛骂之时，给了他当头一棒。

17

齐王冏[1]为大司马，辅政，嵇绍[2]为侍中，诣冏咨事。冏设宰会[3]，召葛旟、董艾[4]等共论时宜。旟等白冏：“嵇侍中善于丝竹，公可令操之。”遂送乐器。绍推却不受，冏曰：“今日共为欢，卿何却邪？”绍曰：“公协辅皇室，令作事可法。绍虽官卑，职备[5]常伯[6]。操丝比竹盖乐官之事，不可以先王法服[7]为伶人之业。今逼高命，不敢苟辞，当释冠冕[8]，袭[9]私服，此绍之心也。”旟等不自得而退。

注 释

① 齐王冏：齐王司马冏，字景治，晋武帝司马炎之侄。赵王司马伦篡位，他起兵讨伐，拜大司马，执掌朝政，后被长沙王司马乂所杀。

② 嵇绍，嵇康的儿子。十岁时父亲被处死，他侍奉母亲，谨守孝道，二十八岁时由山涛推荐，出任秘书丞，后来官至侍中。

③ 宰会：设宴邀请下属官吏。

④ 葛旟（yú）、董艾：司马冏的亲信。

⑤ 备：充当，担任。

⑥ 常伯：周代官名，指君主左右管理民事的大臣，后来指代君王身边的近臣，如侍中、散骑常侍等。

⑦ 法服：古代根据礼法规定的不同等级的服饰。这里指正式场合下的官服。

⑧ 冠冕：古代帝王、官员所戴的帽子，这里指代官服。

⑨ 袭：穿。

译 文

齐王司马冏担任大司马，辅佐朝政，嵇绍担任侍中。有一次嵇绍去拜见司马冏，商洽公事。于是司马冏设下宴席，招待包括其属下官吏葛旟、董艾等在内的数人，一起商讨。葛旟等人对司马冏说："听说嵇绍擅长演奏丝竹乐器，您可让他为我们演奏一番。"于是下人便送上乐器。嵇绍却一直推辞，不肯演奏。司马冏说："今天大家在一起这么开心，你为何这么扫兴呢？"嵇绍说："您协助辅佐皇室，应该给人树立榜样。我虽官位卑微，但也算是皇帝身边的近臣，演奏丝竹乐器是乐师的事情，我不能穿着朝服去做乐师的事。如今迫于无奈，我也不好推辞，但应该脱去官服，穿上便服来演，我是这么认为的。”葛旟等人自觉惭愧，退席而去。

评 析

晋惠帝初登位之时并不掌握实权，朝纲由齐王司马冏掌握。但嵇绍为人正直，忠于皇室，任何时候都明白自己作为臣子该如何处理事情，所以不愿向葛旟等人妥协，也不愿意得罪执掌大权的齐王司马冏，便要求脱去朝服，穿便服演奏。如此，别人都明白了他的意思，便惭愧而退。

18

卢志①于众坐问陆士衡②：“陆逊③、陆抗④是君何物？”答曰：“如卿于卢毓⑤，卢珽⑥。”士龙⑦失色。既出户，谓兄曰：“何至如此！彼容不相知也。”士衡正色曰：“我父、祖名播海内，宁⑧有不知？鬼子⑨敢尔！”议者疑二陆优劣，谢公以此定之。

注 释

① 卢志：字子道，历任成都左长史、中书监。

② 陆士衡：陆机，字士衡，吴郡吴县（今江苏苏州一带）人，西晋著名作家。历任著作郎、平原内史，父亲为吴国大司马陆抗，祖父是丞相陆逊。吴亡后入晋，后跟从成都王司马颖讨伐长沙王司

马义，兵败后遇害。

③ 陆逊：字伯言，东吴人，三国时期著名的将领，陆机、陆云的祖父。

④ 陆抗：字幼节，曾任东吴镇军大将军，陆逊之子。

⑤ 卢毓：字子家，三国时期魏国人，曾任黄门侍郎、吏部尚书、司空等职。卢志的祖父。

⑥ 卢珽：字子笏，曾任卫尉卿、尚书，卢毓之子，卢志之父。

⑦ 士龙：陆云，字士龙，陆机的弟弟。

⑧ 宁：岂，难道。

⑨ 鬼子：对人的憎称。原注引孔氏《志怪》说，卢志的远祖卢充曾因打猎而入鬼府，与崔少府的亡女结婚而生子。陆机因此骂卢志是鬼的子孙。

译 文

卢志在众人面前问陆机说："陆逊、陆抗是您的什么人？"陆机回答道："正如你和卢毓、卢珽的关系一样。"陆士龙听了大惊失色。出门以后，陆士龙就对哥哥陆机说："怎么会到了如此地步！他可能真是不了解底细呀。"陆机却严厉地说："我父亲与祖父闻名于世，哪会有不知道的？这鬼子竟敢这么无礼！"大家对陆士龙、陆机两兄弟孰优孰劣一直有争议，兄弟的优劣一向难以确定，谢安就曾用这件事情来定两人的优劣。

评析

古人很忌讳直呼其名，经常会以避讳表示对某人的尊敬。卢志在大庭广众之下直呼陆机祖父和父亲的名字，是一件非常粗鲁的事情。陆机也不甘示弱，针锋相对地直呼了卢家祖先的名字。另外，从他们的出身来看，陆机是江东名门，经战乱后东渡到洛阳；而卢志则为河北望族，两人这一番对话也直接反映了北方世族和南方世族之间的矛盾。

25

诸葛恢[1]大女适太尉庾亮儿，次女适徐州刺史羊忱[2]儿。亮子被苏峻[3]害，改适江虨[4]。恢儿娶邓攸女。于时谢尚书[5]求其小女婚，恢乃云："羊、邓是世婚，江家我顾伊，庾家伊[6]顾我，不能复与谢裒儿婚。"及恢亡，遂婚。于是王右军[7]往谢家看新妇，犹有恢之遗法：威仪端详，容服光整。王叹曰："我在遣女裁得尔耳！"

注释

① 诸葛恢：字道明，琅邪阳都（今山东沂南）人，官至尚书令。

② 羊忱：一名羊陶，字长如，历任太傅长史、徐州刺史，迁侍中。

③ 苏峻：字子高，安乐相苏模之子，晋朝将领、叛臣。曾任冠军将军、历阳内史，晋成帝登基后，由庾亮执政，苏峻以讨伐庾亮的名义起兵谋反，一度攻陷京城建康，后被平定。

④ 江虨（bīn）：字思玄，陈留圉人，江统之子。博学知名，兼善弈，为中兴之冠。官至尚书左仆射，博学多才，善于棋艺。其妻诸葛文彪是诸葛恢的长女，庾会被苏峻杀害后改嫁江虨。

⑤ 谢尚书：谢裒，字幼儒，东晋元帝时吏部尚书，谢安之父。

⑥ 伊：第三人称代词。

⑦ 王右军：王羲之，字逸少，著名的书法家，曾任江州刺史、右军将军、会稽内史，故称“王右军”。

译 文

诸葛恢的大女儿嫁给太尉庾亮的儿子，小女儿嫁给徐州刺史羊忱的儿子。庾亮的儿子被苏峻所害，诸葛恢的大女儿就改嫁给了江虨。诸葛恢的儿子娶了邓攸的女儿。此时谢裒又为儿子谢石向诸葛恢求娶他的小女儿，诸葛恢就说：“羊家、邓家和我们世代都有姻缘关系，江家是我看顾他，庾家是他看顾我，我不能再和谢裒的儿子结亲。”诸葛恢死后，两家最终还是联姻了。结婚时，右军将军王羲之到谢家去看新娘，看到新娘身上仍然有诸葛恢遗留下的礼法，容貌举止，端庄安详，风采服饰，华美整齐。王羲之叹道：“我活着时嫁女儿也只能做到如此啊！”

评 析

诸葛恢注重礼法，注重情义，不为做不到的事情轻许诺言，这一点在其女儿身上也能看得出来。所以王羲之感叹他女儿的才貌与气质，对其赞赏有加。

27

周伯仁为吏部尚书，在省内夜疾危急。时刁玄亮①为尚书令，营救备亲好之至，良久小损②。明旦，报仲智③，仲智狼狈来。始入户，刁下床对之大泣，说伯仁昨危急之状。仲智手批④之，刁为辟易于户侧。既前，都不问病，直云："君在中朝，与和长舆齐名，那与佞人刁协有情？"迳便出。

注释

① 刁玄亮：刁协，字玄亮，晋元帝亲信，官至尚书左仆射，在当时被认为是谄媚小人。

② 小损：指病情稍微减轻。

③ 仲智：周嵩，字仲智，周颉的弟弟，官至御史中丞。

④ 批：用手掌打。

译文

周颉官至吏部尚书，有一次，他在官署里生了病，情况很紧急。当时刁协任尚书令，设身处地地想办法救助周颉，表现出其和周颉亲密的关系。过了很久，周颉的病情终于减轻了。次日早上，周颉生病的消息传到了周颉的弟弟周嵩那里，周嵩急急忙忙地赶来。周嵩一进门就看到刁协站起来对他大哭，并转述周𫖮夜里病危的情况。然而周嵩却抬手给他了一耳光，刁协只得避退到门边。周嵩走到周𫖮床前，对病情不管不问，直截了当地说："当初您在西晋，跟和峤有相同的盛名，怎么会跟刁协这样谄佞的人有交情！"说完扭头便走了。

评 析

周𫖮得病后，刁协作为下属想极力表现自己，第二天见到他弟弟周嵩时又想为自己邀功，但是周嵩却不领情，还抬手打了他，可见他性格耿直，不愿与那些阿谀奉承的人交往。

47

王述[①]转[②]尚书令，事行[③]便拜。文度[④]曰："故应让杜许。"蓝田云："汝谓我堪此不？"文度曰："何为不堪[⑤]！但克让自是美事，恐不可阙。"蓝田慨然曰："既云堪，何为复让？人言汝胜我，定不如我。"

注 释

① 王述：封蓝田侯，故又称蓝田。

② 转：调动官职，指升官。

③ 事行：事情实现，指诏命下达。

④ 文度：王坦之，字文度，王述的儿子。

⑤ 堪：胜任，能承受。

译 文

王述被调任为尚书令，诏命刚下达他就去受职了。他儿子王坦之说：“这个职务本应该给杜许的。”王述说：“你认为我能胜任这个职务吗？”王坦之回答说：“怎么不能胜任！但谦让一下总归是好的，礼节之事不可缺少啊。”王述感慨地说：“既然说能胜任，为何又要谦让呢？别人说你比我强，依我看，你定不如我。”

评 析

王述为人坦率，性格耿直，当儿子说应谦让一下时，他不为世俗常规所束缚，认为自己能够胜任，就不必虚伪而无谓地去做表面文章。

59

王子敬数岁时，尝看诸门生樗蒲[1]，见有胜负，因曰：“南风不竞[2]。”门生辈轻其小儿，乃曰：“此郎亦管中窥豹，时见一斑。”子敬瞋目曰：“远惭荀奉倩，近愧刘真长[3]！”遂拂衣而去。

注 释

① 樗蒲（chū pú）：一种赌博游戏。

② 南风不竞：出自《左传·襄公十八年》：“不害，吾骤歌北风，又歌南风。南风不竞，多死声，楚必无功。”文中指王献之暗

示坐在南方的门生要失败。

③ 刘真长：即刘惔。

译文

王献之才几岁时，曾经看众多门生樗蒲，看出了胜负，就说："南风不竞。"那些门生以他只是个小孩子而轻视他，说："这小儿是管中看豹，只看到一块斑纹。"王献之瞪着眼睛说："比远的，我愧对荀奉倩；比近的，我愧对刘真长。"说完就拂袖而去。

评析

荀奉倩即为荀粲，刘真长即为刘惔。魏晋时期，人们选择结交对象十分严格，士族不愿意与寒门有任何瓜葛。王献之对看门生樗蒲非常后悔，自己轻易发言，反而为他们所轻视。于是他愤愤地感慨自己不如荀、刘二人，因为二人都是出名的士族，言下之意就是要向荀粲和刘惔一样不与寒门之士交往。这则故事反映的价值观，也是特定时代背景之下的。

雅量第六

2

嵇中散临刑东市，神色不变，索琴弹之，奏《广陵散》。曲终，曰："袁孝尼[1]尝请学此散，吾靳固[2]不与，《广陵散》于今绝矣！"太学生三千人上书，请以为师，不许。文王[3]亦寻悔焉。

注 释

① 袁孝尼：袁准，字孝尼，官至给事中。

② 靳固：吝惜。

③ 文王：即司马昭，死后被追封为晋文王。

译 文

中散大夫嵇康在刑场接受处决时，泰然自若，要求行刑人员给他琴，奏《广陵散》。曲毕，他说："袁准曾经向我索要这首曲子，但我吝惜不肯给，看来《广陵散》至此以后要失传了！"当时，三千名太学生曾请愿，要求拜他为师，朝廷不允许。后来，文王司马昭也心生悔意。

评 析

作为“竹林七贤”之首的嵇康才能出众，但却不愿意为司马政权服务，招致杀身之祸。嵇康临死前从容不迫，毫无畏惧，以一首《广陵散》作为他生命的绝唱，展现出文人不愿向强权屈服的铮铮傲骨，他的这种行为一直为世人传诵。

4

王戎七岁，尝与诸小儿游，看道边李树多子折枝[①]，诸儿竞走取之，唯戎不动。人问之，答曰：“树在道边而多子，此必苦李。”取之，信然。

注 释

① 折枝：使树枝弯曲。

译 文

王戎七岁的时候，有一次和同伴出去游玩，看见路边的李树上长满了果实，甚至都压弯了树枝。于是其他小孩便争先恐后去摘李子，只有王戎站着不动。有人问他为何不去摘果子，他回答道：“树长在路边，却还有这么多果子没人摘取，想必一定是苦的。”众人取来一尝，果真是苦的。

评 析

小孩子做事凭自己的兴趣和好奇心，而王戎却表现出非这个年龄该有的沉着。他善于发现事物的异样再进行推理，认为长在路边的李子树若是还有那么多果实无人摘取，定是因为果子是苦的。

5

魏明帝①于宣武场②上断虎爪牙，纵百姓观之。王戎七岁，亦往看。虎承间③攀栏而吼，其声震地，观者无不辟易颠仆④。戎湛然不动，了无恐色。

注 释

① 魏明帝：曹叡，字元冲，曹操之孙，魏文帝曹丕之子。

② 宣武场：魏晋时期操场名，在洛阳城北。

③ 承间：同“乘间”，趁着空子。

④ 颠仆：跌倒。

译 文

魏明帝在宣武场上把老虎的爪子和牙齿都包起来，任凭百姓来观看。当时七岁的王戎也去看。老虎找空隙攀上栅栏大吼，声震天地，围观的人无不退避三舍，有的甚至趴在地上。此时的王戎却非常平静，一动不动，没有丝毫的害怕。

评 析

王戎年幼时很勇敢，面对嘶吼的老虎，他岿然不动，脸上没有任何恐惧的神色。

7

裴叔则[1]被收，神气无变，举止自若。求纸笔作书，书成，救者多，乃得免。后位仪同三司[2]。

注 释

① 裴叔则：裴楷，字叔则，曾任屯骑校尉、太子少师。

② 仪同三司：仪仗同于太尉、司徒、司空。这三个官职号称三公，又称三司。仪同三司的都是位从公，即非三公却给以和三公同等的待遇。

译 文

裴楷被逮捕，他神态和举止都没有任何变化。要来纸笔给别人写信说自己被逮捕的事，信发出后，前来营救他的人很多，裴楷最终得到了释放。后来位同三公。

评 析

这则故事告诉我们，在面临重大事情的时候一定不要慌乱，要冷静下来思考解决的办法。裴楷被捕时，就非常镇定，想出写信求救的办法，在众人的帮助下得以保全自己，显示出其沉着冷静的心态，正是这种心态使他终成大事，得到了和三公同等的待遇。

8

王夷甫尝属族人事，经时①未行。遇于一处饮燕，因语之曰："近属尊事，那得不行？"族人大怒，便举樏②掷其面。夷甫都无言，盥洗毕，牵王丞相臂，与共载去。在车中照镜，语丞相曰："汝看我眼光，乃出牛背上。"

注 释

① 经时：过了很久，过了多时。

② 樏（lěi）：食盒。

译 文

王衍曾嘱托族人办事，过了很久却还没有办成。后来两人在一起吃喝，王衍便问那位族人说："之前托您办的事，为什么还没有办？"族人勃然大怒，举起食盒扔到他脸上。王衍也并不发作，平静地洗干净后，挽着丞相王导的手臂，两人一同乘牛车走了。王衍在车里照着镜子对王导说："你瞧我的眼光，竟然比牛背高。"

评 析

王衍不计较族人粗鲁的做法，一方面体现了他较高的个人修养，

另一方面也表现了他高自标持，有意识地标榜个人风度。

9

裴遐在周馥①所，馥设主人。遐与人围棋。馥司马行酒。遐正戏，不时②为饮，司马恚③，因曳遐坠地。遐还坐，举止如常，颜色不变，复戏如故。王夷甫问遐：“当时何得颜色不异？”答曰：“直是暗当④故耳。”

注 释

① 周馥：字祖宜，曾任御史中丞、徐州刺史。

② 不时：不及时，来不及。

③ 恚：怒。

④ 暗当：默默承受。

译 文

一日裴遐到周馥那里，周馥设宴招待客人。裴遐正与别人下棋，周馥的司马轮流向在座的人敬酒。因裴遐专注于下棋，没有及时喝酒，司马十分恼怒，把他从座位上拉下来，摔倒在地上。裴遐从地上爬起来回到座位，面容和举止没有丝毫变化，照样下棋。王衍问他：“当时你是如何做到面色毫无变化的？”裴遐回答：“只是默默承受而已。”

评 析

雅量，指宽宏的气量。魏晋时期，名士多讲究风度，他们注意行为举止，强调不能使七情六欲在脸上直接反映出来。所以，很多名士都能做到不管内心活动如何，都不动声色，表现出来的是宽容、平和、若无其事，这是魏晋风度的一种，也是考量或品评一个人的重要标准，因此深受士人重视。裴遐因为下棋而无意触怒司马，司马便当众给裴遐难堪。在这一事件中，司马表现出的是鲁莽，而裴遐却面不改色、默默承受，表现出的则是一种雅量。

11

王夷甫与裴景声[①]志好不同，景声恶欲取之，卒不能回[②]。乃故诣王，肆言极骂，要王答己，欲以分谤。王不为动色，徐曰："白眼儿遂作。"

注 释

① 裴景声：裴邈，字景声。历太傅、从事中郎、左司马，监东海王军事。

② 回：改变。

译 文

王衍和裴邈两人志不同、道不合。裴邈讨厌王衍想要任用自己，却想不出一个可以改变的办法。于是他故意到王衍那里发动言

语攻击，狂骂一通，想迫使王衍进行反击，以此方法让王衍也承受别人的指责。王衍却始终不动声色，从容地说："这个翻白眼的人终于按捺不住发作了。"

评析

裴邈为了激怒王衍，对他进行无礼谩骂，想让他与自己共同承受舆论的指责。王衍却很聪明，明白裴邈的意思，所以在面对谩骂之时面不改色，丝毫不在意。可见，在当时的道德标准下，作为名士要具有非常大的气量，打不还手、骂不还口的忍耐力也是必须有的。

13

有往来者[①]云："庾公[②]有东下[③]意。"或谓王公："可潜稍严，以备不虞。"王公曰："我与元规虽俱王臣，本怀布衣之好。若其欲来，吾角巾[④]径还乌衣，何所稍严。"

注释

① 往来者：往来于京师和武昌之间的行人。

② 庾公：庾亮。

③ 东下：从武昌向东，沿长江而下，到京城建康废黜王导。

④ 角巾：古代平民或者隐士的头饰。这里作动词，指戴角巾。

译 文

有往来于武昌和京城的人说："庾亮有东下夺权之意。"于是有人便提醒王导说："应该暗中加强戒备，以防意外之事发生。"王导说："我和庾亮虽同朝为官，但原本就有平常人的友谊。如果他愿意来，我将戴上角巾，立刻辞官回乌衣巷，有什么可防备的。"

评 析

东晋之初，王家势力很大，与司马氏政权共治天下，所以有"王与马，共天下"的说法。晋元帝觉得王氏家族势力过大，一度有削弱其势力的想法。王敦为王导的堂兄，当时与王导一同协助司马家族建立东晋政权，但他一直有夺权之心，最后果真发动叛乱，史称王敦之乱。王敦之乱被平定后，晋明帝（晋元帝之子）转而依靠外戚庾氏，由此来抑制王家的势力。庾亮为晋明帝皇后之兄，时封征西将军，手握重兵，在上游镇守武昌。此时的王导担任丞相，在下游的京城辅佐朝政。史书载，庾亮确实有东下夺权、废黜王导的意图。王导很明白自己的实力，知道大势已去，庾家掌权已是板上钉钉。他这番话，体现出一代明相的气度与胸襟，同时也维护了尊严。

17

庾太尉风仪伟长，不轻举止，时人皆以为假。亮有大儿[1]数岁，雅重之质，便自如此，人知是天性。温太真[2]尝隐幔怛之[3]，此儿神色恬然，乃徐跪曰：“君侯何以为此？”论者谓不减亮。苏峻时遇害。或云：“见阿恭，知元规非假。”

注 释

① 大儿：指庾亮的儿子，庾会，字会宗，小字阿恭。

② 温太真：温峤，字太真，先后参与平定王敦、苏峻之乱，忠诚帝室，功业显著。曾任中书令、江州刺史、骠骑将军，封始安郡公。

③ 怛（dá）之：使他害怕，惊吓他。

译 文

太尉庾亮英姿伟岸，举止稳重大方，当时的人认为这是一种假象。庾亮有个几岁大的长子，气质典雅，举止端庄，自幼如此，人们才知道这是本性。温峤曾经藏在帷帐后面吓唬他，这孩子却一点不为所动，慢慢跪于地上问道：“君侯为什么要来吓唬我？”外界都说这孩子的气质修养不比他父亲庾亮差。然而这孩子却在苏峻叛乱时被杀害了。有人说：“看见儿子阿恭，就知道父亲庾亮的气质不是装出来的。”

评 析

庾亮风度翩翩，举止典雅，大家都认为他是装出来的。但是通过对庾亮儿子的考查，发现此孩童自小就举止端庄、温文尔雅，这么有教养的儿子，父亲一定更加有气质，人们才开始相信庾亮的这种气质是真实的。

19

郗太傅在京口，遣门生[1]与王丞相书，求女婿。丞相语郗信[2]：“君往东厢，任意选之。”门生归，白郗曰：“王家诸郎亦皆可嘉，闻来觅婿，咸自矜持，唯有一郎在东床上袒腹卧，如不闻。”郗公云：“正此好！”访之，乃是逸少[3]，因嫁女与焉。

注 释

① 门生：门下供役使的人。

② 郗信：郗鉴派来的信使。

③ 逸少：王羲之，字逸少，王导的侄儿。

译 文

太傅郗鉴镇守京口的时候，曾派门生给丞相王导送信，说想在他家找一位女婿。王导对送信的门生说：“你到东厢房去随意挑选吧。”门生看完之后回去禀告郗鉴说：“王家的那些公子个个都很好，听说是去挑女婿的，他们都很拘谨，只有一位公子却袒胸露腹

地躺在东床上，就像没听到一样。”郗鉴说：“这个人正好！”待察探之后，发现此人正是王羲之，于是就把女儿嫁给了他。

评析

这则故事讲述了王羲之凭借自己的个性与魅力成为郗太傅女婿的故事，成语“东床快婿”也出于此。郗鉴从王家挑选女婿，王家众子弟表现热情，有装模作样之势，唯有王羲之袒胸躺在床上，这说明王羲之不拘小节，表现得真实自然，展现出其独特的魅力，因此郗鉴选中了他。在生活中，很多时候不必一味循规蹈矩，适当展示一下自己的个性也是不错的，有时候可能还会有意外收获。

23

庾太尉与苏峻战，败，率左右十余人乘小船西奔。乱兵相剥掠，射，误中舵工，应弦而倒，举船上咸失色分散。亮不动容，徐曰：“此手那可使箸贼[①]！”众乃安。

注释

① 箸贼：指射中盗贼。贼指苏峻一伙。

译文

太尉庾亮率军和苏峻作战，战败而归，带着剩下的十几个随从乘小船西逃。此时，叛乱的士兵正抢劫百姓，小船上的随从就用箭射贼兵，却误射中船工，舵工当下就倒下了，全船的人都惊慌失措地正要四处逃窜。这时的庾亮神色自然，不急不躁地说：“这样的手如何能杀敌！”大家这才稳定下来。

评 析

在庾亮战败而逃的时候，手下的随从由于紧张而误中船工。失去船工后，船上的众人惊慌失措，唯有庾亮镇定自若，稳定住了人心，显示出他沉着冷静、临危不惧的大将风范。

24

庾小征西[1]尝出未还。妇母[2]阮，是刘万安[3]妻，与女上安陵城楼上。俄顷翼归，策良马，盛舆卫[4]。阮语女：“闻庾郎能骑，我何由得见？”妇告翼，翼便为于道开卤簿[5]盘马，始两转，坠马堕地，意色自若。

注 释

① 庾小征西：庾翼，庾亮的弟弟。庾亮曾任征西将军，他死后，庾翼也升任征西将军，所以这里称小征西，以别于庾亮。

② 妇母：岳母。

③ 刘万安：刘绥，字万安，曾任骠骑长史。

④ 舆卫：随队的车子和卫士。

⑤ 卤簿：仪仗。

译 文

征西将军庾翼在一次外出中尚未还家。他的岳母阮氏，是刘万安的妻子，和女儿一起登上安陵城楼。没多久庾翼就回来了，骑着高头大马，在整齐威严的将士们的簇拥中归来。阮氏对女儿说：“听说庾翼会骑马，我怎么才能见到他骑马的样子？”庾翼妻子就把此事告诉庾翼，于是庾翼就为岳母在道上摆开仪仗，身骑白马转起圈来，刚过两圈，他就从马上摔下来了，但他却满不在乎，神情淡定。

评 析

庾翼为了满足岳母想要看他骑马的心愿，便在众人面前表演骑术，炫技不成，不慎跌下了马。但庾翼神情自然，一点没有在众人面前出丑的尴尬，这种从容的态度也成为当时的一桩美谈。

25

宣武[1]与简文、太宰[2]共载，密令人在舆前后鸣鼓大叫。卤簿中惊扰，太宰惶怖，求下舆。顾看简文，穆然清恬。宣武语人曰：“朝廷闲故复有此贤。”

注 释

① 宣武：桓温，谥号宣武。

② 太宰：武陵王司马晞，晋穆帝即位后，升任太宰。

译文

桓温和简文帝、太宰共乘一车，桓温暗中叫人在车前车后敲鼓大喊。如此仪仗队伍就会不知所措，受到惊扰，太宰也非常惊恐，要求下车。桓温转头再看简文帝，他却神情自若，不受影响。后来桓温对别人说：“朝廷里还是有贤能之辈的。”

评析

这则故事中的骚乱为桓温的自导自演，以便在慌乱之中探察司马昱、司马晞的临场反应。司马昱无动于衷，神情自若，但司马晞却在慌乱之中要求下车，如此二人高下立现。

27

桓宣武与郗超[1]议芟夷[2]朝臣，条牒[3]既定，其夜同宿。明晨起，呼谢安、王坦之入，掷疏[4]示之。郗犹在帐内。谢都无言，王直掷还，云：“多！”宣武取笔欲除，郗不觉窃从帐中与宣武言。谢含笑曰：“郗生可谓入幕宾[5]也。”

注释

① 郗超：字嘉宾，郗鉴之孙，精通义理，为桓温大将军的参军，后调任散骑侍郎，为桓温所器重。

② 芟（shān）夷：除去。

③ 条牒：分项的文书。

④ 疏：给皇帝的奏议。

⑤ 入幕宾：古代将帅办公的地方称幕府，幕府中的属官是幕僚或幕宾。

译文

桓温和郗超商量更换朝廷大臣的事宜，所有人员名单都已拟定，当夜就在同一住所歇息。第二天一大早，桓温就把谢安和王坦之叫过来，把之前定好的名单给他们看。此时的郗超还在帐内休息。谢安看了名单后，一句话也没说，王坦之看完之后就扔回给桓温，说："太多了！"桓温拿起笔想删去一些名字，这时郗超已不声不响起床，在帐子里偷偷对桓温说话。谢安笑着说："郗超真可谓是入幕之宾呀。"

评析

郗超本就是桓温的部下，所以称他为入幕之宾非常合适。当时桓温权倾朝野，执掌官员的命运。但谢安和王坦之二人却对桓温毫无畏惧，甚至做出直接把名单扔回给他的动作，直接拒绝桓温的意见，此时的谢安也显得很轻松，竟然对郗超调侃起来。

28

谢太傅盘桓东山时，与孙兴公[①]诸人泛海戏。风起浪涌，孙、王诸人色并遽，便唱[②]使还。太傅神情方王[③]，吟啸不言。舟人以公貌闲意说，犹去不止。既风转急，浪猛，诸人皆喧动不坐。公徐曰：“如此，将无归？”众人即承响[4]而回。于是审其量，足以镇安朝野。

注 释

① 孙兴公：孙绰，字兴公，博学善文，游乐山水，曾任永嘉太守、散骑常侍、著作郎。

② 唱：提议。

③ 王：通“旺”。

④ 承响：应声。响，声音。

译 文

太傅谢安逗留在东山的时候，经常同孙兴公等人乘船出海游玩。有一次他们在海上，风浪四起，孙兴公、王羲之等人都非常惊恐，主张掉头回岸。此时的谢安则精神亢奋，显得兴致勃勃，只是吟诗吹口哨，并不说一句话。船夫看到谢安神情从容，心情舒畅，便摇船继续前行。过了一阵子，风浪更大、更猛烈了，大家都坐立不安，叫嚷着，骚动起来。谢安不紧不慢地说：“既然如此，只怕是要回去了吧？”大家纷纷表示赞同，便回去了。从这件事足可以看得出谢安的气度，他完全能够安定朝野、稳定国家。

评 析

谢安具有超人的胆识与气魄，面对风浪的时候并没有像众人一样惊慌失措，他的这种态度曾在历史上产生重大影响，在淝水之战中

发挥过至关重要的作用。从某种角度来说，正是他的这种态度，影响着当时社会的整体格局。

29

桓公伏甲设馔，广延朝士，因此[①]欲诛谢安、王坦之。王甚遽，问谢曰：“当作何计？”谢神意不变，谓文度曰：“晋阼[②]存亡，在此一行。”相与俱前，王之恐状，转[③]见于色；谢之宽容，愈表于貌。望阶趋席，方作洛生咏[④]，讽“浩浩洪流[⑤]。”桓惮其旷远，乃趣[⑥]解兵。王、谢旧齐名，于此始判优劣。

注释

① 因此：趁此，趁这个机会。

② 阼：皇位，这里指国家。

③ 转：渐渐，更加。

④ 洛生咏：用洛阳书生读书的语音来吟诗。

⑤ 浩浩洪流：嵇康《赠秀才入军》中的句子，意为大河浩浩荡荡。

⑥ 趣（cù）：通“促”，急促。

译 文

桓温设下埋伏，安排好士兵，欲设宴款待朝中百官，借此机会杀掉谢安和王坦之。王坦之闻之非常害怕，同谢安商议道：“我们应该怎么办？”谢安脸色从容，对王坦之说：“晋朝的生死存亡，决定于我们这一去的结果。”两人便一同前去赴宴，王坦之害怕的神情在脸上反映得越来越明显；谢安的从容不迫，也在脸上写得清清楚楚。谢安看到台阶后就快速入座，模仿洛阳书生开始诵读“浩浩洪流”的诗篇。桓温看到之后，便为他那旷达的气魄所震慑，赶快撤掉了埋伏的士兵。王坦之和谢安在此之前有着相同的声望，通过这件事则分出了高下。

评 析

王坦之和谢安是当时的重臣，完全忠于朝廷。此时的桓温已有篡位之心，所以就需要先除去他们。两人知道此次前去是参加“鸿门宴”，在这种危急的情形下，王坦之惊慌失措，而谢安却坦然对之，甚至朗诵“浩浩洪流”的诗篇。这体现了一个优秀的政治家应具有临危不惧、处变不惊的气魄。桓温最终为谢安的这种气魄所慑服，撤掉伏兵，放弃了暗杀。

35

谢公与人围棋，俄而谢玄淮上[①]信至，看书竟[②]，默然无言，徐向局。客问淮上利害，答曰："小儿辈大破贼。"意色举止，不异于常。

注 释

① 淮上：淮河一带，也就是淝水之战的前线。

② 竟：完毕。

译 文

谢安与别人下围棋，一会儿谢玄从淝水战场上派回的信使到了，谢安看了信之后不发一言，又不紧不慢地下起棋来。对弈者问他战况如何，谢安回答道："孩子们大破敌兵。"说话时的神色与往日并无两样。

评 析

淝水之战是我国历史上的一次重要战役，前秦率众攻打长江南岸的东晋，已经到了最危急的时刻。此时谢安作为东晋的核心人物，具有超凡的气魄，他时刻保持平和宁静的心态，所以接到捷报，他也没有流露出任何表情。但据史书载，谢安此时也是非常激动的，他走进房间时，连木屐被门槛碰断了都不知道。

40

太元[1]末，长星[2]见，孝武心甚恶之。夜，华林园中饮酒，举杯属星云：“长星，劝尔一杯酒。自古何时有万岁天子！”

注 释

① 太元：晋孝武帝的年号。

② 长星：彗星。古人迷信，认为彗星出现，预示着将有兵灾或帝王驾崩。

译 文

太元末年，彗星出现，晋孝武帝对此非常反感。一天夜里，他在华林园里饮酒时，举着酒杯对彗星说道：“彗星，我今日敬你一杯酒。从古到今什么时候有长生不老的天子啊！”

评 析

古人对彗星的看法不同于今日，认为彗星出现预示将有兵祸或者帝王驾崩之事。孝武帝看到彗星不免心生憎恶，实属人之常情。同时孝武帝举杯向彗星敬酒，表明世间并无永远的天子，最终都会归于尘土，这体现了他豁达洒脱的心态。

识鉴 第七

1

曹公[①]少时见乔玄[②]，玄谓曰：“天下方乱，群雄虎争[③]，拨[④]而理之，非君乎！然君实是乱世之英雄，治世之奸贼。恨吾老矣，不见君富贵，当以子孙相累。”

注释

① 曹公：曹操，字孟德，小名阿瞒，著名政治家，诗人。

② 乔玄：字公祖，曾任尚书令。

③ 群雄虎争：指东汉末年地方军阀割据混战的局面。

④ 拨：治理，整顿。

译文

曹操年轻时去见乔玄，乔玄对他说：“如今天下大乱，各路豪强相互厮杀、争抢地盘，能够整顿、治理这种状况的，非你莫属啊！你可称得上是乱世中的英雄，盛世中的奸贼。可惜我如今已老，看不到你腾达的那一天，所以我要把子孙后代都托付于你。”

评 析

曹操得到当时名士乔玄的赏识，因此他的名气与影响力大大提升。乔玄把“乱世之英雄，治世之奸贼”作为给曹操的评价，也成为如今多数人对曹操的评价。此句十分精辟和恰当，说明曹操既有治乱世的才干，也有“奸贼”的特质。

5

王夷甫父乂[①]，为平北将军，有公事，使行人[②]论，不得。时夷甫在京师，命驾见仆射羊祜、尚书山涛。夷甫时总角，姿才秀异，叙致[③]既快、事加有理，涛甚奇之。既退，看之不辍，乃叹曰：“生儿不当如王夷甫邪？”羊祜曰：“乱天下者，必此子也。”

注 释

① 父乂（yì）：王乂，字叔元，王衍的父亲，官至尚书、平北将军，又称“王平北”。

② 行人：奉命执行任务的人。

③ 致：风度，意态。

译 文

王衍的父亲叫王乂，任平北将军一职，有一次他有件公事要办，派人去上报，结果没有成功。当时王衍在京都，便乘车前去拜见尚书左仆射羊祜和尚书山涛。当时的王衍还未成年，但风度与学识就已显示出与众不同，不但能快速流畅地陈述自己的观点，而且有充足的依据，山涛对此大为惊奇。王衍走后，山涛在后面一直盯着他，最后叹息说："难道生儿子不应该像王衍一样吗？"羊祜却说："以后扰乱天下的人也一定是他。"

评 析

山涛和羊祜对王衍的才华与风度都是肯定的，但是对其日后的作为的评价两人却不相同。山涛认为王衍是一位才子，也想拥有一个这样的儿子，羊祜则提出了有预见性的观点，认为此人才华过于出众，将来必定会扰乱社会。后来王衍担任宰相，却不务政事，力主清谈，导致虚夸浮华之风越来越浓厚。

8

卫玠年五岁，神衿[①]可爱。祖太保[②]曰："此儿有异，顾[③]吾老，不见其大耳！"

注 释

① 神衿：胸襟。

② 祖太保：指卫玠的祖父卫瓘，晋武帝时官至太保。

③ 顾：但是。

译 文

卫玠五岁的时候，已显示出令人喜爱的胸襟。祖父卫瓘说：“这孩子异于常人，只是我老了，不能见识到他以后的成就了！”

评 析

卫玠年少时，风姿秀逸，气度不凡，俨然一个天才。他的祖父卫瓘也对他赞赏有加，甚至遗憾自己不能看到他将来的成就。后来，卫玠果真气质出众、学识渊博，深受时人的赞许。

10

张季鹰[①]辟[②]齐王[③]东曹掾在洛，见秋风起，因思吴中菰菜羹[④]、鲈鱼脍，曰：“人生贵得适意尔，何能羁宦[⑤]数千里以要名爵！”遂命驾便归。俄而齐王败，时人皆谓为见机[⑥]。

注 释

① 张季鹰：张翰，字季鹰，吴郡吴人。曾任大司马东曹椽，因躲避战乱，借想吃家乡名菜为由，弃官归家。

② 辟：征召。

③ 齐王：司马冏（jiǒng），封为齐王。晋惠帝时任大司马，辅政。

④ 菰菜羹：《晋书·张翰传》作“苑菜、薄羹”，与鲈鱼脍并称为吴中名菜。

⑤ 羁宦：寄居在外地做官。

⑥ 见机：洞察事情的苗头。

译文

张翰出任齐王的东曹掾一职，当时在京都洛阳看见秋风四起，便想吃吴中老家的菰菜羹和鲈鱼脍两道菜，说道：“人这一辈子贵在过得舒心，怎么能为了追求声望和爵位，而到远离家乡数千里的地方做官呢！”于是坐上车回家乡了。之后齐王战败，当时人们都认为他能洞悉事情的发展动向。

评析

张翰是一个很有远见的人，能在当时的混乱中逃脱出来，为自己找一条合适的道路。当时齐王司马冏起兵杀了篡位的赵王司马伦，后来便自己掌握了大权。当时的张翰看出了朝廷马上就要面对血雨腥风，他以想吃家乡美食为借口，辞官回乡。不久齐王司马冏就被长沙王司马乂所杀。

16

武昌[1]孟嘉[2]作庾太尉州从事，已知名。褚太傅有知人鉴[3]，罢豫章还，过武昌，问庾曰：“闻孟从事佳，今在此不？”庾云：“卿自求之。”褚眄睐[4]良久，指嘉曰：“此君小异，得无是乎？”庾大笑曰：“然。”于时既叹褚之默识[5]，又欣嘉之见赏。

注 释

① 武昌：郡名，当时属于江州，治所在今湖北鄂城。

② 孟嘉：字万年，江夏人，家住武昌，所以称武昌孟嘉。

③ 鉴：指鉴赏洞察的能力。

④ 眄睐：观察，打量。眄，斜着眼看；睐，向旁边看。

⑤ 默识：在不言中识别人物。

译 文

武昌郡的孟嘉担任庾亮手下的州从事一职，此时的他已经声名远播了。太傅褚裒对人才的发掘有着超高的洞察力，他在被罢免豫章太守回家的路上路过武昌，便去见了庾亮并问他说："听说孟嘉很有才华，现在在这里吗？"庾亮说："他就在座上，你自己找找看。"褚裒在一旁打量了很久，指着孟嘉说："这一位与他人稍有不同，应该就是他吧？"庾亮大笑道："对。"此时庾亮既对褚裒识人的才能表示赞叹，又因孟嘉得到赏识而感到高兴。

评 析

褚裒和孟嘉从未谋面，但褚裒却能在第一次见面的时候在众人中准确找出孟嘉。一方面说明孟嘉气质非凡，显示出了与众不同的特性，另一方面又体现出褚裒能够慧眼识人的能力。

20

桓公将伐蜀，在事诸贤，咸以李势[①]在蜀既久，承藉累叶[②]，且形据上流，三峡未易可克。唯刘尹云：“伊必能克蜀。观其蒲博，不必得，则不为。”

注 释

① 李势：当时成汉政权的皇帝，字子仁。

② 累叶：累世，好几代。

译 文

桓温将要讨伐蜀地，当时的贤明人士都认为李势在蜀地经营已久，也已继承了好几代的基业，而且又位于长江上游，不能轻易攻克三峡。只有丹阳尹刘惔说：“他定能攻克蜀地。从他平日蒲博可以看得出，若没有必胜的把握，他是不会做这件事的。”

评 析

在这则故事中，多数人都不建议桓温讨伐蜀地，并提出一系列不利因素，只有刘惔一人认为桓温定能取胜。这种肯定来自桓温的谨慎，做每件事情的时候都细细准备，不做没有把握的事情。

23

韩康伯[1]与谢玄亦无深好[2]。玄北征后，巷议疑其不振。康伯曰："此人好名，必能战。"玄闻之甚忿，常于众中厉色曰："丈夫提千兵入死地[3]，以事君亲[4]故发，不得复云为名。"

注 释

① 韩康伯：韩伯，字康伯。

② 深好：深厚的交情。

③ 死地：比喻危险的境地，这里指战场。

④ 君亲：君和亲，偏指君主。

译 文

韩康伯和谢玄只是泛泛之交。谢玄北伐苻坚后，街头巷尾都在议论他，认为他将一蹶不振。韩康伯说："此人比较重视他的声誉，必能再战。"谢玄听闻此话非常愤怒，当着众人的面声色俱厉地说："大丈夫带领千军万马赴死地，为的是报效皇室帝王，不能说是为了声誉。"

评 析

韩康伯与谢玄相交不深，但韩康伯认为谢玄定能再次雄起，领兵杀敌。他的这种判断基于谢玄平日的作风以及注重名声的表现，但谢玄却认为自己虽然注重声誉名望，但奔赴战场杀敌只关乎国家与皇室的尊严，跟个人声誉毫无关系。

26

王恭随父在会稽，王大自都来拜墓，恭暂往墓下看之。二人素善，遂十余日方还。父问恭何故多日，对曰：“与阿大语，蝉连[1]不得归。”因语之曰：“恐阿大非尔之友。”终乖[2]爱好，果如其言。

注 释

① 蝉连：连续不断。

② 乖：断绝，隔绝。

译 文

王恭随父亲住在会稽郡，一日，王忱从京都来会稽扫墓，王恭便到墓地去看望他。两人关系一向要好，王忱便在王恭家里连续住了十多天才离开。父亲问王恭他为何在此逗留许久，王恭回答道：“和王忱清谈，总是有谈不完的话题，所以他就没能回去。”父亲告诉王恭说：“恐怕阿大并不是你的朋友。”同他父亲说的一样，果然两人最终还是决裂了。

评 析

王恭和王忱曾经交情深厚，但最终反目成仇。王恭的父亲早已预料到，证明他看人比较准。有时候，真正的友谊不能仅凭两人互相欣赏，还要经得起时间的打磨。

赏誉 第八

2

世目李元礼："谡谡①如劲松下风。"

注 释

① 谡谡（sù sù）：疾风声。

译 文

世人对李元礼的评价是："像挺拔的松树下呼啸而过的疾风。"

评 析

用比喻的修辞手法来赞美李膺的气质就像松树下呼啸而过的风一样优美。

8

裴令公①目夏侯太初②："肃肃如入廊庙③中，不修敬④而人自

敬。”一曰：“如入宗庙，琅琅但见礼乐器。”“见钟士季，如观武库，但睹矛戟。见傅兰硕[5]，江廧[6]靡所不有。见山巨源，如登山临下，幽然深远。”

注 释

① 裴令公：裴楷，字叔则。裴楷任中书令时，王衍还只是黄门郎，所以称裴楷为令公。

② 夏侯太初：夏侯玄，字太初，魏齐王曹芳时任太常，为九卿之一，主管礼仪祭祀之事。当时司马师作为大将军辅政，后中书令李丰因司马师专权，密谋以夏侯玄代替他，事泄，李丰被杀，夏侯玄被捕，交廷尉审理，随后被杀。

③ 廊庙：指朝堂。

④ 修敬：讲求恭敬有礼。

⑤ 傅兰硕：傅嘏，字兰硕，善谈玄理，曾任河南尹、尚书。

⑥ 江廧（qíang）：《晋书·裴楷传》作汪翔，翔、廧，音近借用，即汪洋，广大，浩大。

译 文

中书令裴楷对夏侯太初的评价是这样的：“夏侯太初庄严方正，人们见到夏侯太初时，就仿佛进入朝堂一样恭恭敬敬，心里虽然不愿意敬礼，但是不由自主地产生崇敬之情。”裴楷还曾说过：“和夏侯太初的谈论，就好像进入宗庙之中，只见到屋里各种各样的礼器和乐器。”又有说：“看到钟士季，就好像参观国家的武器库，只看见到处都是矛戟等武器。看见傅兰硕，就像见到一片汪洋，波澜壮阔，什么都有。看见山巨源，就像登上高山，从山顶往下看，什么也看不清楚，只觉得幽深难测。”

评 析

裴楷用比喻的方式将夏侯太初等人的特点巧妙地表现出来，语言既得体，又新颖。

9

羊公还洛，郭奕[①]为野王令。羊至界，遣人要之。郭便自往。既见，叹曰：“羊叔子何必减[②]郭太业！”复往羊许[③]，小悉[④]还，又叹曰：“羊叔子去人远矣！”羊既去，郭送之弥日，一举数百里，遂以出境免官。复叹曰：“羊叔子何必减颜子！”

注 释

① 郭奕：字太业，曾任野王令、雍州刺史，官至尚书。

② 何必减：未必不如。何必，即未必。减，不如。

③ 许：处，处所。

④ 小悉：不多久。

译 文

羊祜返回洛阳时，郭奕担任野王县县令，羊祜到野王县边界的时候，派人邀请郭奕见面。郭奕就自己去了。见过面后，郭奕叹道："羊祜未必一定不如我郭太业！"所以又到羊祜的住所谈话，不一会儿回来，又叹道："羊叔子已经远远超越一般人!"羊祜离开的时候，郭奕送了他一整天，一下子送出好几百里远，因此他触犯了不得擅自离境的律例而被免官。这时候他又叹道："羊祜未必一定不如颜回！"

评 析

郭奕和羊祜的几次会面中，郭奕对羊祜的评价越来越高，后来甚至因此而丢了官职。这说明郭奕很推崇羊祜的品行，也体现了郭奕对高尚品格的追求。

11

羊长和[①]父繇[②]与太傅祜[③]同堂[④]相善，仕至车骑掾，蚤卒。长和兄弟五人，幼孤。祜来哭，见长和哀容举止，宛若成人，乃叹曰："从兄不亡矣！"

注 释

① 羊长和：羊忱，字长和。

② 父繇：羊繇，字堪甫，羊忱之父，早亡。

③ 太傅祜：羊祜。

④ 同堂：同一祖父。

译 文

羊长和的父亲羊繇和太傅羊祜是堂兄弟，他们相处得很好，羊繇做官做到车骑掾，去世得早。羊长和兄弟五人，小小年纪就失去了父亲。羊祜来哭丧的时候，看见长和悲哀的面容以及一举一动都很像成年人，便叹道："堂兄虽然死了，但是后继有人了！"

评 析

羊繇很早就去世了，羊忱年幼就失去了父亲，但是他的神态和行为举止就像一个成年人，由此可见羊忱从小聪明、懂事、稳重。所以当羊祜看到羊忱后，才说羊繇虽然死得早，但是有羊忱这样的儿子，也可以得到安慰了。

15

庾子嵩[①]目和峤："森森如千丈松，虽磊砢[②]有节目[③]，施之大厦，有栋梁之用。"

注 释

① 庾子嵩：庾敳（ái），字子嵩，自称是老庄之徒。他未读《庄子》时，以为书里谈的都是最高的真理，读了以后才知道和自己的心意暗合。

② 磊砢（lěi luō）：形容众多。

③ 节目：分出树杈的地方，疙节。

译 文

庾子嵩品评和峤说：“他好像高耸入云的松树，虽然树干上枝节密密麻麻，但是将它用在大厦上，却可以充当栋梁之材。”

评 析

庾子嵩认为和峤虽然有一些小毛病，在某些事情上做得不够好，但是这些小毛病掩盖不了和峤的才华，他在治国理政上还是一个很有才干的人。

16

王戎云：“太尉[①]神姿高彻[②]，如瑶林琼树[③]，自然是风尘[④]外物。”

注 释

① 太尉：指王衍。

② 高彻：高雅清澈。

③ 瑶林琼树：瑶、琼都是美玉，泛指精美的东西。

④ 风尘：尘世，世俗。

译 文

王戎说：“太尉王衍的神情姿态高雅澄澈，就像传说中的晶莹的琼树，自然而然就成尘世之外的人了。”

评 析

清谈在当时很流行，王衍也擅长清谈，他身居高位要职，但不关心国家的大小事务。王戎认为王衍高雅澄澈，是尘世之外的人。但是从实际出发，王衍作为国家重要大臣，却不理政事，导致社会不看重实际，却盛行浮夸清谈。

24

王太尉曰：“见裴令公精明①朗然，笼盖人上，非凡识②也。若死而可作，当与之同归。”或云王戎语。

注 释

① 精明：精细明察。

② 凡识：见识平常的人。

译 文

太尉王衍说：“我发现裴令公精明而又爽朗，胸怀坦荡，境界超出常人，那可不是有一般学问的人呀。假使人死了还能复活，我愿意和他一起学习。”有人说这不是王衍说的话，而是王戎说的。

评 析

这则故事表现了王衍对裴楷的怀念以及对裴楷那种坦荡胸襟的仰慕与向往。

37

王公目太尉[①]："岩岩[②]清峙[③]，壁立千仞。"

注 释

① 太尉：指王衍。

② 岩岩：形容高峻。

③ 清峙：清静耸立。

译 文

王导对太尉王衍的评价是："高峻清静地耸立着，像千丈的石壁一样屹立在那里。"

评 析

王导用静静耸立的千丈石壁比喻王衍高于常人的气度，既形象又贴切。

51

王敦为大将军，镇豫章。卫玠避乱，从洛投敦，相见欣然，谈话弥日。于时谢鲲为长史，敦谓鲲曰："不意永嘉[①]之中，复闻正始之音[②]。阿平[③]若在，当复绝倒。"

注释

① 永嘉：西晋怀帝的年号。

② 正始之音：指清谈玄学。

③ 阿平：指王澄，字平子，晋琅邪临沂人。

译文

王敦任大将军时，镇守豫章。卫玠为了躲避战乱，从洛阳来到豫章投靠王敦，见面之后两人都很高兴，谈论了一整天。谢鲲在将军府中任长史时，王敦对谢鲲说：“想不到现在到了永嘉年间，又听到了正始年间那种谈论的声音。王澄如果在这里，就会佩服得五体投地。”

评析

魏晋时期，卫玠是当时士人的代表，因此被人寄予厚望。不幸的是他英年早逝，许多人都很怀念他，王敦的这番话也表达了他对卫玠的怀念之情。

59

何次道[①]往丞相许，丞相以麈尾指坐呼何共坐，曰：“来，来，此是君坐。”

注 释

① 何次道：何充，晋朝重臣，王导的亲戚，小时候就和王导很要好。

译 文

何次道到丞相王导那里去，王导用驼鹿尾巴做的拂尘指着身边的座位，招呼他和自己坐在一起，并说："来，来，这里才是您的座位。"

评 析

何充才能出众，深受王导的器重，因此才被安排坐在他的身边。王导还隐隐约约透露出何充将接任自己的丞相之位。

60

丞相[①]治扬州廨舍[②]，按行[③]而言曰："我正为次道治此尔！"何少为王公所重，故屡发此叹。

注 释

① 丞相：即王导。

② 扬州廨舍：指扬州刺史的官署。

③ 按行：巡视。

译 文

丞相王导整修扬州刺史的官署，一边巡视一边说：“我这是替何次道整修这个官署啊！”何次道年轻时就被王导重视，所以王导多次发出这样的感叹。

评 析

从当时的社会实际情况来看，扬州是全国的政治中心，扬州刺史是由丞相兼任的，王导正是因为如此才既当丞相，又任扬州刺史。所以他的话既是对何充才干的肯定，也是希望何充接任自己的职位。

62

王蓝田[①]为人晚成，时人乃谓之痴。王丞相以其东海[②]子，辟为掾。常集聚，王公每发言，众人竞赞之。述于末坐曰：“主非尧、舜，何得事事皆是！”丞相甚相叹赏。

注 释

① 王蓝田：王述，字怀祖，年轻时继承了他父亲的封爵为蓝田县侯。性恬静，不爱显示，众人竞相辩论时，他也不为所动，所以到三十岁时还没有名望，别人就认为他痴呆。

② 东海：王述的父亲王承曾任东海郡太守，所以称为东海。

译 文

王述在事业上有成就较晚，当时的人就说他傻。丞相王导因为他是东海郡太守王承的儿子，就召他做属官。每一次官府里有聚会，王导都要讲话，大家都争着赞美王导。王述在末座却说：“丞相不是尧、舜，哪里能够事事都对！”王导听到后非常欣赏他。

评 析

王导召王述做官，本来是因为王述出身名门，是太守王承的儿子，但是在聚会时，王述直言不讳地指出王导也有可能犯错误，这让王导大加赞赏，由此王述为当时的人们所敬仰。

66

桓茂伦①云：“褚季野皮里阳秋②。”谓其裁中③也。

注 释

① 桓茂伦：桓彝，字茂伦，桓温之父。曾任吏部郎、散骑常侍，讨伐王敦有功，封万寿县侯。

② 皮里阳秋：指肚里有《春秋》笔法，即表面上不作评论，内心却有褒贬。原作皮里春秋，因避讳改为“阳”。

③ 裁中：裁于中，内心有裁决。

译文

桓茂伦说："褚季野是皮里阳秋，表面上不显露意见，可是内心却有主张。"这说明他在心中有裁决。

评析

褚裒为人稳重，与人交往也是小心翼翼，很少评论别人的优劣，但是在他的心里还是有裁决的。

69

世称庾文康[1]为丰年玉[2]，稚恭[3]为荒年谷[4]。庾家论云："是文康称恭为荒年谷，庾长仁[5]为丰年玉。"

注释

① 庾文康：庾亮，谥号文康。

② 丰年玉：比喻能润色太平。这里用来形容庾亮是能锦上添花的治国人才。

③ 稚恭：庾翼。

④ 荒年谷：比喻能救助艰难困苦。这里用来形容庾翼是能够雪中送炭的挽救危亡的人才。

⑤ 庾长仁：庾统，字长仁，庾亮另一个弟弟的儿子，曾任寻阳郡太守。

译 文

世人称颂庾亮是丰年的美玉，称颂庾稚恭是灾荒年头的珍贵粮食。庾家的人却说：“是庾亮称赞稚恭像灾荒年头的珍贵的粮食，庾长仁像丰年的美玉。”

评 析

丰年玉用来比喻锦上添花的治国人才，而荒年谷比喻能够雪中送炭的挽救危亡的人才。

78

谢公称蓝田[①]：“掇[②]皮皆真。”

注 释

① 蓝田：王述。

② 掇（duō）：揭去。

译 文

谢安称赞王述说：“王述就是剥去皮都是真率的。”

评 析

这是谢安对王述的真率性情的称赞。

79

桓温行经王敦墓边过，望之云："可儿[1]！可儿！"

注 释

① 可儿：可人，称心如意的人，可爱的人。所谓可儿，多是从才德方面说的。

译 文

桓温在路上行走，经过王敦坟墓时，望着王敦的坟墓说："可意人儿！可意人儿！"

评 析

桓温和王敦很像，都是出身于豪门贵族，都身居高位，手握大权。桓温夸赞王敦，有惺惺相惜之意，也有对自我的珍视和肯定。

81

王仲祖[1]称殷渊源[2]："非以长胜人，处长[3]亦胜人。"

注 释

① 王仲祖：王濛，字仲祖。

② 殷渊源：殷浩，字渊源。

③ 处长：处理、对待自己的长处。

译 文

王仲祖称赞殷渊源说："他不仅凭着自己的长处超过别人，在对待自己长处的问题上也能超过别人。"

评 析

这则故事是说殷浩不但有超过常人的地方，而且在对待这些长处上也比别人更有方法。

84

王长史道江道群[①]："人可应有，乃不必有；人可应无，已必无。"

注 释

① 江道群：江灌，字道群，为人刚直，藐视权贵，曾任御史中丞、尚书等职。

译 文

王濛称江道群是这样一个人："别人应该有的，他不一定有；别人不可以有的，他一定没有。"

评 析

这则故事里，王濛称赞江灌，认为他的才能可能不是很出众，但是能比别人更加优秀，缺点很少。

89

简文目庾赤玉[1]：“省率[2]治除。”谢仁祖云：“庾赤玉胸中无宿物。”

注 释

① 庾赤玉：庾统。

② 省率：直爽、坦率、豁达。

译 文

简文帝司马昱对庾赤玉有这样的评价：“他处理事务清楚明白，性格开朗率直，很有修养，能够严格要求自己。”谢仁祖说：“庾赤玉的心里没有什么旧东西。”

评 析

这则故事写庾统性格开朗，善于处理事务，而且还不记恨别人。

136

林公云：“见①司州②警悟③交至，使人不得住，亦终日忘疲。”

注 释

① 见：听。

② 司州：王胡之。

③ 警悟：机警而又聪敏的言谈。

译 文

支道林说：“听到司州王胡之既机警而又聪明的谈论，让人忍不住要一直听下去，他的话还可以让人忘记整天的疲劳。”

评 析

王胡之的言谈能使人不由自主地听下去，并且忘记疲劳。虽然这是支道林夸张的赞美，但是不难看出王胡之的言论很得人心。

147

谢公领中书监，王东亭有事应同上省[1]。王后至，坐促，王、谢虽不通[2]，太傅[3]犹敛膝容之。王神意闲畅，谢公倾目。还谓刘夫人[4]曰："向见阿瓜[5]，故自未易有。虽不相关，正自使人不能已已。"

注 释

① 上省：赴官署。

② 不通：指两家不相往来。王珣和弟弟王珉，都娶了谢家的女儿，后来王、谢两家由猜嫌而产生矛盾，于是绝交，最终成了仇家。

③ 太傅：即谢安。

④ 刘夫人：谢安的夫人姓刘，刘惔的妹妹。

⑤ 阿瓜：王珣的小名。

译 文

谢安担任中书监的时候，王珣有事，需要谢安和他一同去官署。王珣来的时候有点晚，给他留的座位狭小，王家和谢家平时不怎么往来，但谢安还是收紧膝盖，挪出地方给他。王珣神情自然洒脱，谢安对他很有好感。谢安回去后对刘夫人说："我刚才看到阿瓜，确实是很难得的人物，虽然和我没什么关系，但心情还是不能平静

下来。”

评 析

王家和谢家平时不相往来，但是谢安还是对王珣保持足够的尊重，王珣也是处之泰然，并没有嘲讽或使谢安难堪，由此可见他们对人对事并不受家族之间矛盾的影响。

153

王恭始与王建武[①]甚有情，后遇袁悦[②]之间[③]，遂致疑隙。然每至兴会，故有相思。时恭尝行散[④]至京口射堂[⑤]，于时清露晨流，新桐初引[⑥]，恭目之曰：“王大故自濯濯[⑦]。”

注 释

① 王建武：即王忱，曾任建武将军。

② 袁悦：又作袁悦之，字元礼，官至骠骑咨议，因结党弄权，后来为孝武帝所杀。

③ 间（jiàn）：离间。

④ 行散：魏晋时期名士多服用五石散，服后须行走使药效散发，所以称“行散”。

⑤ 射堂：讲武演习的地方。

⑥ 引：萌芽，抽芽。

⑦ 濯濯：形容有光泽，清朗。

译 文

王恭早些时候就和建武将军王忱有交情，后来因为袁悦的挑拨离间，王恭和王忱的关系由猜疑产生了裂痕。但是每当高兴的时候，还是会想起对方。那时王恭吃药后走到京口的射堂，清晨的露水在缓缓流动，梧桐树上冒出新的嫩芽，王恭看到这些景色，想起了以往，于是说：“王忱的确很清朗。”

评 析

王恭和王忱由于遭人离间而不再往来，但是两人并没有因此而记恨对方、讽刺对方，反而时不时地想起对方的优点。可见他们在为人处世上能够看到别人的好品德和优点，而不是嘲讽或刻意暴露别人的缺点。

156

殷仲堪①丧后，桓玄②问仲文③：“卿家仲堪，定是何似人？”仲文曰：“虽不能休明一世，足以映彻九泉。”

注 释

① 殷仲堪：殷仲堪，被桓玄袭击，逼令自杀。

② 桓玄：字敬道，小字灵宝。东晋将领，权臣。

③ 仲文：殷仲文，殷仲堪的堂弟。

译文

殷仲堪死后，桓玄问殷仲文："你们家的仲堪，是个什么样子的人？"殷仲文说："虽然不能以自己的美名传下去，但也足以光耀九泉。"

评析

殷仲文的回答既谨慎又巧妙，既是对自己兄长功绩的肯定，也巧妙地躲避了桓玄的为难，为自己避免了一些祸事。

品藻第九

12

王大将军在西朝[1]时，见周侯，辄[2]扇障面不得住。后度江左，不能复尔。王叹曰：“不知我进伯仁退？”

注 释

① 西朝：指西晋，西晋的京城在洛阳，相对于东晋的建康而言，属于西边，所以称“西朝”。

② 辄：每每，总是。

译 文

西晋时期，大将军王敦每次见到周伯仁的风采，总是忍不住拿扇子遮住面孔。后来渡江到了江南，就没有这样做过了。因此王敦有了这样的感叹：“不知道是我有了进步，还是周伯仁倒退了？”

评 析

史料记载，以前王敦每次看见周伯仁的时候，心里都有些害怕，后来渡江之后，王敦看见周伯仁，心里也不再害怕了。王敦所说的进步与退步，或许是指他们官职的高低。

22

明帝[1]问周伯仁："卿自谓何如庾元规[2]？"对曰："萧条[3]方外[4]，亮不如臣；从容[5]廊庙，臣不如亮。"

注释

① 明帝：晋明帝司马绍，晋元帝长子。

② 庾元规：庾亮。

③ 萧条：逍遥自在。

④ 方外：世外。

⑤ 从容：指周旋应付。

译文

晋明帝问周伯仁："你自己认为和庾亮相比，谁更厉害些？"周伯仁回答说："在山林中隐居生活，潇潇洒洒，庾亮比不上我；在谋划国家大事上，我比不上庾亮。"

评析

周伯仁的回答，说明他既能清楚地认识自己，又不忘肯定别人的优点。这样既显得有礼，又不会在晋明帝面前留下搬弄是非的嫌疑。

24

卞望之[1]云："郗公体中有三反：方[2]于事上，好下佞己，一反；治身清贞[3]，大脩计校，二反；自好读书，憎人学问，三反。"

注 释

① 卞望之：卞壶，字望之，晋明帝时任尚书令，苏峻之乱中战死。

② 方：正直。

③ 清贞：清廉，有节操。

译 文

卞望之说："郗公身上有三种不正常的现象：在对待上级时很正直，但是却喜欢下级阿谀奉承自己，这是第一个不正常；注重自身清廉节操的修养，却喜欢对财物斤斤计较，这是第二个不正常；自己爱好读书，却讨厌别人读书做学问，这是第三个不正常。"

评 析

卞望之站在旁观者的角度，能够清楚地看到别人身上的优点与缺点，这就是所谓的"旁观者清"。

27

何次道为宰相，人有讥其信任不得其人[1]。阮思旷[2]慨然曰：“次道自不至此。但布衣超居宰相之位，可恨！唯此一条而已。”

注 释

① 不得其人：指何充信任或者任用的人不是合适的人。

② 阮思旷：阮裕，字思旷，河南陈留人，东晋尚书郎，哲学家，历官临海太守、东阳太守、散骑常侍、国子祭酒、金紫光禄大夫、侍中，阮籍的族弟。

译 文

何次道在做宰相的时候，有人讽刺他信任了不合适的人。阮裕感叹说：“何次道是不会这样做的。只是他出身布衣，却坐上了宰相的位子，别人生气的就是这一点罢了。”

评 析

魏晋时期，做官时主要看是否出身于名门，何次道门第不高，却登上了宰相的高位，这肯定会让出身名门的人心怀不满。阮裕的话正是说明了这一点。

30

时人道阮思旷[1]：“骨气不及右军[2]，简秀不如真长，韶润[3]不如仲祖[4]，思致[5]不如渊源[6]，而兼有诸人之美。”

注释

① 阮思旷：阮裕，字思旷，任东阳太守，后被召为金紫光禄大夫，不肯就任。

② 右军：指王羲之。

③ 韶润：指品性华美柔润。

④ 仲祖：王濛。

⑤ 思致：才思和韵味。

⑥ 渊源：殷浩，字渊源。

译文

当时的人对阮思旷有这样的评价：“骨气比不上王羲之，在简约内秀上也比不上刘惔，品性华美柔润上他比不上王濛，才思和韵味比不上殷浩，但是他身上却兼有这几个人的长处。”

评析

从这则故事中可以看出阮裕身兼多人的优点，这些优点也不是很突出，但是也不缺失。

38

殷侯[①]既废，桓公语诸人曰："少时与渊源共骑竹马，我弃去，己辄取之，故当出我下。"

注 释

① 殷侯：殷浩，曾任中军将军、都督五州军事，北征时大败。桓温一向忌妒他，就乘机上奏章请求惩办他，结果他被废为庶人。

译 文

殷浩丢了官职之后，桓温对一些人说："小的时候我和殷浩一同玩骑竹马的游戏，我抛弃的，他每次都拾起来接着玩，所以他应该不如我。"

评 析

殷浩丢了官职，而桓温却青云直上。桓温回想自己和殷浩年幼时一同玩游戏的情景，想想殷浩的做法，得出他不如自己的结论。这是桓温作为一个胜利者在重新审视自己和殷浩的关系，以及自己对殷浩的态度。

68

庾道季[①]云："廉颇、蔺相如虽千载上死人，懔懔恒如有生气；

曹蜍[2]、李志[3]虽见在，厌厌[4]如九泉下人。人皆如此，便可结绳而治，但恐狐狸貒貉[5]啖尽。”

注 释

① 庾道季：庾龢，字道季，庾亮之子，曾任丹阳尹、中领军。

② 曹蜍（chú）：曹茂之，字永世，小字蜍，任尚书郎。

③ 李志：字温祖，曾任员外常侍。

④ 厌厌（yān yān）：形容精神不振。

⑤ 貒貉（tuān hé）：猪獾和狗獾。

译 文

庾道季说：“廉颇和蔺相如虽然是千年前的名人，但是依旧充满浩然正气，经常使人感到充满生气；曹蜍、李志这样的人虽然现在还活着，但是精神就像坟墓里的死人一样死气沉沉。如果每个人都像曹、李那样，就要回到原始社会去过结绳而治的生活，那时候恐怕野兽会把人都吃光了。”

评 析

从这则故事中，我们可以看出人还是要活得精神，心中要充满浩然正气，要学习古人那种正气凛然的精神。

74

王黄门[①]兄弟三人俱诣谢公，子猷[②]、子重[③]多说俗事，子敬[④]寒温[⑤]而已。既出，坐客问谢公：“向三贤孰愈？”谢公曰：“小者[⑥]最胜。”客曰：“何以知之？”谢公曰：“吉人之辞寡，躁人之辞多[⑦]。推此知之。”

注 释

① 王黄门：王徽之，字子猷，王羲之的儿子，曾任黄门侍郎。

② 子猷：王徽之，字子猷，官至黄门侍郎，王羲之的儿子。

③ 子重：王操之，字子重，王羲之第六子，曾任豫章太守。

④ 子敬：王献之，字子敬，官至中书令，王羲之的儿子。

⑤ 寒温：寒暄。

⑥ 小者：指王献之。

⑦ 吉人之辞寡，躁人之辞多：语出《周易·系辞下》。吉人，善良的人，贤明的人。躁人，急躁的人。

译 文

黄门侍郎王子猷兄弟三人一同到谢家去拜访谢安，子猷和子重多说一些日常生活中的事情，子敬也就随便聊了几句。三个人走了以后，有客人问谢安：“刚才那三人，谁比较好？”谢安说：“最小的那个最好。”客人问道：“您是怎么知道的？”谢安说：“贤明的人话很少，而性格急躁的人话多。我就是根据这个道理来推出我的看法的。”

评 析

王献之的寡言少语赢得了谢安的好感，并得到谢安的认同。谢安也毫不吝啬地用古语来赞扬王献之。

规箴 第十

1

汉武帝乳母尝于外犯事，帝欲申宪①，乳母求救东方朔。朔曰："此非唇舌所争，尔必望济者，将去时，但当屡顾帝，慎勿言。此或可万一冀耳。"乳母既至，朔亦侍侧，因谓曰："汝痴耳！帝岂复忆汝乳哺时恩邪！"帝虽才雄心忍②，亦深有情恋，乃凄然愍之，即敕免罪。

注 释

① 申宪：申明法令，指执行法令。

② 心忍：心狠。

译 文

汉武帝的奶妈有一次在外面犯了罪，汉武帝要按照朝廷法律惩罚她，奶妈向东方朔求救。东方朔说："这不是靠说话就能改变的事，你如果要把事情办成的话，就在告别皇帝的时候，留恋不舍地回头望着皇帝，一句话也不要说。这样也许能有一点希望呢。"奶妈向汉武帝辞行时，东方朔在皇帝身边陪侍，奶妈按照东方朔所说连连回头看向武帝，东方朔就对她说："你是傻了吗！这时候皇上还会想起小时候你喂奶时的恩情吗！”武帝虽然雄才大略，但听到东方朔的话，也引起了他深切的依恋之情，就悲伤地怜悯起奶妈来了，并且赦免了她的罪行。

评析

东方朔抓住了汉武帝的性格特点，知道求饶是打动不了汉武帝的，于是他教奶娘利用汉武帝的同情和怜悯使得奶妈成功脱罪。

3

陈元方遭父丧，哭泣哀恸，躯体骨立。其母愍之，窃以锦被蒙上。郭林宗吊而见之，谓曰：“卿海内之俊才，四方是则，如何当丧，锦被蒙上？孔子曰：‘衣夫锦也，食夫稻也，于汝安乎[①]？’吾不取也。”奋衣[②]而去。自后宾客绝百所日。

注释

① 衣夫锦也，食夫稻也，于汝安乎：出自《论语·阳货》，原文作“食夫稻，衣夫锦，于女安乎？”孔子的弟子宰我认为，为父母守孝三年，时间太长，孔子认为不到三年期满，吃大米饭，穿绸缎，心里不安。

② 奋衣：振衣，即拂袖，甩手。

译文

陈元方的父亲去世，在丧葬期间，陈元方哭泣悲恸，身体因此变得瘦弱。他母亲看见了心疼他，在他睡觉的时候，偷偷地用条锦缎被子给他盖上。郭林宗去吊丧，看见他盖着锦缎被子，就对他说：“你是才能出众的人物，人们都向你学习，你怎么能在服丧期间盖锦缎被子？孔子说过：‘穿着那锦绣缎子衣服，吃着大米白饭，你心里能感到踏实吗？’我认为你这种做法不可取，也不值得我学习。”说完就拂袖而去。自此以后一百来天，宾客都不来吊唁了。

评析

古代礼节规定，在父母丧葬期间，不能穿锦缎、吃美食。虽然陈纪不是有意的，但是郭林宗还是严厉地批评了他，宾客也因此不来吊唁，可见古代人们对礼节的重视，尤其是在守丧礼节方面。

7

晋武帝既不悟[①]太子[②]之愚，必[③]有传后意。诸名臣亦多献直言。帝尝在陵云台[④]上坐，卫瓘[⑤]在侧，欲申其怀，因如醉跪帝前，以手抚床曰：“此坐可惜！”帝虽悟，因笑曰：“公醉邪？”

注释

① 不悟：不理会。

② 太子：司马衷，即后来的晋惠帝。

③ 必：坚决，坚持。

④ 陵云台：台名，魏文帝曹丕所建，在洛阳东部。

⑤ 卫瓘：晋武帝时官至太保。

译文

晋武帝不理会太子司马衷是否愚蠢，坚持要把帝位传给他。大多数大臣直言敢谏。一次，武帝在陵云台上坐着，卫瓘在旁边陪侍，想趁机向晋武帝表明自己的态度和意思，于是便装醉酒在武帝面前跪下，用手指着武帝的座床说：“这个座位可惜呀！”武帝虽然知道他的用意何在，还是笑着说：“你是喝醉酒了吗？”

评析

大家都知道太子司马衷愚懦，但是晋武帝仍然打算传位给他，卫瓘也假装醉酒，用椅子可惜了暗示太子不堪重任，但是晋武帝顾左右而言他，没有明确回答卫瓘的话。

9

王夷甫雅尚玄远[1]，常嫉其妇贪浊[2]，口未尝言“钱”字。妇欲试之，令婢以钱绕床，不得行。夷甫晨起，见钱阂[3]行，呼婢曰：“举却阿堵物！”

注 释

① 玄远：指道的玄妙幽远，玄理。

② 贪浊：贪婪卑污。

③ 阂（hé）：阻碍。

译 文

王夷甫一向喜欢玄易道理，讨厌他妻子的贪婪污浊，于是他嘴里从来没说过“钱”字。他妻子想试探他一下，就叫婢女拿钱来围着床放了一圈，让他不能下床走路。王夷甫早晨起床后，看见钱妨碍着自己走路，就招呼婢女说：“把这些东西都拿走！”

评 析

王衍崇尚玄理，很不喜欢妻子贪污钱财，因此也绝口不说“钱”字，他的妻子为试探他，故意摆出钱，想逼迫他说出“钱”字，但王衍聪明地用“阿堵物”来代替，后来人们就用阿堵物来代指钱财。

11

元帝[1]过江犹好酒，王茂弘[2]与帝有旧，常流涕谏，帝许之，命酌酒一酣，从是遂断。

注 释

① 元帝：司马睿，东晋的第一个皇帝。登位前为安东将军、都督扬州诸军事。永嘉初年，始过江镇守建业，后为晋王，愍帝死后，才继帝位。

② 王茂弘：王导，字茂弘，一向和元帝很亲近，劝元帝移镇建业，并帮助他开创大业。

译 文

晋元帝渡江到江南后还是喜欢喝酒，王导和元帝交情不浅，于是王导常常流着泪劝解晋元帝，元帝终于答应了，就命令把酒倒上来先喝个痛快，从此便把酒戒了。

评 析

晋元帝听从王导的劝解，先痛饮一番，然后开始戒酒。这也和很多人一样，在决定戒掉某种习惯的时候，首先想到的是把这件事痛痛快快地再做一遍。

17

陆玩[1]拜司空，有人诣之，索美酒，得，便自起泻[2]箸梁柱间地，祝曰：“当今乏才，以尔为柱石[3]之用，莫倾人栋梁。”玩笑曰：“戢[4]卿良箴。”

注 释

① 陆玩：晋成帝时，在王导、郗鉴、庾亮等相继死后，受任为司空。

② 泻：倾倒。

③ 柱石：顶梁的柱子和垫柱的础石，这里比喻能够担当重任。

④ 戢（jí）：收藏，记住。

译 文

陆玩做司空的时候，有位客人去拜访他，向他要一杯酒，陆玩把酒拿来了，客人便站起来在顶梁柱旁边的地上祭酒，并说：“因为目前没有更好的材料，才把你当作柱石，你不要把人家的栋梁给毁了啊。”陆玩听了笑着说：“我会记住你的这番话的。”

评 析

客人用顶梁柱做比喻暗示陆玩要承担国家大任，勤于治理，兢兢业业，不能毁坏国家栋梁之材。陆玩虚心接受，表现出开朗豁达的胸襟。

18

小庾①在荆州，公朝大会②，问诸僚佐曰：“我欲为汉高、魏武，何如？”一坐莫答。长史江虨曰：“愿明公③为桓、文④之事，不愿作汉高、魏武也。”

注 释

① 小庾：庾翼，庾亮的弟弟。

② 公朝大会：僚属参拜长官的集会。

③ 明公：对地位崇高之人的尊称。

④ 桓、文：齐桓公和晋文公，春秋时先后称霸，五霸中最有声望的两个霸主。

译 文

庾翼在荆州当官时，在一次属下拜见长官的聚会上，问僚属说：“我想做汉高祖、魏武帝那样的人，你们觉得怎么样？”满座的人静悄悄的，没有人敢回答。这时长史江虨说：“我们希望明公学习和效仿齐桓、晋文时期的事业，不希望您学习汉高祖、魏武帝那样称霸朝野。”

评 析

庾翼用汉高祖、魏武帝来试探他篡位时能不能得到属下的支持，众人中只有江虨直言不讳，表明不支持他篡位，而是支持他建功立业，流芳百世。

捷悟第十一

1

杨德祖①为魏武主簿，时作相国门，始构榱桷②，魏武自出看，使人题门作“活”字，便去。杨见，即令坏之。既竟，曰：“门中‘活’，‘阔’字。王③正嫌门大也。”

注 释

① 杨德祖：杨脩，字德祖，曹操任丞相时，调他任主簿，有才学，有悟性。后来被曹操杀害了。

② 榱桷（cuī jué）：椽子。

③ 王：指魏王曹操。

译 文

杨脩做魏武帝曹操的主簿时，当时正修建相国府的大门，刚把架子架起来，曹操出来看到，就叫人在门上写了个“活”字，然后就走了。杨脩看见了，就叫人把门给拆了。拆完后，他说：“门里加个‘活’字，是‘阔’字。丞相是因为门太大了。”

评 析

杨脩很聪慧，看到曹操写的字就能猜到曹操的想法，能处处迎合曹操的意思，但是他的聪慧并没有给他带来好运，而是招致杀身之祸。

3

魏武尝过曹娥碑[①]下，杨脩[②]从，碑背上见题作“黄绢幼妇，外孙齑臼[③]”八字。魏武谓脩曰：“解不？”答曰：“解”。魏武曰：“卿未可言，待我思之。”行三十里，魏武乃曰：“吾已得。”令脩别记所知。脩曰：“黄绢，色丝也，于字为绝；幼妇，少女也，于字为妙；外孙，女子也，于字为好；齑臼，受辛也，于字为辞：所谓绝妙好辞也。”魏武亦记之，与脩同，乃叹曰：“我才不及卿，乃觉三十里。”

注 释

① 曹娥碑：曹娥是东汉时期一个孝女，父溺死，她为寻找父亲尸首而死，改葬时给她立了碑，就是曹娥碑。

② 杨脩：字德祖。

③ 齑臼（jī jiù）：捣姜蒜等用的器具。

译 文

曹操曾经路过曹娥碑旁，杨脩跟随着他，看见碑上写着“黄绢幼妇，外孙齑臼”八个字。曹操就问杨脩：“你知道这是什么意思吗？”杨脩回答说：“知道。”曹操说：“你先不要说出来，等我想一想再说。”走了三十里路，曹操才说：“我想出来了。”他叫杨脩把自己的理解在纸上写下来。杨脩写道：“黄绢，是有颜色的丝，色丝合成绝字；幼妇，是少女的意思，少女合成妙字；外孙，是女儿的儿子，女子合成好字；齑臼，是承受辛辣东西的，受辛合成辞字：这就是绝妙好辞。”曹操也把自己的理解写下了，和杨脩一对比，结果和杨脩的一样，于是感叹地说：“我的才华赶不上你，竟然相差三十里。”

评 析

就连曹操也承认自己比不上杨脩的聪慧。

4

魏武征袁本初①，治装，余有数十斛②竹片，咸长数寸。众云并不堪用，正令烧除。太祖③思所以用之，谓可为竹椑楯④，而未显其言。驰使问主簿杨德祖，应声答之，与帝心同。众伏其辩悟。

注 释

① 袁本初：袁绍，字本初，汉献帝时，曹操为司空，独揽朝政，袁绍为大将军。

② 斛（hú）：古代量器名，一斛是十斗。

③ 太祖：曹操的庙号。

④ 竹椑（pí）楯：椭圆形的竹盾牌。

译 文

魏武帝曹操要征讨袁绍，修造军事装备剩下一些竹片，都是很短的那种。大家认为这些废料用不上，正要叫人烧掉的时候，曹操却想把这些竹片利用起来，他认为可以用来做盾牌，只是还没有把这话说出来。他派人去问主簿杨脩，杨脩随即回复了来人，结果和曹操想的一样。大家都佩服杨德祖的聪慧。

评 析

这则故事仍然讲的是杨脩的聪慧，但是他锋芒太露，引起曹操的忌妒，这使得他最终因此而送了性命。

5

王敦引军垂至大桁[①]，明帝自出中堂。温峤为丹阳尹，帝令断大桁，故未断，帝大怒瞋目，左右莫不悚惧。召诸公来。峤至，不谢，但求酒炙。王导须臾至，徒跣[②]下地，谢曰："天威在颜，遂使温峤不容得谢。"峤于是下谢，帝乃释然。诸公共叹王机悟名言[③]。

注 释

① 大桁（háng）：大桥，这里指朱雀桥，在建康城南。

② 徒跣：赤脚徒步。

③ 机悟名言：聪明机警，善于应对。

译 文

王敦率领军队逼近朱雀桥，晋明帝亲自走出中堂指挥。温峤当时担任丹阳尹，明帝命令他拆掉朱雀桥，结果依旧没有毁掉，明帝非常生气，怒目圆睁，身边的人都很害怕。明帝召集大臣们来，温峤到后没有谢罪，只是求赐酒和肉。王导来了之后，光着脚步行，伏倒在地，谢罪说："天子的威严就在眼前，吓得温峤不敢谢罪了。"温峤这才上前谢罪，明帝于是息怒。大臣们都赞赏王导聪明机警。

评 析

王导聪明机警、善于应对，使温峤逃过一劫，而温峤懂得避开晋明帝生气的时候来请罪，这也是他逃过一劫的重要原因。

6

郗司空①在北府②，桓宣武恶其居兵权。郗于事机素暗，遣笺诣桓："方欲共奖③王室，修复园陵④。"世子嘉宾出行，于道上闻信至，急取笺，视竟，寸寸毁裂，便回。还更作笺，自陈老病，不堪人间，欲乞闲地自养。宣武得笺大喜，即诏转公督五郡，会稽太守。

注 释

① 郗司空：郗愔（yīn），字方回，曾兼任徐、兖二州刺史，都督徐、兖、青、幽等州军事，后拜司空，故称。

② 北府：即京口。

③ 奖：辅佐。

④ 修复园陵：收复中原。园陵，西晋诸王的墓地，在今河南洛阳一带。

译 文

郗愔在北府镇守的时候，桓温不喜欢他掌管军权。郗愔对形势了解一向糊涂，他派人送信给桓温说：“正想和你一起辅佐王室，进军中原，修复先帝们的陵寝。”当时他的嫡长子郗超正出门去，在半路听说送信的人到了，急忙取信件来看，看完后，就把信撕了，又返回代他父亲写了封信，说自己年老多病，不堪俗务纷扰，请求安排清静之地修养。桓温见信非常高兴，立刻下令把郗愔调为都督五郡军事，兼任会稽太守。

评 析

郗愔不懂得把握形势，虽然有愿望，但是终究不会实现。郗超能从全局出发，了解掌权者的心态和他的意图，从而改变了父亲的前程和命运。

7

王东亭作宣武主簿，尝春月与石头①兄弟乘马出郊。时彦同游者连镳②俱进，唯东亭一人常在前，觉数十步，诸人莫之解。石头等既疲倦，俄而乘舆回。诸人皆似从官，唯东亭奕奕在前。其悟捷如此。

注 释

① 石头：桓熙的小名，桓温的长子。

② 连镳：坐骑并排着。

译 文

东亭侯王珣任桓温主簿的时候，有一次在春天的时候和石头兄弟骑马到郊外游玩。当时一起游玩的名士都并马前进，只有王珣一个人总是走在前面，和他们拉开几十步远的距离，大家都不明白其中的道理。石头等人已经玩得很疲倦了，不一会儿就坐车回去了。结果其他人都像侍从官一样跟在后面，只有王珣精神抖擞地走在前面。他就是这样机智。

评 析

王珣的举动可能意味着不愿意跟所谓的名士相结交。这本是一件很小的事情，但是从中可以看出的不只是他的机智，更有他洒脱的性格。

夙惠　第十二

1

宾客诣陈太丘宿，太丘使元方、季方炊。客与太丘论议，二人进火[1]，俱委而窃听。炊忘著箄，饭落釜中。太丘问：“炊何不馏[2]？”元方、季方长跪[3]曰：“大人与客语，乃俱窃听，炊忘著箄，饭今成糜[4]。”太丘曰：“尔颇有所识不？”对曰：“仿佛志之。”二子俱说，更相易夺[5]，言无遗失。太丘曰：“如此，但糜自可，何必饭也！”

注 释

① 进火：用柴烧火。

② 馏：把半熟的食物蒸熟。

③ 长跪：直身而跪。两膝着地，臀部离开足根，表示庄重。

④ 糜：粥。

⑤ 易夺：改正补充。

译 文

有位客人到太丘长陈寔家过夜，陈寔就叫儿子元方和季方做饭招待客人。客人和陈寔在一起谈论，元方兄弟两人在烧火，结果两

人一同放下手头的事去偷听。做饭时忘了放上箅子，要蒸的饭都落到了锅里。陈寔问他们："饭为什么不蒸呢？"元方和季方直挺挺地跪着说："大人和客人谈论，我们两人就一起去偷听，蒸饭时忘了放上箅子，现在饭煮成了粥。"陈寔问："你们可记住我们谈论的内容了吗？"兄弟两人回答说："似乎还能记住那些话。"于是兄弟俩一起说，互相穿插补充，一句话也没有漏掉。陈寔说："既然这样，只吃粥也可以，没必要一定吃干饭！"

评 析

陈寔没有责骂孩子们，而是原谅了他们的行为，并对孩子们的聪明好学加以肯定，同时也表现出陈寔深厚的文学素质和修养。

2

何晏七岁，明惠若神，魏武奇爱之。因晏在宫内，欲以为子。晏乃画地令方，自处其中。人问其故，答曰："何氏之庐[①]也。"魏武知之，即遣还。

注 释

① 庐：简陋的房屋。

译 文

何晏七岁的时候就聪明过人，魏武帝曹操很喜爱他。因为何晏在曹操府第里长大，曹操想认他做儿子。何晏便在地上画个方框，自己站在里面。别人问他是什么意思，他回答说：“这是何家的房子。”曹操知道了这件事，放弃了收他当义子的事情，随即把他送回了何家。

评 析

何晏年纪虽小，但懂得用巧妙的方法表达自己的想法，这也流露出何晏虽然生活在名门贵族，却始终没有忘却自己来自哪里，应该回到哪里。

3

晋明帝数岁，坐元帝膝上。有人从长安来，元帝问洛下消息，潸然流涕。明帝问何以致泣，具以东渡意[1]告之。因问明帝：“汝意谓长安何如日远？”答曰：“日远。不闻人从日边来，居然[2]可知。”元帝异之。明日，集群臣宴会，告以此意，更重问之。乃答曰：“日近。”元帝失色，曰：“尔何故异昨日之言邪？”答曰：“举目见日，不见长安。”

注 释

① 东渡意：晋元帝为琅邪王时，王导劝其镇守建康，经营东南，以图复兴帝室。

② 居然：显然。

译 文

晋明帝还只是几岁的时候，坐在晋元帝膝上。正好有人从长安来，元帝问起洛阳的情况，伤心流泪。明帝问父亲为什么哭，元帝就把晋室东渡过江的意图全部都告诉他。于是问明帝："你觉得长安远，还是太阳远？"明帝回答说："太阳远。没听说过有人从太阳那边来，当然是太阳远。"元帝对他的回答感到惊奇。第二天元帝召集群臣宴会，就把昨天的事告诉了大家，并又重问他一遍，不料明帝却回答说："太阳近。"元帝顿时脸色都变了，问他："你为什么和昨天说的不一样呢？"明帝回答说："抬眼可以看见太阳，可是看不见长安。"

评 析

这则故事体现了晋明帝年少时的聪慧，他的言辞有理有据，使人无法辩论，这足以证明他的聪明伶俐。

4

司空顾和与时贤共清言。张玄之、顾敷是中外孙，年并七岁，在床边戏。于时闻语，神情如不相属[①]。瞑于灯下，二儿共叙客主之言，都无遗失。顾公越席而提其耳曰："不意衰宗[②]复生此宝！"

注 释

① 属（zhǔ）：依附，集中。

② 衰宗：谦称自己的家族。

译文

司空顾和当时和贤士在一起谈论。张玄之和顾敷是他的外孙和孙子，两人都是七岁，在座床旁玩耍。这时听他们谈论，但是神情中好像不关心这些事。后来两个小孩在灯下闭着眼睛，一起复述宾客们谈论的话，一句也没有漏掉。顾和听见了，离开座位，拉着他们的耳朵说："想不到我们家族还有这样的人才！"

评析

顾和对孩子不由自主地流露出喜爱的神情，对孩子超常的智慧也是赞赏有加。

5

韩康伯数岁，家酷贫，至大寒，止得襦[①]，母殷夫人自成之，令康伯捉熨斗。谓康伯曰："且著襦，寻作复裈[②]。"儿云："已足，不须复裈也。"母问其故，答曰："火在熨斗中而柄热，今既著襦，下亦当暖，故不须耳。"母甚异之，知为国器[③]。

注释

① 襦（rú）：短袄。

② 复裈（kūn）：夹裤。

③ 国器：治国之才。

译 文

韩康伯几岁时，家境非常困难，到了寒冷的冬天，只穿了一件他母亲殷夫人亲手做的短袄，做时叫康伯拿着熨斗取暖。母亲告诉康伯说："暂时先穿上短袄，随后就给你做夹裤。"康伯说："这已经够了，不需要夹裤了。"母亲问他为什么，他回答说："火在熨斗里面，熨斗柄也就热了，现在我已经穿上短袄，下身也会暖和的，所以不需要再做夹裤呀。"他母亲听了非常惊奇，知道他将来准是个治国的人才。

评 析

懂事的孩子很受别人喜爱，也会让人产生敬佩之意。韩康伯的这种懂事的态度和认真思考事物的行为，对他成为国家的栋梁之才有很大的帮助。

6

晋孝武年十二，时冬天，昼日不著复衣，但著单练衫五六重，夜则累茵褥。谢公谏曰："圣体宜令有常。陛下昼过冷，夜过热，恐非摄养之术。”帝曰：“昼动夜静[1]。”谢公出，叹曰：“上理不减先帝[2]。”

注 释

① 昼动夜静：《老子》第四十五章：“躁胜寒，静胜热”，此用其意。

② 先帝：已经去世的皇帝，这里指简文帝。按：简文帝擅长谈玄理。

译 文

晋孝武帝十二岁那年，当时正是冬天，他白天不穿厚衣服，只穿五六件丝绸做的单衣，夜里却铺着两张褥子睡觉。谢安劝解他说：“圣上的贵体应该有规律地保养。陛下白天受冷，夜里受热，这恐怕不是养生的办法。”孝武帝说：“白天活动着就不觉得冷，夜里不动弹就不觉得热。”谢安退出来，赞叹说：“皇上说理不比先帝差。”

评 析

孝武帝年纪轻轻，能从日常生活中总结出生活之道，并且还能用简单明了的语言表达出来，让人不得不佩服。

7

桓宣武薨，桓南郡[①]年五岁，服始除，桓车骑[②]与送故[③]文武别，因指语南郡："此皆汝家故吏佐[④]。"玄应声恸哭，酸[⑤]感傍人。车骑每自目己坐曰："灵宝成人，当以此坐还之。"鞠爱[⑥]过于所生。

注释

① 桓南郡：桓玄，桓温的儿子，袭父爵为南郡公。桓温临死时，指定他做继承人。曾任江州刺史。

② 桓车骑：桓冲，桓温的弟弟，桓玄的叔父，曾任车骑将军。

③ 送故：指护送遗体回乡的下属。

④ 故吏佐：老部下。

⑤ 酸：悲痛。

⑥ 鞠爱：抚育。

译文

桓温去世时，南郡公桓玄只有五岁，守孝期满了之后，他刚脱下丧服，车骑将军桓冲和与他一同前来送葬的文武官员道别，桓冲便指着他们告诉桓玄说："这些人都是你家的老下属。"桓玄听到他的话后恸哭起来，悲痛感人。桓冲每每看着自己的座位说："等灵宝长大成人，我就要把这个座位交还给他。"桓冲抚养、疼爱桓玄胜过疼爱自己的儿女。

评 析

桓玄年少时就知道树倒猢狲散的道理，父亲死了，和家里相识的老人们不会照看自己家中的老部下，也不会照顾自己，因此他放声大哭。

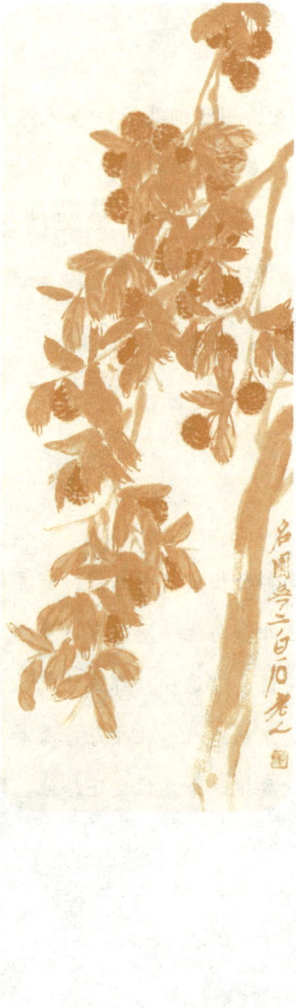

豪爽第十三

1

王大将军年少时，旧有田舍名，语音亦楚[①]。武帝[②]唤时贤共言伎艺事，人皆多有所知，唯王都无所关，意色殊恶，自言知打鼓吹。帝令取鼓与之，于坐振袖而起，扬槌奋击，音节谐捷，神气豪上，傍若无人。举坐叹其雄爽。

注释

① 楚：中原人把南方人看成楚。

② 武帝：晋武帝司马炎。

译文

大将军王敦年轻时，本就有乡里人这个外号，说的话也是家乡话。晋武帝召来当时的名流一起谈论技艺的事，别人大多都懂得一些，只有王敦对这些事一点也不关心，神态、脸色都很不好，自称只知道怎么打鼓。武帝叫人拿鼓给他，他马上从座位上振臂站起，扬起鼓槌，精神振奋地击起鼓来，鼓音急促和谐，气概豪迈，旁若无人。满座的人都赞叹他的威武豪爽。

评 析

王敦精神振奋地打鼓，鼓声急促和谐，气概豪迈，使得宾客忘却了他的土气，也忘记了他不太懂技艺，反而赞美他的豪爽英姿。

2

王处仲[①]，世许高尚之目。尝荒恣于色，体为之弊[②]。左右谏之，处仲曰："吾乃不觉尔，如此者甚易耳。"乃开后阁，驱诸婢妾数十人出路[③]，任其所之。时人叹焉。

注 释

① 王处仲：王敦，字处仲。

② 弊：疲乏，败坏。

③ 出路：出外。

译 文

王处仲，世人以高尚来赞许他。他曾经在女色中沉迷，因此身体很疲惫。身边的人劝说他，他说："我却不觉得有什么问题，即便是这样，也是很容易解决的。"于是打开侧门，把几十个婢妾都放出去，打发上路，让她们想到什么地方就到什么地方。当时的人很赞赏他。

评 析

王敦能知错就改是值得我们学习的，除此之外他处理问题的果断也是值得我们学习的地方。

6

王大将军始欲下都[①]，处分树置[②]，先遣参军告朝廷，讽旨[③]时贤。祖车骑[④]尚未镇寿春，瞋目厉声语使人曰："卿语阿黑[⑤]，何敢不逊[⑥]！催摄面[⑦]去！须臾不尔，我将三千兵槊脚令上。"王闻之而止。

注 释

① 下都：到都城建康去。

② 树置：栽培，安插。

③ 讽旨：指暗示自己的意图。

④ 祖车骑：祖逖，字士稚，死后赠车骑将军。

⑤ 阿黑：王敦小名。

⑥ 逊：谦恭。

⑦ 摄面：指收起老脸。面，唐写本作"向"，一本作"回"。

译 文

大将军王敦起初想领兵东下京都，处理朝臣，安插亲信，于是先派参军去报告朝廷，并且向当时的贤士暗示自己的意图。那时车骑将军祖逖还没有到寿春镇守，他瞪起眼睛严厉地告诉王敦的使者说：“你去告诉阿黑，怎么敢这样无视礼法！叫他收起老脸回去！如果不马上走，我就要率领三千兵马，用长矛戳他的脚赶他回去。”王敦听说后，就打消了念头。

评 析

祖逖是东晋名将，性格刚毅，对朝廷忠心耿耿，也只有他能面对王敦的图谋不轨而大声斥责。他的勇猛无敌也使王敦颇为忌惮，因此在祖狄还未去世时，王敦不敢发动叛乱。

7

庾稚恭既常有中原之志，文康时权重，未在已。及季坚[①]作相，忌兵畏祸，与稚恭历同异[②]者久之，乃果行[③]。倾荆、汉之力，穷舟车之势，师次[④]于襄阳，大会参佐，陈其旌甲，亲援弧矢曰：“我之此行，若此射矣！”遂三起三叠。徒众属目，其气十倍。

注 释

① 季坚：指庾冰。

② 历同异：政见不同，屡次争论。

③ 果行：终于行动。

④ 次：驻扎。

译 文

庾翼早就有收复中原的志向，但他哥哥庾亮当政时，大权不在自己手里。到庾冰做丞相时又害怕兵祸，两人政见不同，屡经争论，才决定出兵北伐。庾翼倾尽荆州、汉水一带的全部人力物力，发动所有水陆军队。他率领部队驻扎在襄阳，召集所有部将，陈列军队武器，亲自弯弓射箭，说：“这次北伐，如同此箭，有去无回!”连射三箭，每发一箭便擂起战鼓助威。士兵们为之瞩目，士气陡增十倍。

评 析

庾翼希望北伐已经很久了，只是自己手里没有实权。等到他能北伐的时候，虽然豪气冲天，但是据史料记载，庾翼北伐因征调物资与地方豪强发生矛盾，引发豪强的反对，使他壮志未能完成就遗憾抱病而亡了。

8

桓宣武平蜀，集参僚置酒于李势殿，巴、蜀缙绅[1]莫不来萃。桓既素有雄情爽气，加尔日音调英发，叙古今成败由人，存亡系才，其状磊落[②]，一坐叹赏。既散，诸人追味余言，于时寻阳周馥[③]曰：“恨卿辈不见王大将军！”

注 释

① 缙绅：本指旧时官员的装束，后来用作官宦的代称。

② 磊落：指仪态俊伟。

③ 周馥：家住庐江郡寻阳县，曾为王敦的属官。

译 文

桓温平定蜀地后，在李势的宫殿里设酒宴和下属聚会，巴、蜀一带的大官全都被邀请来聚会。桓温一向性情豪放、直爽，这一天的谈话语调充满豪气，畅谈古今成败在人，存亡的关键在于对人才的使用，他的神态光明磊落，得到满座的人的赞赏。散会以后，大家还在回想、玩味他的话，这时候寻阳人周馥说：“遗憾的是你们没有见过王大将军！”

评 析

周馥的话暗示桓温比不上王敦，这是他个人的言论，仅从本文中我们还是可以看出桓温性情豪放、直爽，风姿洒脱，因此周馥的话只是很片面的评价。

9

桓公读《高士传》①，至于陵仲子②，便掷去，曰：“谁能作此溪刻③自处！”

注释

①《高士传》：晋皇甫谧撰，共三卷，详细记载古代隐士高人事迹。

② 于（wū）陵仲子：战国时齐国的隐士。据《高士传》载，陈仲子住在淤陵，夫妻俩靠编草鞋、织布过活。他哥哥任齐国丞相，仲子认为哥哥的俸禄是不义之财，分文不取。一次有人送他哥哥一只鹅，他母亲杀给他吃，当他知道是别人送他哥哥的，就立刻吐了出来。楚王想请他出任丞相，他便和妻子逃到别处去给人做工。

③ 溪刻：指行事苛刻不近情理。

译文

桓温读《高士传》时，读到于陵仲子的传记，便把书抛开，说：“谁喜欢用这种严厉的、不近情理的做法来对待自己！”。

评析

桓温不喜欢于陵仲子，认为他的做法过于严苛。对他自己来说，桓温更喜欢随性而为，不刻意去做某件事，也不刻意追求某种事物，但是当事物降临，还是应该积极地争取，因为这样即便是争取到了，也是理所应当的事情。

10

桓石虔[1]，司空豁[2]之长庶也，小字镇恶。年十七八，未被举，而童隶已呼为镇恶。尝住宣武斋头[3]。从征枋头，车骑冲[4]没陈，左右莫能先救。宣武谓曰："汝叔落贼，汝知不？"石虔闻之，气甚奋，命朱辟为副，策马于数万众中，莫有抗者，径致冲还[5]，三军叹服。河朔[6]后以其名断疟[7]。

注释

① 桓石虔：谯国龙亢（今安徽怀远）人，桓豁之子。

② 司空豁：桓豁，桓温的弟弟，任征西大将军，死后赠司空。

③ 斋头：书房。

④ 车骑冲：即桓冲。跟从桓温出征时是振威将军、江州刺史，桓温死后，他才改任车骑将军、徐州刺史。

⑤ 致冲还：这里指把桓冲救了回来。

⑥ 河朔：黄河以北。

⑦ 断疟：指消除疟疾，使病痊愈。古人迷信，以为疟疾是疟鬼作祟。由于桓石虔声威大震，当时的人以为对患疟疾的人大喊"桓石虔来"，把疟鬼吓跑，就可以除病。

译文

桓石虔是司空桓豁的庶出长子，小名叫镇恶。十七八岁了，身份地位还没有得到桓家的认可，而奴仆们已经称呼他为镇恶郎了。他曾在桓温家里住。后来随桓温出征到枋头，在一次战斗中，车骑将军桓冲陷入敌阵，他手下的人没有谁能抢先去救他。桓温告诉石虔说："你叔父落入敌人阵里，你知道吗？"石虔听了，勇气愈加强盛，他命令朱辟做副手，跃马冲入几万敌军的重围中，没有谁能够抵挡他，他把桓冲救了回来，全军都十分佩服他。后来黄河以北的百姓就拿他的名字来驱赶疟鬼。

评 析

"桓石虔来"成为一个典故，表示镇恶，去疾。由此可见他的英雄事迹在老百姓心中留下了很深的印象。

容止第十四

1

魏武将见匈奴使。自以形陋，不足雄远国，使崔季珪[①]代，帝自捉刀立床头。既毕，令间谍问曰：“魏王何如？”匈奴使答曰：“魏王雅望非常，然床头捉刀人，此乃英雄也。”魏武闻之，追杀此使。

注 释

① 崔季珪：崔琰，字季珪。在曹操手下任职，仪表堂堂，很威严。

译 文

魏武帝曹操马上要接见匈奴的使节。他认为自己相貌丑陋，不能向远方的国家显示出自己的威严，便叫崔季珪代替，自己却握着刀站在崔季珪的身边。接见后，曹操派密探去问匈奴使节说：“你看魏王怎么样？”匈奴使节回答说：“魏王的威望非同一般，可是他身边握刀的人才是英雄啊。”曹操听说后，趁使节回国，派人追去杀了他。

评 析

匈奴使者的慧眼识别出曹操的威严，但是也为自己招来了杀身之祸。

2

何平叔美姿仪，面至白。魏明帝疑其傅粉[①]，正夏月，与热汤饼[②]。既啖，大汗出，以朱衣自拭，色转皎然。

注 释

① 傅粉：搽粉。汉魏时的贵公子喜欢搽粉，这是当时的习气。

② 汤饼：汤面。

译 文

何平叔相貌很美，脸非常白。魏明帝怀疑他涂了粉，想试探一下，当时正好是夏天，就给他吃热汤面。吃完后，何平叔大汗淋漓，自己撩起衣服擦脸，脸色反而更加光洁。

评 析

魏晋时期，男人以皮肤白净为耀，于是大多数男人开始涂脂抹粉。因此魏明帝对何平叔有了试探之心。

7

潘岳妙有姿容，好神情。少时挟弹出洛阳道，妇人遇者，莫不连手[①]共萦之。左太冲绝丑，亦复效岳游遨，于是群妪齐共乱唾之，委顿而返。

注 释

① 连手：手拉手。

译 文

潘岳天生就有美丽的容貌和优雅的风度。年轻时走在洛阳大街上，遇到他的妇女没有不手拉手地一同围住他。左太冲长得很难看，他也来学潘岳到处游玩，这时妇女们就都向他乱吐唾沫，弄得他垂头丧气地回来。

评 析

无论什么年代，相貌美丽的人都会受到追捧，反之，相貌丑陋的人备受别人的冷落。但是当他们把自己的才华发挥出来，受到世人推崇的时候，无论什么样的容颜都会被世人放在才华之后。

24

庾太尉在武昌，秋夜气佳景清，使吏殷浩、王胡之之徒登南楼理咏。音调始遒[1]，闻函道[2]中有屐声甚厉，定是庾公[3]。俄而率左右十许人步来，诸贤欲起避之。公徐云："诸君少住，老子[4]于此处兴复不浅。"因便据胡床[5]，与诸人咏谑，竟坐甚得任乐。后王逸少下，与丞相言及此事。丞相曰："元规尔时风范[6]不得不小颓。"右军答曰："唯丘壑[7]独存。"

注 释

① 遒（qiú）：高昂。

② 函道：楼梯。

③ 庾公：庾亮。

④ 老子：老人自称，等于老夫。

⑤ 胡床：交椅，椅腿交叉，能折叠的一种坐具，即马扎。

⑥ 风范：气派。

⑦ 丘壑：山水幽美的处所，隐士所居之地，比喻深远的意境。

译 文

太尉庾亮在武昌的时候，正好秋夜天气凉爽、景色清幽，他的属官殷浩、王胡之一班人登上南楼吟诗咏唱。正在吟兴高昂之时，听见楼梯上传来很重的木板鞋的声音，知道是庾亮来了。一会儿看到庾亮带着十来个人走来，大家就想起身回避庾亮。而庾亮慢慢说道："各位请暂时留下吧，我在这方面也很有兴趣。"于是就坐在胡床上和大家一起吟咏、谈笑，满座的人都玩得很尽兴。后来王羲之到了建康，和丞相王导说起这件事。王导说："庾亮那时候的气派也不得不收敛一点。"王羲之回答说："只有那幽深的情趣还保留着。"

评 析

古时的文官在聚会的时候，大家也没有官场上的秩序，就平辈而论，相互切磋文学艺术。在这种融洽的关系里，往往需要与会者具有很高的文化素养，这样才能带动全场全心全意地切磋文艺。

31

王长史尝病，亲疏不通。林公来，守门人遽启之曰：“一异人在门，不敢不启。”王笑曰：“此必林公。”

译 文

长史王濛有一次生了病，关系紧密的和疏远的来探病，都不给传达。一天支道林和尚来了，守门人立刻去禀报王濛说：“有一个相貌奇异的人来到门前，我不敢不禀报。”王濛笑道：“这一定是林公。”

评 析

“异人”都是内涵丰富的，人们说起“异人”时总带有欣赏的敬意。就这则故事而言，王濛并没有因为支道林相貌异于常人就避而远之，反而与之相交甚密。这种行为在今天来说，也是值得我们学习的。

33

王长史为中书郎，往敬和[1]许。尔时积雪，长史从门外下车，步入尚书，著公服。敬和遥望，叹曰："此不复似世中人！"

注 释

① 敬和：指王洽。

译 文

王濛担任中书郎的时候，有一次去拜访王洽。当时积雪满地，王濛穿着朝服，在门外下车，走入尚书的官府。王洽远远地看到王濛，赞叹说："他不像凡尘中的人啊！"

评 析

王洽对王濛的赞叹是因为看到在雪地里行走的王濛有一股出尘的味道，仿佛超脱到了尘世之外。王洽的赞叹是符合当时社会大多数人的行为的，当时社会追求仙风道骨，对那些超脱尘世之外的人很是喜欢，可能正是在这种情况下，王洽对王濛便格外有好感。

自新第十五

1

周处[①]年少时，凶强侠气，为乡里所患，又义兴[②]水中有蛟，山中有邅迹虎[③]，并皆暴犯百姓，义兴人谓为三横，而处尤剧。或说处杀虎斩蛟，实冀三横唯余其一。处即刺杀虎，又入水击蛟。蛟或浮或没，行数十里，处与之俱。经三日三夜，乡里皆谓已死，更相庆。竟杀蛟而出。闻里人相庆，始知为人情所患，有自改意。乃入吴寻二陆[④]，平原不在，正见清河[⑤]，具以情告，并云："欲自修改，而年已蹉跎，终无所成。"清河曰："古人贵朝闻夕死[⑥]，况君前途尚可。且人患志之不立，亦何忧令名不彰邪！"处遂改励，终为忠臣孝子。

注 释

① 周处：字子隐，吴兴郡阳羡县人，后改属义兴郡。青少年时胡作非为，横行乡里，后勇于改过，在晋朝任广汉太守、御史中丞。

② 义兴：郡名，治所在阳羡（今江苏宜兴）。

③ 邅（zhān）迹虎：《孔氏志怪》说："义兴有邪足虎，溪渚长桥有苍蛟，并大啖人"。邅迹虎，即邪足虎，跛脚老虎。

④ 二陆：指陆机、陆云。兄弟齐名，号为二陆，吴人。

⑤ 平原不在，正见清河：陆机后来在晋朝任平原郡内史，陆云曾任清河郡内史。

⑥ 朝闻夕死：引自《论语·里仁》“朝闻道，夕死可矣”。大意是：早上听到了真理，就算晚上死去也不算虚度此生。

译 文

周处年轻时，凶狠倔强，力气很大，被乡里人称为祸害，加上义兴郡河里有蛟龙，山上有虎，都时常危害百姓，义兴人把这三者叫作三横，而周处危害更大。有人劝周处去杀虎斩蛟，其实是希望三横中只剩下一个。周处立刻上山刺杀了老虎，又下河去斩蛟龙。蛟龙时而浮出水面，时而潜入水底，游了几十里，周处始终和蛟龙在搏斗。经过三天三夜，乡亲们都认为他已经死了，互相庆贺。没想到周处竟然杀死蛟龙，从水里出来了。他听说乡亲互相庆贺，才知道自己是人们所痛恨的人，他有意改过自新。于是他到吴郡寻找陆机、陆云兄弟，陆机不在家，只见到陆云，周处就把情况一五一十地告诉了陆云，并且说：“自己想改过自新，可是已经浪费了好多岁月，恐怕不会再有什么成就。”陆云说：“古人尚且重视朝闻夕死，何况你的前途还远着呢。再说，一个人就怕不立志，又为什么要担心美名不能传播开来呢！”于是周处便振作起来，改过自新，终究成了忠臣孝子。

评 析

陆云对周处的鼓励使得周处改过自新，重新做出一番令人可喜的事业。这就是我们所说的“浪子回头金不换”。

2

戴渊①少时游侠，不治行检，尝在江、淮间攻掠商旅。陆机赴假还洛，辎重②甚盛，渊使少年掠劫。渊在岸上，据胡床指麾③左右，皆得其宜。渊既神姿锋颖，虽处鄙事，神气犹异。机于船屋上遥谓之曰：“卿才如此，亦复作劫④邪？”渊便泣涕，投剑归机。辞厉⑤非常，机弥重之，定交，作笔荐焉。过江，仕至征西将军。

注释

① 戴渊：字若思，广陵（今江苏扬州）人。永昌元年，大将军王敦作乱时，率军救援建康，兵败被害，卒年五十四岁。

② 辎重：行李。

③ 指麾：同“指挥”。

④ 劫：强盗。

⑤ 辞厉：也作“辞属”，指谈吐。

译文

戴渊年轻的时候很仗义，但不注意品行，曾经在长江、淮河一带袭击、抢劫商人和旅客。陆机度假后回洛阳，拿了很多行李，戴渊便指使年轻人去抢劫。他在岸上，坐在胡床上指挥手下的人，安排得都很恰当。戴渊相貌堂堂，身姿挺拔不凡，虽然是在指挥抢劫这种事，神情仍旧与众不同。陆机在船舱里远远地对他说：“你有这样的才能，还做强盗干什么？”戴渊幡然悔悟，痛哭流涕，扔掉剑投靠了陆机。他的谈吐表现出非凡的见识，深受陆机看重，陆机和他成为朋友，并写信推荐他。过江以后，戴渊做官做到征西将军。

评 析

戴渊因陆机的挽救而改邪归正，从此青云直上，这说明一个人不论犯了什么样的错误，只要自己能诚心悔悟，就有机会重新开辟一方天地，重新做出一番事业。

臨趙昌本

企羡　第十六

2

王丞相过江，自说昔在洛水边，数与裴成公[①]、阮千里[②]诸贤共谈道[③]。羊曼[④]曰："人久以此许卿，何须复尔！"王曰："亦不言我须此，但欲尔时不可得耳！"

注 释

① 裴成公：裴頠，谥号成公。

② 阮千里：阮瞻，字千里，陈留尉氏（今河南尉氏）人，阮咸之子。

③ 道：道家所说的道，指产生物质世界的总根源。这里指老庄学说。

④ 羊曼：字祖延。

译 文

丞相王导到江南后，自己说起以前在洛水岸边，经常和裴成

公、阮千里等人一起谈学论道。羊曼说："人们因为这件事对你津津乐道，怎么还需要你来说什么呢！"王导说："我不是说这个事情，而是说那样的时刻不会再有了！"

评 析

人们经常提起以前的光辉事迹，也许他们不是刻意地炫耀什么，而是在追念过去那些唯美的事情和人物。这些人物和事迹都是人一生珍贵的东西，值得我们去怀念。所以对于过去美好事物的回忆，不应该认为是炫耀，而应该把它看作是一种思念。

4

王司州先为庾公①记室参军，后取殷浩②为长史。始到，庾公欲遣王使下都，王自启求住，曰："下官希见盛德，渊源始至，犹贪与少日周旋。"

注 释

① 庾公：即庾亮。

② 殷浩：起初在庾亮手下任记室参军，后升为长史。

译 文

司州刺史王胡之先做庾亮的记室参军，后来庾亮又任命殷浩为长史。殷浩刚刚到达，庾亮想派王胡之到京都去办事，王胡之向庾亮表明自己想要留下来的愿望，他说：“我很少能见到品德高尚的人，渊源刚来，我希望能贪恋着和他叙谈几天。”

评 析

王胡之的言辞中透露出他对殷浩的敬佩和推崇，也表现出无比的真诚，同时表现出王胡之向贤德的人学习的愿望。

伤逝 第十七

1

王仲宣[①]好驴鸣。既葬，文帝[②]临其丧，顾语同游曰：“王好驴鸣，可各作一声以送之。”赴客皆一作驴鸣。

注 释

① 王仲宣：王粲，字仲宣，魏国人，建安七子之一。

② 文帝：魏文帝曹丕。

译 文

王仲宣生前喜欢听驴叫。到死后下葬的时候，魏文帝曹丕去参加他的葬礼，对同来的人说：“王仲宣喜欢听驴叫，每个人可以学一声驴叫来送葬。”于是同去的人都学了一声驴叫。

评 析

在葬礼上学驴叫本来是一件很不礼貌的事情，也是对死者的不尊重，但是从这则故事来看，学驴叫似乎又是合乎情理的，也是对死者的一种怪异的追思方式。这种行为可能跟当时社会上追求个性解放、率性而为的氛围有关吧！

2

王濬冲为尚书令，著公服，乘轺车[①]，经黄公酒垆[②]下过。顾谓后车客：“吾昔与嵇叔夜、阮嗣宗共酣饮于此垆。竹林之游[③]，亦预其末。自嵇生夭、阮公亡以来，便为时所羁绁[④]。今日视此虽近，邈若山河。”

注 释

① 轺（yáo）车：驾一匹马的轻便车。

② 酒垆：酒店里放酒瓮的土台子，借指酒店。

③ 竹林之游：指七贤在竹林之中游赏聚会。

④ 羁绁（xiè）：束缚。

译 文

王濬冲当了尚书令，穿着官服，坐着车子，从黄公的酒店边上经过。想起以前的事情，便对车上的客人说：“我以前和嵇叔夜、阮嗣宗一起在这个酒店喝酒谈论。竹林中的游赏聚会，我也参加过。自从他们死后，我就被公务纠缠住了。今天看到这间酒店离我很近，但是当年的情景却远得像隔着山河一样。”

评 析

王戎的语言简单朴素，其中却饱含着对亡友的思念和自己被事务缠身的感叹，以及对当年畅游竹林、山水的怀念。

6

卫洗马以永嘉六年丧，谢鲲哭之，感动路人。咸和[1]中，丞相王公教[2]曰：“卫洗马当改葬。此君风流名士，海内所瞻，可脩薄祭，以敦旧好。”

注 释

① 咸和：晋成帝的年号。咸和中，卫玠改葬江宁。

② 教：诸侯王公的文告。

译 文

太子洗马卫玠在永嘉六年去世，谢鲲去吊丧，哭声感动了路人。咸和年间，丞相王导发表文告说：“卫洗马应该改葬。此君是风流名士，受到百姓的推崇，大家应该修治薄祭，来使我们加深对老朋友的怀念。”

评 析

卫玠的改葬，既是王导对昔日老朋友的深切怀念，也是想把这种追念先贤的观念传承下去，对后世的人们起到一定的教育作用。

7

顾彦先[1]平生好琴，及丧，家人常以琴置灵床[2]上。张季鹰往哭之，不胜其恸，遂径上床鼓琴，作数曲竟[3]，抚琴曰："顾彦先颇复赏此不？"因又大恸，遂不执孝子手[4]而出。

注 释

① 顾彦先：即顾荣。

② 灵床：为死者虚设的坐卧之具。

③ 竟：结束，终结。

④ 不执孝子手：伤痛至极，以至于忘了礼数。

译 文

顾彦先平生喜欢弹琴，当他死后，家人总是把琴放在灵座上。张季鹰去吊丧，非常悲痛，便坐在灵座上弹琴，弹了几曲，抚摩着琴说："顾彦先还能再欣赏这些曲子吗？"于是再次哭得非常伤心，也没有握孝子的手就走了。

评 析

面对亲朋好友的离世，人们常常沉浸在悲痛中久久不能自拔。但是从另一个角度来说，与其沉浸在痛苦中，不如好好生活下去，这也是对死者的一种安慰。

8

庾亮[1]儿遭苏峻难遇害。诸葛道明[2]女为庾儿妇，既寡，将改适，与亮书及之。亮答曰：“贤女尚少，故其宜也。感念亡儿，若在初没。”

注释

① 庾亮：晋成帝之舅，成帝朝辅政，任给事中，徙中书令。

② 诸葛道明：诸葛恢。

译文

庾亮的儿子庾会在苏峻的叛乱中遇害。诸葛道明的女儿是庾会的妻子，丈夫死后，将要改嫁，诸葛道明写信给庾亮商谈这件事。庾亮回信说：“你还年轻，这样做是很合适的。只是想到死去的孩儿，心中悲痛，就像他刚刚去世一样。”

评析

封建时期，妻子改嫁是很困难的事情，也会遭到社会舆论的指责，但是庾亮仍然同意和支持这样做，在当时来说是很少见的，他的这种态度也着实令人敬佩。

13

戴公[1]见林法师墓，曰：“德音未远，而拱木[2]已积。冀神理绵绵常，不与气运俱尽耳！”

注 释

① 戴公：戴逵，字安道，谯郡（今安徽亳州）人，居会稽剡县（今浙江嵊州）。

② 拱木：两手合围那样粗的树，也指墓上的树。

译 文

戴逵看见支道林法师的坟墓，说："支法师的谈论清楚明白，还留在耳边，可是墓上的树木已经连成一片了。但愿您的谈论能够流传下去，不会和寿命一起完结！"

评 析

在支道林墓前，戴逵缅怀死者，但心中想的更多的是支道林的思想和哲理能够流传下来。

16

王子猷、子敬俱病笃，而子敬先亡。子猷问左右："何以都不闻消息？此已丧矣！"语时了不悲。便索舆来奔丧，都不哭。子敬素好琴，便径入坐灵床上，取子敬琴弹，弦既不调，掷地云："子敬，子敬，人琴俱亡！"因恸绝良久。月余亦卒。

译 文

王子猷和王子敬同时生病，并且很严重，子敬先去世。一天子猷问身边的人说："怎么没有听到子敬的消息？想必是已经去世了。"说话的时候没有一丝悲伤的表情。马上就要乘车去奔丧，他一点泪水都没有。子敬平时喜欢弹琴，子猷便进去坐在子敬的灵座上，拿过子敬的琴来弹，琴弦怎么也调不好，他就把琴扔到地上，嘴里还说着："子敬，子敬，人和琴都不在了！"说完就悲伤得昏了过去，过了好久才醒过来。一个多月后，子猷也去世了。

评 析

人在重病当中，常常想到生死。料知兄弟亡故，王徽之初时的理智冷静也可以理解。然而"睹物思人"，琴给了他沉重的打击。其实调不成音，恐怕与琴无关，而是因为弹琴的人心神已乱，哀痛不已。兄弟的逝世，给了子猷沉重的打击，在给子敬奔丧时，想用子敬的琴弹一曲送别兄弟，但是琴却不能调音，这是用琴暗喻人，用调不成音的琴来说明子敬的去世以及子敬去世带来的悲痛。

栖逸 第十八

8

南阳刘驎之[1]，高率[2]善史传[3]，隐于阳岐[4]。于时苻坚临江[5]，荆州刺史桓冲将尽讦谟[6]之益，征为长史，遣人船往迎，赠贶甚厚。驎之闻命，便升舟，悉不受所饷，缘道以乞穷乏，比至上明[7]亦尽。一见冲，因陈无用，翛然[8]而退。居阳岐积年，衣食有无，常与村人共。值己匮乏，村人亦如之。甚厚为乡闾所安。

注 释

① 刘驎之：字子骥，生卒年不详。

② 高率：高尚，直率。

③ 善史传：擅长于历史传记。

④ 阳岐：村名，离荆州二百里。

⑤ 苻坚临江：苻坚伐晋，侵犯到长江流域。

⑥ 讦谟：宏图大略。

⑦ 上明：地名，桓冲为了阻止苻坚南侵，想移镇长江以南，便把荆州首府移到上明。

⑧ 翛（xiāo）然：无拘无束的样子。

译文

南阳人刘驎之品行高洁率直，有丰富的历史知识，居住在阳岐村。当时，苻坚大军已经逼近长江，荆州刺史桓冲施展自己的远大抱负，就把刘驎之聘任为长史，并派人和船前去迎接他，还赠送了丰富的礼物。刘驎之闻听命令，上船出发，但是桓冲所送的礼物他一点也没有收受，沿途拿来送给一些贫穷的老百姓，等走到上明那个地方的时候，东西也送光了。他见到桓冲时，便说自己一无是处，然后就辞去职务。他多年住在阳岐，衣食向来是和村里人共同享用的。遇到自己衣食短缺了，村里人也帮助他渡过难关。他待人厚道，是乡邻深感满意的人。

评析

刘驎之不喜欢做官，喜欢与大自然为伍，追求自然洒脱的人生态度，喜欢和老百姓打交道，是一位正直的隐士。

12

戴安道既厉操[①]东山，而其兄欲建式遏[②]之功。谢太傅曰："卿兄弟志业，何其太殊？"戴曰："下官不堪其忧，家弟不改其乐[③]。"

注释

① 厉操：磨炼情操，使情操高尚，指隐居。

② 式遏：指阻止害民之事，保卫国家。

③ “下官不堪其忧，家弟不改其乐”句：语出《论语·雍也》：“贤哉，回也！一箪食，一瓢饮，在陋巷，人不堪其忧，回也不改其乐。”

译 文

戴安道在东山过隐居生活，他哥哥又想建功立业。太傅谢安对他哥哥说：“你们兄弟俩的志向为什么有这么大的差别呢？”他哥哥回答说：“我受不了那种贫困的忧苦，而我弟弟却不想改变那种乐趣。”

评 析

人的选择是自由的，但是一旦做出决定，就必须为自己的决定负责到底，这样才能体现出一个人的人格魅力。

贤媛　第十九

3

汉成帝①幸赵飞燕②，飞燕谗班婕妤③祝诅，于是考问。辞曰：“妾闻死生有命，富贵在天。修善尚不蒙福，为邪欲以何望！若鬼神有知，不受邪佞之诉；若其无知，诉之何益！故不为也。”

注 释

① 汉成帝：即刘骜。

② 赵飞燕：入宫后得宠，后来废许皇后，立她为皇后。

③ 班婕妤（jié yú）：婕妤是后宫妃嫔的称号。班婕妤初选入宫时也曾得到宠幸，立为婕妤。

译 文

汉成帝对赵飞燕很宠爱，赵飞燕陷害班婕妤祈求鬼神诅咒过她，汉成帝于是审问班婕妤。班婕妤的供词说：“我听说由命运来决定死生，随天意去安排富贵。做好事尚且得不到福，干坏事起邪念又想得到什么呢！如果鬼神有知，就不会听从邪恶谄佞的祷告；如果鬼神无知，向它祷告又有什么好处！所以我是不做这种事的。”

评 析

这则故事中的供词既显示了班婕妤对诬陷的坚决反驳，也显示了她面对牢狱之灾时不慌乱且沉稳的气度。

6

许允[1]妇是阮卫尉[2]女，德如[3]妹，奇丑。交礼竟，允无复入理，家人深以为忧。会允有客至，妇令婢视之，还答曰："是桓郎。"桓郎者，桓范[4]也。妇云："无忧，桓必劝入。"桓果语许云："阮家既嫁丑女与卿，故当有意，卿宜察之。"许便回入内，既见妇，即欲出。妇料其此出无复入理，便捉裾停之。许因谓曰："妇有四德，卿有其几？"妇曰："新妇所乏唯容尔。然士有百行，君有几？"许曰："皆备。"妇曰："夫百行以德为首，君好色不好德，何谓皆备！"允有惭色，遂相敬重。

注 释

① 许允：字士宗，高阳（今河北高阳）人，官至领军将军，后被司马师杀害。

② 阮卫尉：阮共，字伯彦，官至卫尉卿。

③ 德如：阮侃，字德如，阮共之子。

④ 桓范：字元则，沛国（今安徽濉溪）人。

译 文

许允的妻子是卫尉卿阮共的女儿，阮德如的妹妹，长得很丑。行完新婚礼仪之后，许允便不再进新房里去，家里人都十分担忧此事。正好这时候有位客人来看望许允，新娘子便叫婢女去打听来的是谁，婢女回报说：“是桓郎。”桓郎就是桓范。新娘说：“不用担心，桓范肯定会劝他来房间的。”桓范果然劝许允说：“阮家既然嫁个丑女给你，想必其中还有很深的用意，你应该仔细领会才是。”于是许允便转身进入新房，见了新娘，又想退出去。新娘知道他这次走了，就再也不可能进来了，就拉住他的衣襟让他留下来。许允便问她：“妇女应该有四种美德，你有其中的哪几种？”新娘说：“我所缺少的只是容貌罢了。可是读书人应该有各种好的品行，您有几种？”许允说：“样样都有。”新娘说：“各种品行里首要的是品德，可是您爱色不爱德，怎么能说样样都有！”许允听了，很惭愧，从此夫妇俩便互相敬重。

评 析

许允妻子固然相貌丑陋，吓得丈夫不愿意进房间，但是她聪慧地用德行来使得丈夫许允面露惭愧，从而挽救了一桩幸福的婚姻。

7

许允为吏部郎，多用其乡里，魏明帝遣虎贲[1]收之。其妇出诫允曰：“明主可以理夺，难以情求。”既至，帝核问之。允对曰：

"'举尔所知[2]'，臣之乡人，臣所知也。陛下检校为称职与不，若不称职，臣受其罪。"既检校，皆官得其人[3]，于是乃释。允衣服败坏，诏赐新衣。初，允被收，举家号哭，阮新妇[4]自若，云："勿忧，寻还。"作粟粥待。顷之，允至。

注 释

① 虎贲（bēn）：官名，负责护卫君主和保卫王宫。宫廷禁卫军的将领叫虎贲中郎将，主管虎贲郎。

② 举尔所知：语出《论语·子路》，孔子的学生仲弓问孔子，怎么样去识别优秀人才并把他们提拔上来，孔子便说了上面这句话。

③ 官得其人：指人人都能尽职。

④ 新妇：媳妇，这里指许允的妻子阮氏。

译 文

许允在做吏部郎的时候，大多数职位都任用他的同乡，魏明帝知道后，就派虎贲去逮捕他。许允的妻子跟出来对他说："对英明的君主讲道理就可以取胜，用感情去乞求是很困难的事。"许允被押到后，魏明帝亲自审问他。许允回答说："孔子说'提拔你所了解的人'，臣的同乡就是臣所了解的人。陛下可以审问、检查他们能不能胜任工作，如果不能胜任，臣愿接受应有的惩罚。"魏明帝检查之后，知道人人都能胜任自己的职位，于是就释放了他。许允穿的衣服破旧，明帝就命人赏赐他新衣服。在许允被逮捕的时候，全家人都在哭泣，他妻子阮氏却没有一点悲伤，并说："大家不要担心，许允不久就会回来的。"煮好小米粥等着他。果然一会儿，许允就回来了。

评 析

这则故事重点写的是阮氏的聪慧，她能站在旁观者的角度清楚地看到事情的本来面目，从而找到应对之策。

8

许允为晋景王①所诛，门生走入告其妇。妇正在机中，神色不变，曰："蚤知尔耳！"门人欲藏其儿，妇曰："无豫②诸儿事。"后徙居墓所③，景王遣钟会看之，若才流及父，当收。儿以咨母，母曰："汝等虽佳，才具不多，率④胸怀与语，便无所忧。不须极哀，会止便止。又可少问朝事。"儿从之。会反，以状对，卒免。

注 释

① 晋景王：即司马师。司马昭为晋王后将其追封景王。

② 豫：关涉。

③ 墓所：墓地，这里指许允的墓。

④ 率：顺着。

译文

许允被晋景王杀害了，他的弟子跑进来告诉他的妻子。他妻子正在织布，听到消息，脸色不变，说：“早就知道会是这样的结局啊！”弟子想把许允的儿子藏起来，许允妻子说：“这和孩子们没有关系。”后来全家迁到许允的墓地旁边住，晋景王派钟会去看他们，并吩咐说，如果许允儿子的才华人品超过他父亲，就逮捕他们。许允的儿子听说了这件事之后，去和母亲商量，母亲说：“你们虽然都很有才华，但是并不突出，你们想怎么和他谈就怎么和他谈，这些事都不用担心，也没有必要为此哀伤，钟会不哭了，你们也就不哭了。你们还可以稍微问一些朝廷的事。”她儿子按照母亲的吩咐去做了。钟会回去后，把情况回报晋景王，许允的儿子终于免祸。

评析

许允的妻子处变不惊，能够根据实际情况教给孩子怎样去应对钟会，这种才能和见识就今天来说也是很少见的，何况是当时。这种见识让一些男子也难以望其项背。

11

山公与嵇、阮一面，契若金兰。山妻韩氏，觉公与二人异于常交，问公。公曰："我当年可以为友者，唯此二生耳！"妻曰："负羁之妻亦亲观狐、赵，意欲窥之，可乎？[1]"他日，二人来，妻劝公止之宿，具酒肉；夜穿墉[2]以视之，达旦忘反。公入曰："二人何如？"妻曰："君才致殊不如，正当以识度相友耳。"公曰："伊辈亦常以我度为胜。"

注 释

① "负羁之妻亦亲观狐、赵，意欲窥之，可乎？"句：出自《左传》：晋公子重耳逃亡国外时，狐偃、赵衰等人随从，在曹国，曹大夫僖负羁的妻子经过观察，认为狐偃、赵衰等随从都是能辅助晋公子回国做国君的好帮手。

② 墉：墙垣。

译 文

山涛和嵇康、阮籍见过一次面，就志趣相投。山涛的妻子韩氏看见山涛和两人的交情不一般，就问山涛。山涛说："我从前能称为朋友的人，也只有这两位先生而已！"他妻子说："僖负羁的妻子曾经偷偷地观察过狐偃和赵衰，现在我也想偷偷地观察一下他们，可以吗？"有一天，他们两人来了，山涛的妻子劝说山涛留他们住下来，并且准备好酒肉；到了夜里，在墙上挖个洞来观察他们，一直看到天亮，都忘记了回去。山涛进来问道："这两个人怎么样？”他妻子说：“你的才华、情趣方面比不上他们，只能靠你的见识、气度和他们结交。”山涛说：“他们也常常认为我的气度比他们强。”

评 析

这则故事中，山涛妻子通过观察嵇康、阮籍两人的行为举止，给丈夫合理的建议，使得山涛与嵇康、阮籍的关系更加亲密无间，常常结伴游玩山水，谈论天下大事。这说明韩氏的眼光很犀利，能够慧眼识人。

13

贾充[①]前妇，是李丰[②]女，丰被诛，离婚徙边。后遇赦得还，充先已取郭配[③]女。武帝[④]特听[⑤]置左右夫人。李氏别住外，不肯还充舍。郭氏语充，欲就省李，充曰：“彼刚介有才气，卿往不如不去。”郭氏于是盛威仪[⑥]，多将侍婢。既至，入户，李氏起迎，郭不觉脚自屈，因跪再拜。既反，语充，充曰：“语卿道何物！”

注 释

① 贾充：字公闾，平阳襄陵（今山西襄汾）人，贾逵之子。

② 李丰：字安国，官至中书令，后被杀。

③ 郭配：任城阳太守。

④ 武帝：晋武帝司马炎。

⑤ 听：准许。

⑥ 威仪：指仪仗，随从。

译 文

贾充的前妻是李丰的女儿，在李丰被杀后，她和贾充离了婚，被流放到很远的地区。后来遇到大赦得以回来，可是贾充已经娶了郭配的女儿为妻。晋武帝特别准许他留下这两个妻子，分别封为左夫人和右夫人。李氏住在外面，不愿意回到贾充的府邸。郭氏告诉贾充说想去看望李氏，贾充说："李氏性格正直刚烈，也很有才华，你去了还不如不去。"郭氏于是带了一个庞大的盛装队伍前去，还带了很多婢女。到了李氏的家里，一进门，李氏站起来迎接，郭氏就不由自主地把腿弯曲，跪下行礼。回家后，郭氏告诉了贾充这件事，贾充说："我早告诉你会遇到这种情况！"

评 析

李氏性格耿直刚烈，全身的气质也有耿直的味道，这使得郭氏折服在李氏面前，可能是李氏饱受苦难的折磨之后，才会有这样的气质和风采吧。

15

王汝南[①]少无婚，自求郝普[②]女。司空[③]以其痴，会无婚处，任其意，便许之。既婚，果有令姿淑德。生东海[④]，遂为王氏母仪[⑤]。或问汝南何以知之，曰：“尝见井上取水，举动容止不失常，未尝忤观[6]，以此知之。”

注 释

① 王汝南：王湛，官至汝南内史。青少年时少说话，不喜交游，大家都认为他傻。

② 郝普：字子太，曾任零陵太守。

③ 司空：指王湛的父亲王昶，官至司空。

④ 东海：指王湛的儿子王承，曾任东海太守。

⑤ 母仪：做母亲们的典范。

⑥ 忤观：指看起来不顺眼。

译 文

汝南内史王湛年轻时没人向他提亲，于是他自己便提出向郝普的女儿求亲。他父亲王昶认为他愚痴，一定无处求取婚姻，便顺从他的心意，答应了他。结婚后，发现郝氏不仅相貌美丽，而且温柔贤淑。后来生了儿子王承，更加成了王家夫人们的学习的典范。有人问王湛他是如何了解她的，王湛说：“我有一次看见她到水井边打水，行为举止没有什么地方失礼，也没有不顺眼的地方，所以就了解了她。”

评 析

人的一举一动都会反映出一个人的品德修养，王湛就是抓住了这一点找了个好老婆。

16

王司徒[1]妇，钟氏女，太傅[2]曾孙，亦有俊才女德。钟、郝[3]为娣姒[4]，雅[5]相亲重。钟不以贵陵郝，郝亦不以贱下钟。东海家内，则郝夫人之法；京陵[6]家内，范钟夫人之礼。

注 释

① 王司徒：王浑，字玄冲，太原晋阳（今山西太原）人，曾官至司徒。

② 太傅：指钟繇，魏时曾任太傅。

③ 郝：郝普的女儿。郝氏嫁给了王浑的弟弟王湛。

④ 娣姒（dì sì）：妯娌。

⑤ 雅：很，极。

⑥ 京陵：指王浑，袭爵京陵侯。

译 文

司徒王浑的妻子是钟家的女儿，魏朝太傅钟繇的曾孙女，也有出色的文才、女性的贤淑品德。钟氏和郝氏是妯娌，两人非常和睦又互相敬重。钟氏没有因为出身高贵而欺负郝氏，郝氏也不因为出身贫寒而奉承钟氏。在王承家里，都遵守郝夫人的家规，在王浑家里，也都遵从钟夫人的礼教法规。

评 析

这则故事告诉我们，在为人处世方面，不管对方是什么人、出身如何，都不应该成为决定我们如何对待他人的理由，我们能做的只是凭心交往，以平常心看待他人的出身。因为只有这样，我们才能以平等和尊重的前提来和别人交往。

21

桓宣武平蜀，以李势妹为妾，甚有宠，常著斋后。主①始不知，既闻，与数十婢拔白刃袭之。正值李梳头，发委②藉地，肤色玉曜，不为动容。徐曰："国破家亡，无心至此；今日若能见杀，乃是本怀。"主惭而退。

注 释

① 主：指桓温之妻，晋明帝之女南康长公主。
② 委：放下，垂下。

译 文

桓温平定了蜀地，娶了李势的妹妹做偏房，桓温很宠爱她，常常让她住在书斋后面。公主刚开始还不知道，后来听别人说了，就带着几十个婢女提着刀前去，打算趁她不备杀了她。到了李氏那里，正好看见李氏在梳头，头发垂下来落到地上，肤色就像白玉一样，李氏并没有因为公主到来而变得惶恐不安。她从容地说道："我的国家被灭亡了，我也不愿意到这里来；今天如果被你杀死，也就随了我的心愿。”公主听后觉得很惭愧，就退了出去。

评析

李氏的话虽然不多，从字里行间还是能感受到那种背负国破家亡的命运的痛苦。即便如此，她也能从容面对公主，使公主放弃杀死她的想法，这就是李氏值得尊敬的地方。

30

谢遏绝重其姊，张玄[①]常称其妹，欲以敌之。有济尼者，并游张、谢二家，人问其优劣。答曰：“王夫人神情散朗，故有林下[②]风气；顾家妇清心玉映，自是闺房之秀。”

注 释

① 张玄：即张玄之。

② 林下：竹林之下或树林之下，指隐士所在之处。

译 文

谢遏非常崇拜自己的姐姐谢道韫，张玄也常常赞扬自己的妹妹，并且想使她和谢道韫并列。有个尼姑叫济，和张、谢两家都有交情，别人问她这两个人究竟谁高谁低。济尼回答说："王夫人神情洒脱爽朗，素有隐居的竹林之士风采；顾家媳妇心地纯洁善良，就像美玉般没有瑕疵，自然是妇女中的佼佼者。"

评 析

两位夫人的优点不在同一个标准下，因而济尼也无法判断两人谁高谁低，只能说两人在不同的方面有不同的优点，因此我们也不必纠结谁更胜一筹，只需要知道她们都是那个时代的佼佼者就可以了。

31

王尚书惠[①]尝看王右军夫人，问："眼耳未觉恶不？"答曰："发白齿落，属乎形骸；至于眼耳，关于神明[②]，那可便与人隔！"

注 释

① 王尚书惠：王惠，字令明，仕刘宋，官至吏部尚书。

② 神明：精神。

译 文

尚书王惠曾经去看望过右军将军王羲之的夫人，问她说：“眼睛、耳朵还没有感觉到有什么不好的地方吧？”夫人回答说：“头发白了，牙齿掉了，这是身体在慢慢变老；至于视力和听力，关系到精神，怎么能阻碍和别人的交流和交往呢！”

评 析

通过王夫人的回答，可以看出她的身体虽然在变老，但是精神仍然健康，说明她具有豁达的人生态度。这在今天仍然是值得我们学习的地方。

术解 第二十

4

王武子善解马性。尝乘一马，箸连钱①障泥②，前有水，终日不肯渡。王云：“此必是惜障泥。”使人解去，便径渡。

注 释

① 连钱：一种花饰，像钱纹。

② 障泥：垫马鞍的垫子，下垂至马腹，用来挡泥土。

译 文

王武子擅长理解马的秉性。有一次他骑马外出，马背上有一个带花纹的垫子，恰好碰到前面有条河，马一直不肯过河去。王武子说：“这马必是舍不得弄脏背上的垫子啊。”于是叫人取下垫子，马就直接过河去了。

评 析

从王武子爱马并能深入了解马的秉性中，我们可以学习到当我们碰到喜欢的某个东西时，应该主动去了解它的喜好或特性，而不是随着自己的性子胡乱而为。

5

陈述[1]为大将军[2]掾，甚见爱重。及亡，郭璞[3]往哭之，甚哀，乃呼曰：“嗣祖，焉知非福！”俄而大将军作乱，如其所言。

注 释

① 陈述：字嗣祖，很有名望，任大将军王敦的属官。

② 大将军：指王敦，官至大将军。

③ 敦璞：字景纯，精通天文五行、占卜，曾为《方言》《尔雅》《山海经》等书作注，晋代著名学者。初受王导器重，参王导军事，后在王敦幕府里任记室参军。

译 文

陈述是大将军王敦的属官，很受王敦的器重。到陈述死了之后，郭璞去哭丧，哭得非常悲伤，竟然一边哭一边喊着：“嗣祖，这也可能是你的福气啊！”不久后王敦就起兵作乱，这正应了郭璞所说的那句话。

评 析

郭璞认为陈述虽然死了，但是避免了许多痛苦的抉择。后来王敦起兵作乱，陈述如果活着，就会面临艰难的选择，所以说死对于陈述何尝不是一种解脱。

巧艺第二十一

3

韦仲将[1]能书。魏明帝起殿，欲安榜，使仲将登梯题之。既下，头鬓皓然。因敕[2]儿孙勿复学书。

注 释

① 韦仲将：韦诞，字仲将，擅书法，官至光禄大夫。

② 敕：劝诫。

译 文

韦诞的书法很好。魏明帝修建宫殿时，想挂个匾在上面，就派韦诞爬上梯子去写牌匾。韦诞下来后，鬓发都被染白了。于是告诫子孙不要再学习书法。

评 析

古人云“伴君如伴虎”，从此篇故事就可以体会。为皇帝的大殿写一块匾，书写的人不仅要登高梯，还不许出现失误，这种滋味着实不好受。这个故事告诉我们，有一技之长虽然很令人羡慕，但未必任何时候都是好事，有时“能者多劳”也是一种很有风险

的事情。

4

钟会是荀济北[1]从舅，二人情好不协。荀有宝剑，可直[2]百万，常在母钟夫人许。会善书。学荀手迹，作书与母取剑，仍窃去不还。荀勖知是钟而无由得也，思所以报之。后钟兄弟以千万起一宅，始成，甚精丽，未得移住。荀极善画，乃潜往画钟门堂，作太傅形象，衣冠状貌如平生。二钟入门，便大感恸，宅遂空废。

注 释

① 荀济北：荀勖，晋武帝即位时，封为济北郡公，固辞为侯。

② 直：通“值”。

译 文

钟会是济北公荀勖的舅父，两人素不相和。荀勖有一把宝剑，约值一百万，一直都放在他母亲钟夫人那里。钟会的书法很好，就模仿荀勖的笔迹，写了一封信给他母亲要宝剑，偷偷拿去后就再也没归还。荀勖知道此事为钟会所为，苦于无法索要而想要报复他。后来钟家兄弟花了一千万修建一所十分精美的住宅，刚落成还没有搬进去。荀勖的画技很好，便偷偷地到钟会的新居去，画上钟繇的画像，衣服和相貌都和生前的他一样。钟家兄弟进门看见了画，就哀伤不已，房子就闲置下来，再也没居住过。

评 析

这则故事表面上说钟会模仿笔迹骗取宝剑，荀勖在钟家兄弟的新居画钟繇像这些不齿的事情，但同时也表现了钟会的书法和荀勖的画工水平都达到了登峰造极的地步。

9

顾长康画裴叔则，颊上益三毛。人问其故，顾曰：“裴楷俊朗有识具[1]，正此是其识具。”看画者寻之，定觉益三毛如有神明[2]，殊胜未安时。

注 释

① 识具：见识和才能。

② 神明：气韵。

译 文

顾恺之给裴叔则画像，在脸上多画了三根胡子。有人问他原因，顾恺之说：“裴楷才气逼人，这恰恰表现了他的才识。”看画的人仔细揣摩其中的意思，确实觉得增加了三根胡子才更有气韵，远超没有胡子时的感觉。

评 析

画人像是比较有技术含量的事情，其困难在于难以体现出人物的精神风貌。技艺高超的画家通常懂得“以形写神”的道理，也就不必完全服从客观现实。

13

顾长康画人，或数年不点目精。人问其故，顾曰：“四体妍蚩[①]，本无关于妙处；传神写照[②]，正在阿堵[③]中。”

注 释

① 妍蚩：同“妍媸”，美丑。

② 写照：摹画人像。

③ 阿堵：此处指眼珠。

译 文

顾恺之画人像，有几年经常不点眼睛。有人问他为什么这样做，他说：“形体的美丑，和画的精妙并没有什么关系；画人像要能表现出他的神韵，眼睛正是起到这个作用。”

评 析

眼睛是心灵的窗户，是画人像最为重要的地方。画像不会说话，但眼神却能传达出神韵。顾恺之画人像，有几年不点眼睛，说明他认为自己还不能很好地把握人物的神韵。比如写作，大段的描写也许显得冗长无聊，精妙短小的寥寥数语却往往能够起到抓住读者的作用。

14

顾长康道画：“手挥五弦易，目送归鸿难①。”

注 释

① “手挥”句：出自嵇康《赠秀才入军诗》：“目送归鸿，手挥五弦，俯仰自得，游心泰玄。”是在评论画出这两种意境的难易。

译 文

顾恺之谈论作画时说：“要画出手挥五弦的动作细节很容易，但要画出目送归鸿的神态就不容易了。”

评 析

这句话的意思是说，要想描摹某个动作细节很容易，要达到对人神情的出神描写却是不易。虽然不易，也难不倒顾恺之，因为他懂得“颊上三毛”的道理。值得一提的是，顾恺之有少部分画还流传至今，虽然年代久远，很难理解其中的意思，却也体现了他的绘画理想。

宠礼第二十二

6

卞范之[1]为丹阳尹[2]，羊孚南州暂还，往卞许，云：“下官疾动[3]，不堪坐。”卞便开帐拂褥，羊径上大床，入被须枕。卞回坐倾睐，移晨达莫[4]。羊去，卞语曰：“我以第一理[5]期卿，卿莫负我！”

注释

① 卞范之：字敬祖，济阴宛句（今山东菏泽）人。

② 丹阳尹：晋代都城所在的郡府长官称为尹，丹阳尹即丹阳郡守。

③ 动：发作，这里指药性发作，羊孚也服五石散。

④ 莫：同“暮”。

⑤ 第一理：最高的情理。

译文

卞范之任丹阳尹的时候，羊孚从南州暂时回到京师，到卞范之的家探望，说：“我药性发作，无法长坐。”卞范之就拉开床帐，掸干净被褥，羊孚径直上了床并盖上被子，靠着枕头。卞范之返回到座位注视着他，就这样从早一直到晚。待羊孚要走，卞范之对他说：“我期望你能坚持最高的情理，你不要辜负了我！”

评 析

本来这句“我以第一理期卿”很令人感动，然而后面这句“卿莫负我”是建立在卞范之照顾身体不适的羊孚一整天的基础上说出的，倒是有些索取之意了。因为卞范之对羊孚可能并不是出于朋友之间正常的关怀，而是牵涉一系列的政治因素，故不免有阿谀谋利之嫌。

任诞第二十三

1

陈留阮籍、谯国嵇康、河内山涛，三人年皆相比，康年少亚之。预此契者：沛国刘伶[①]、陈留阮咸[②]、河内向秀[③]、琅邪王戎。七人常集于竹林之下，肆意酣畅，故世谓“竹林七贤”。

注 释

① 刘伶：字伯伦，“竹林七贤”之一，性嗜酒，曾作《酒德颂》说：“惟酒是务，焉知其余……无思无虑，其乐陶陶。”

② 阮咸：字仲容，阮籍的侄儿，“竹林七贤”之一，曾任始平太守。

③ 向秀：字子期，曾注《庄子》，擅长老庄之学，“竹林七贤”之一，官至散骑常侍。

译 文

陈留郡的阮籍、谯国的嵇康、河内郡的山涛，这三个人年纪相仿，嵇康年龄稍小。参加他们的聚会的还有：沛国的刘伶、陈留郡的阮咸、河内郡的向秀、琅邪郡的王戎。七个人经常聚于竹林之中，无所顾忌地把酒言欢，所以世人称他们为“竹林七贤”。

评 析

从这则故事可知，“竹林七贤”的名号当时已有，并非自称，也非后人所赐。这也就告诉我们，他们的品德与行为为当时的人们所推崇，而不是被视作应该扼杀的异己分子。这种大气宽容的时代精神，在当今浮华的社会中实属可贵。

2

阮籍[1]遭母丧，在晋文王坐进酒肉。司隶何曾[2]亦在坐，曰：“明公方以孝治天下，而阮籍以重丧显于公坐饮酒食肉，宜流之海外[3]，以正风教。”文王曰：“嗣宗毁顿[4]如此，君不能共忧之，何谓！且有疾而饮酒食肉，固丧礼[5]也！”籍饮啖不辍，神色自若。

注 释

① 阮籍：晋文王司马昭任大将军时，调阮籍任从事中郎，后阮籍求调为步兵校尉。

② 何曾：字颖考，陈国阳夏（今河南太康）人。

③ 海外：边远蛮荒之地。

④ 毁顿：毁指因哀伤过度而损害身体，顿指劳累。

⑤ 固丧礼：按：《礼记·曲礼上》：“居丧之礼……有疾则饮酒食肉，疾止复初。”可见饮酒食肉并不违反丧礼。

译文

阮籍还在为母亲服丧，在晋文王的宴席上喝酒吃肉。司隶校尉何曾当时也在场，对晋文王说：“您以孝知天下，但阮籍正在重大丧事期间，却公然在您的宴席上喝酒吃肉，应该把他流放至荒漠，以端正风俗教化。”文王说：“嗣宗哀伤劳累到如此地步，你不和我一起为他担心，还有什么话可说的！再者，身体不适的时候喝酒吃肉，本来就是丧礼的风俗！”此时的阮籍仍大口喝酒吃肉，神情从容不迫。

评析

传统的丧礼是以克制生者的快乐来表达对死者的哀思，这是有道理的，但却不是强制性的。死者已去，生者仍须坚强地活下去，并无冲突之处。晋文帝司马昭可称为当时之奸雄，但在处理这件事上却令人刮目相看，他懂得爱护生者，也懂得不能一味死守礼教。何曾当时的做法太过小人，显得太过于小心眼。

3

刘伶病酒[1]，渴甚，从妇求酒。妇捐[2]酒毁器，涕泣谏曰：“君饮太过，非摄生之道，必宜断之！”伶曰：“甚善。我不能自禁，唯当祝鬼神自誓断之耳。便可具酒肉。”妇曰：“敬闻命。”供酒肉于神前，请伶祝誓。伶跪而祝曰：“天生刘伶，以酒为名；一饮一斛，五斗解酲[3]。妇人之言，慎不可听。”便引酒进肉，隗然[4]已醉矣。

注 释

① 病酒：饮酒沉醉，醒后困乏如病，叫病酒。

② 捐：舍弃，倒掉。

③ 酲（chéng）：酒醒后神志不清有如患病的状态。

④ 隗（wéi）然：颓然，醉倒的样子。

译 文

刘伶饮酒沉醉，醒后困乏如病，他口渴得厉害，就向妻子讨要酒喝。妻子把酒倒掉，把装酒的器皿全部销毁，哽咽着劝告他说："你喝得太过分了，这不是保养身体的办法，必须把酒戒掉！"刘伶说："很好，但我自己不能戒掉，只有在鬼神面前祷告、发誓过才行，你且去准备酒肉。"妻子回答道："遵命。"于是她把酒肉供在神前，让刘伶祷告、发誓。刘伶跪着祷告说："我刘伶天生爱饮酒，且喝酒出名，一喝就十斗，再喝五斗才能解除我的酒病。妇人之言，千万不要听。"祷告完毕后就拿起酒肉吃喝，一会儿就又醉醺醺了。

评 析

刘伶天性好酒，近乎癫狂，这件事世人皆知。刘伶和妻子的对话，从侧面将刘伶好酒刻画得生动鲜明。我国古代很多文人都爱饮酒，不过有人只是单纯嗜酒，而刘伶醉酒是洒脱、超脱尘世的表现。在现在来看，凡事都应该有个度，如果过了，不但伤了自己，也可能给别人带来伤害。

5

步兵校尉缺，厨中有贮酒数百斛，阮籍乃求为步兵校尉。

译 文

步兵校尉的职位空出来了，营中的厨房里存了几百斛酒，阮籍就请求调去做步兵校尉。

评 析

阮籍好饮酒，从表面看他是为了酒才去做步兵校尉，但实际上是为了躲避当时高压的政治氛围，才做出这样虚与委蛇的事情。他的这种做法一直为后人所传颂，后世诗文中提到阮籍，经常称其为“阮步兵”，就是来源于此。假如带一点童心去看待古人，这样的做法又未必不是真心与率性的表现。

6

刘伶恒纵酒放达，或脱衣裸形在屋中，人见讥之。伶曰：“我以天地为栋宇，屋室为裈[①]衣，诸君何为入我裈中！”

注 释

① 裈（kūn）：裤子。

译 文

刘伶总是不加节制地喝酒，放纵豁达，有时还赤身裸体地待在家中，别人看到就会责备他。刘伶说：“我把天地当成我的房屋，把房屋当作我的裤子，各位跑到我的裤子里干什么！”

评 析

刘伶好酒是众人皆知的事情，但他从不喝烂酒，反而总是在酒后妙语连珠，逗得别人开心。在他的语言中，我们可以看得出他对礼教的藐视以及追求自由洒脱的人生态度。

7

阮籍嫂尝还家，籍见与别，或讥之[①]。籍曰：“礼岂为我辈设也？”

注释

① 或讥之：按礼制，叔嫂不通问，所以有人认为阮籍不遵礼法而指责他。

译文

有一次，阮籍的嫂子正要回娘家，阮籍前去看她并与其道别，有人就指责他。阮籍说：“难道礼法是为我们这样的人设定的吗？”

评析

魏晋时期，文人追求自由洒脱，推崇超脱凡尘的清雅，对那些一直以来都要坚守的旧制度、旧礼法非常憎恶，都想冲破这些条条框框的束缚。在当时的社会，这需要很大的勇气，他们并不是在嘴上说说，而是身体力行地做这些事。虽然他们在社会中只占一小部分，但还是坚持去做，这种豁达的行为对后世文人产生了深远的影响。

8

阮公邻家妇，有美色，当垆酤酒。阮与王安丰常从妇饮酒，阮醉，便眠其妇侧。夫始殊疑之，伺察，终无他意。

译文

阮籍邻居家的妇女长得非常漂亮，在酒台旁卖酒。阮籍和安丰候王戎经常到这个妇女那买酒，阮籍喝醉了，就在这个妇女身边睡着了。起初，妇女的丈夫特别怀疑阮籍图谋不轨，经过探察后，最终发现他并无别的意图。

评析

爱美之心人皆有之，对于貌美的妇女，两位才子自然有亲近之心，但并无图谋不轨。他们两人尤其是阮籍对这个妇女只有单纯的钦慕，绝没有想占为己有。阮籍可以发乎情，但止于礼，这正是所谓的“礼教”无法到达的境界。从另一角度看，其丈夫在面对这种情况的时候并没有立时怒不可收，而是暗中探察，可见此人也是一个有涵养之辈。

10

阮仲容[①]、步兵[②]居道南，诸阮居道北；北阮皆富，南阮贫。七月七日，北阮盛晒衣[③]，皆纱罗锦绮；仲容以竿挂大布犊鼻裈[④]于中庭。人或怪之，答曰：“未能免俗，聊复尔耳！”

注释

① 阮仲容：阮咸。

② 步兵：指阮籍，曾任步兵校尉。

③ “七月”句：旧时风俗，七月七日晒衣裳、书籍，据说这样就不会受虫蛀。

④ 犊鼻裈：短裤，一说围裙。

译文

阮咸和步兵校尉阮籍住在道南，其他阮姓住在道北；道北的阮家都很富裕，而道南的阮家则相对贫困。七月七日那天，道北阮家大晒衣物，都是贵重的绫罗绸缎，阮咸却在院子中用竹竿撑着一条粗布短裤。大家都对这种做法感到惊奇，阮咸说：“我还不能做到断绝世俗之举，姑且就这样做吧！”

评析

阮咸的话机智幽默，且具有讽刺意味。他不以贫困为耻，将贫富视为常态，不羡慕别人的富贵，安之若素，这是一种难得的心态。

11

阮步兵丧母，裴令公往吊之。阮方醉，散发坐床，箕踞[1]不哭。裴至，下席于地，哭；吊唁[2]毕，便去。或问裴：“凡吊，主人哭，客乃为礼。阮既不哭，君何为哭？”裴曰：“阮方外之人，故不崇礼制；我辈俗中人，故以仪轨[3]自居。”时人叹为两得其中。

注释

① 箕踞：伸开双腿而坐。依丧礼，阮籍坐在床上是离了丧位，箕踞而坐更是不合礼法。

② 吊唁：同“吊唁”。

③ 仪轨：指礼法，礼制。

译 文

步兵校尉阮籍的母亲去世了，中书令裴楷前去吊唁。阮籍刚醉酒，蓬头散发、两腿伸开坐于坐床上，并没有哭。裴楷到后，在地上垫了个席子开始大哭起来。吊唁完毕，就离开了。有人问裴楷："在吊唁的礼节上，主人哭了，客人才能接着行礼。既然阮籍没有哭，您为什么哭呢？"裴楷说："阮籍是世俗之外的人，所以不遵循礼法。我们这种人是世俗中人，所以要按照世俗的仪式进行。"当时的人对这句话赞赏有加，认为这句话说得非常恰当。

评 析

这则故事再一次向我们展示了阮籍自由豁达的精神。在当时，推行高压政策，知识分子无不人人自危，但个人的选择却也在很大程度上得到允许和尊重。虽然当时很多人借着玄学之名不尊旧礼，同时仍有许多明智达观的士人表示对此的理解，裴楷就是其中一个，非常值得尊敬。他自己无法像别人那样超凡脱俗，却对这种行为表示理解，并不鄙视阮籍的狂放不羁。自由的精髓在于：自己选择自己所爱的生活方式，但也能对别人的选择表示理解与支持。

18

阮宣子常步行，以百钱挂杖头，至酒店，便独酣畅。虽当世贵盛[1]，不肯诣也。

注释

① 贵盛：指名流、贵族。

译文

阮修经常步行出游，把一百钱挂在自己手杖上，到酒馆独自开怀畅饮。即便是当时显贵之人，他也不肯登门造访。

评析

有的人非常害怕独处，但对于阮修来说这种状态却是一种最自然清醒的状态。不愿结交贵族、喜欢独自饮酒作乐的人在魏晋时期并不是只有他一个，而是一种清淡雅致的整体氛围。“杖头钱”的典故就是出自这篇故事。

20

张季鹰纵任不拘，时人号为江东步兵[1]。或谓之曰：“卿乃可[2]纵适一时，独[3]不为身后名邪？”答曰：“使我有身后名，不如即时一杯酒！”

注 释

① 江东步兵：指张翰。这里是说他嗜酒放荡，有如步兵校尉阮籍。

② 乃可：同“那可”，哪可，岂可。

③ 独：难道。

译 文

张翰性格放纵，不拘泥于小节，当时的人赠他称号“江东步兵”。有人对他说：“你是怎么做到放纵、安逸一时的，难道不考虑后世之名吗？”张翰回答说：“让我后世流芳，还不如现在喝一杯酒！”

评 析

张翰生性豁达、立身朴素且胸襟坦荡，丝毫不担心自己后世的清誉。有些人一生都在追求美名，却是阿谀奉承、为达目的不择手段之徒。古犹如此，今日依然。所以对于沽名钓誉之徒要懂得分辨，看清他到底是否如他的声誉一样。张翰并不知道后世对自己的评价是“纵任不拘”，这种声誉并不是那种刻意追求名利的人能达到的。同时，那些拘谨守礼的俗士，个个都如出一辙，并无突出个性，终使我们遗忘。

22

贺司空[①]入洛赴命，为太孙舍人[②]，经吴阊门[③]，在船中弹琴。张季鹰、本不相识，先在金阊亭，闻弦甚清，下船就贺，因共语，便大相知说。问贺："卿欲何之？"贺曰："入洛赴命，正尔进路。"张曰："吾亦有事北京[④]，因路寄载。"便与贺同发。初不告家，家追问乃知。

注 释

① 贺司空：贺循，字彦先，会稽郡山阴人，晋元帝任安东将军时，荐贺循任吴国内史。死后赠司空。

② 太孙舍人：辅佐皇太孙的属官。

③ 阊门：姑苏城门名。

④ 北京：指洛阳。贺、张二人都是吴人，当时南方人称洛阳为北京。

译 文

司空贺循到洛阳去就职，担任太孙舍人，经过阊门的时候，便在船上弹起琴来。张翰与贺循之前并不相识，张翰原本就在金阊亭上，听见琴声非常悠扬，就下船去找贺循。见面之后两人便谈论起来，于是两人互相的了解就加深了。张翰问贺循："你要去哪里？"贺循说："正要到洛阳去任职，目前在赶路。"张翰说："刚好我也有事要到洛阳，正好同路，我和你一起吧。"于是二人便一起搭船上路了。起初他并没有告诉家里人这件事，家人在追问

之下方知此事。

评 析

俞伯牙和钟子期的故事到如今都为世人传诵，可见音乐在古人生活中占据的位置是何等重要。张翰能在如此短的时间里同成为至交，也是因为那琴声在无言中已经抒发了贺循的雅致，使张翰听后能感受到他的气质。

46

王子猷尝暂寄人空宅住，便令种竹。或问：“暂住何烦尔！”王啸咏良久，直指竹曰：“何可一日无此君！”

译 文

王徽之曾经暂时借住在别人的空房子里，随即让家人在院中栽种竹子。有人问他：“暂住而已，为何要这么麻烦！”王徽之清声吟唱了许久，才指着竹子说：“怎么可以一天没有这些竹子！”

评 析

很多古代文人都有自己的独特爱好，但并不是单纯的占有，只为表达自己清雅的志向。王徽之在借住的院子中种竹，搬迁之日却无法带走，又不能长期在这里欣赏把玩，并且尊称竹子为“此君”，足以表现出王徽之的高尚情操。这种尊敬万物的心态，远非其他凡世俗人所能想象。其实人与物都有其本性，只有尊重这种本性，才能宁静共处。这个道理并不深奥，但当今的很多人被一时的欲望冲昏头脑，他们急功近利，急切地想把事物占为己有。相比之下，王徽之的这种爱好才能称得上爱好。

47

王子猷居山阴①。夜大雪，眠觉②，开室，命酌酒。四望皎然，因起彷徨③，咏左思《招隐》诗。忽忆戴安道，时戴在剡，即便夜乘小船就④之。经宿方至，造门不前而返。人问其故，王曰："吾本乘兴而行，兴尽而返，何必见戴！"

注释

① 山阴：县名，在今浙江绍兴。

② 觉：醒。

③ 彷徨：同"徘徊"。

④ 就：寻访，探访。

译文

王徽之曾在山阴县居住。有一夜下大雪，一觉醒来后打开房门，让家里人拿酒来喝。他眺望四方，四处一片皎洁，便有伤感之意，遂朗诵左思的《招隐》一诗。忽然，他想起戴安道，当时戴安道住在剡县，王徽之连夜乘小船去戴安道的家里。行了一夜才到戴家，却没有进他家门，便要返回。有人问他原因，王徽之说："我就是一时兴起才要去戴家的，既然当下没了兴致，又何必一定要见到戴安道呢！"

评析

"雪夜寻戴"的故事已成为追寻心灵自由的代名词，被后世的很多诗文引用，但后人的行为毕竟是模仿，带着一种刻意之心，远不如王徽之那么纯粹。模仿反而很可能造成一种画虎不成反类犬的感觉，所以，与其在模仿下"表达"个性，倒不如自然坦率地展现自己，这样才是真正率性豁达的表现。

49

王子猷出都，尚在渚下[①]。旧闻桓子野[②]善吹笛，而不相识。遇桓于岸上过，王在船中，客有识之者，云是桓子野。王便令人与相闻[③]，云："闻君善吹笛，试为我一奏。"桓时已贵显，素闻王名，即便回下车，踞胡床，为作三调。弄毕，便上车去。客主不交一言。

注释

① 渚下：水边。

② 桓子野：桓伊，小名子野，曾任大司马参军，后任豫州刺史。《晋书》本传说他“善音乐，尽一时之妙，为江左第一。”

③ 相闻：互通信息。

译文

王徽之离开京城，船还停在码头没有离开。之前他听说过桓伊笛子吹得很棒，但并没有结识到他。这时正碰上桓伊从岸上经过，王徽之在船中，听到有个认识桓伊的客人说，那便是桓伊。王徽之便派手下替自己传话给桓伊，说：“听闻您擅长吹笛子，能不能为我演奏一曲。”桓伊当时的地位已经非常显赫了，也听到过王徽之的大名，便立刻掉头下车，上了王徽之的船，坐在胡床上为王徽之演奏了三支曲子。结束之后就上车走了。宾主双方从头到尾都没有交流一句。

评析

王徽之这种尊敬、亲近之意绝不是伪装出来的，而是源于对美好事物的追求。从文中可以看得出，王徽之和桓伊都是内心清净之人：一个因为音乐去寻找一位素未谋面的人，表现出他对美好事物的执着；另一个肯为真正懂得自己的陌生人亲自登船演出。两人从头到尾一句话都没说，但却彼此惺惺相惜，表达出二人心灵的美好无邪。真正的理解可以是无言的，有时甚至强于不绝的赞美。

简傲 第二十四

1

晋文王[1]功德盛大，坐席严敬，拟于王者。唯阮籍在坐，箕踞啸歌，酣放自若。

注 释

① 晋文王：司马昭，阮籍在世时，他只是晋公。

译 文

晋文王司马昭劳苦功高，恩德深厚，在座的客人在他面前因敬爱而严肃庄重，视他为王者一样。唯有阮籍伸开两腿坐于座位上，他啸咏歌唱，酣畅饮酒，神态从容。

评 析

“不卑不亢”一词在我们生活中经常用到，阮籍用行动向我们解释了这个成语的含义。一直以来，我们以“富贵不能淫，贫贱不能移”为高尚的品德。但知易行难，当强权的阴影已经笼罩在头上，甚至已经开始干涉你的生活，你还能向阮籍一样“箕踞啸歌，酣放自若”吗？在一千多年后的今日我们可以肆无忌惮地赞美这种高尚之风，可以对种种行为品头论足，但若我们真的处于那个年代，又能否像他一样勇敢呢?

3

钟士季[①]精有才理[②]，先不识嵇康。钟要于时贤俊之士，俱往寻康。康方大树下锻，向子期[③]为佐鼓排。康扬槌不辍，傍若无人，移时[④]不交一言。钟起去，康曰："何所闻而来？何所见而去？"钟曰："闻所闻而来，见所见而去。"

注 释

① 钟士季：因访问嵇康受到冷遇，后找机会诬陷嵇康，致使他遭到迫害。

② 精有才理：很有才气，通达名理。

③ 向子期：即向秀，字子期，曾注《庄子》，擅长老庄之学，官至散骑常侍。

④ 移时：过了很久。

译 文

钟会大脑精明，才思敏捷，先前并不认识嵇康。一次他邀请当时一些贤才一同寻访嵇康。当时的嵇康正在大树下打铁，向秀在一旁拉风箱。嵇康不停地挥动铁锤打铁，旁若无人地继续工作，过了好久都不与钟会说一句话。钟会正要起身离开，嵇康才问他："你是听到什么才来这儿的？又是看到什么才要走的？”钟会说：“听到所听到的才来，看到了所看到的才要走。”

评析

有时候视一个人为无物要比叫器谩骂更有攻击性。叫器谩骂仍算是将别人视为对手，而不予理睬则是认为此人连对手都不是，可谓是赤裸裸的藐视。嵇康对于钟会，正是采用了这种态度。嵇康认为，钟会带着一群贤者寻访自己，说明他是一个趋附名声之徒。交友贵在自然亲和，而非气势汹汹。钟会徒有虚名，并不懂得这一点，带着这么多人来，似乎是在故意彰显自己能够吸纳众贤。对此，纵情豁达的嵇康自然不会理睬，而嵇康也不幸因令钟会下不来台而招致他长久的记恨。后来，钟会千方百计想害死嵇康，令人深感遗憾。这样的人，真的能算得上“精有才理”吗？

4

嵇康与吕安[①]善，每一相思，千里命驾[②]。安后来，值康不在，喜[③]出户延之，不入，题门上作“凤”字而去。喜不觉，犹以为欣。故作凤字，凡鸟也。

注释

① 吕安：字仲悌，魏东平国（今山东东平）人。

② 命驾：造访。

③ 喜：嵇喜，嵇康的哥哥，曾任扬州刺史。

译 文

嵇康和吕安的关系很好，每当想念对方，纵使相隔千里，也要即刻出发造访。后来有一次，吕安到来，正值嵇康不在家，嵇康的哥哥嵇喜出门来迎他进去，吕安不肯，只在嵇家门上题了个“凤”字就走了。嵇喜不明其中之意，还因此感到高兴。吕安之所以写个凤字，是因为它分开来就成了凡鸟。

评 析

古人喜欢玩拆字的游戏，这种游戏可以用以褒贬某一人物，显得既含蓄，又幽默。繁体字“鳳”拆开是“凡”“鳥”二字。吕安的意思是说，嵇喜是一个凡鸟，不能入吕安的眼。而且“鳳”是形声字，它是“鸟”部，发“凡”音，所以不要小瞧吕安这一手，其中深含文字学根据。

5

陆士衡初入洛，咨张公所宜诣，刘道真[①]是其一。陆既往，刘尚在哀制[②]中，性嗜酒；礼毕，初无他言，唯问：“东吴[③]有长柄壶卢[④]，卿得种来不？”陆兄弟殊失望，乃悔往。

注释

① 刘道真：即刘宝，字道真。

② 哀制：父母丧期。

③ 东吴：三国时的吴国，世称东吴。吴地也称东吴。

④ 壶卢：同“葫芦”。

译文

陆机初到洛阳，征求张华的意见，商量一下先去拜访谁合适，结果刘宝是其中之一。陆机前去拜访时，刘宝还在家里守孝，此人生性好饮酒。相互行礼完毕后，并没有其他话题可谈，刘宝只是问道：“听闻东吴有一种长柄葫芦，不知你们带种子了没有？”陆家兄弟听了之后，感觉很失望，后悔来此一趟。

评析

刘宝好酒，所以他很惦记装酒的葫芦，他性格自然天真，毫不做作。陆机兄弟对刘宝抱期望值太高，认为如果聊天就应该谈些有深度的内容，当他们听到刘宝向自己索要种子时，难免非常“失望”。其实，在魏晋时期，刘宝的率性与自由符合当时的环境，反倒是陆机兄弟有些骄傲了。

9

谢万[1]在兄前，欲起索便器。于时阮思旷在坐，曰：“新出门户[②]，笃而无礼。”

注 释

① 谢万：字万石，谢安之弟。

② 新出门户：谢家在晋代为名门望族，只是兴起未久，所以说是新出的门户。

译 文

谢万在兄长面前，想起身寻找便壶。当时阮思旷在座，说：“你们谢家这种新兴的门第，真是无礼。”

评 析

魏晋时期，贵族有着更高的社会地位。文中的阮家要比谢家高贵很多，所以可以大声呵斥谢万，可见当时门阀等级制度的森严。谢万也许想表达自己不拘小节的意思，但难掩粗俗与无礼，无怪乎兴旺百年有余的阮家人，瞧不起新晋贵族谢家。但在如今看来，其实优秀的个人素质要比所谓的雄厚的家庭背景重要许多。

11

王子猷作桓车骑骑兵参军。桓问曰：“卿何署？”答曰：“不知何署，时见牵马来，似是马曹[①]。”桓又问：“官有几马？”答曰：“不问马[②]，何由知其数！”又问：“马比[③]死多少？”答曰：

"未知生，焉知死[④]！"

注释

① 马曹：曹是分科办事的官署。当时没有马曹一名，王子猷为显示自己清高超脱、不管俗事，故意说成马曹。

② 不问马：出自《论语·乡党》，原是说孔子的马棚失火，孔子只问伤了人没有，"不问马（没有问到马）"。

③ 比：比来，近来。

④ "未知"句：出自《论语·先进》，篇中记述孔子的学生子路向孔子问死是怎么回事，孔子回答说："未知生，焉知死。"

译文

当时，王徽之担任车骑将军桓冲的骑兵参军。一次桓冲问他说："你在哪个官署工作？"王徽之回答说："我也不知是什么署，只是经常见到牵马进来，应该是马曹。"桓冲又问："你们官署有多少匹马？"王徽之回答说："不过问马的情况，怎么知道马的数量。"桓冲又问："最近死了多少匹马？"王徽之回答说："活着的马尚且不知道，更何况是死马！"

评 析

这则故事向我们讲述了王徽之如何引经据典回复桓冲的问话。王徽之熟读《论语》，把桓冲噎得没话说，足见王徽之的博学多才，他的这种做法体现的自然又是魏晋名士普遍的做派。

自然洽和此幅畧倣其意

排调　第二十五

5

晋武帝问孙皓："闻南人好作《尔汝歌》[1]，颇能为不？"皓正饮酒，因举觞[2]劝帝而言曰："昔与汝为邻，今与汝为臣。上汝一杯酒，令汝寿万春[3]！"帝悔之。

注 释

① 《尔汝歌》：晋时民歌。

② 觞：一杯酒。

③ 寿万春：寿万年，长寿。

译 文

晋武帝司马炎问孙皓："听说你们南方人喜欢作《尔汝歌》，不知你能不能作？"孙皓正在饮酒，于是举起酒杯向武帝劝酒，且作劝酒歌道："之前我是你的邻居，现在是你的臣子。给你敬一杯酒，祝你长寿万年。"武帝对这件事表示很后悔。

评 析

"尔""汝"相当于"你"，是不礼貌的称呼，君臣之间更不能

用这样的词语。这本是晋武帝的无心之问，却被孙皓抓住机会嘲讽一番，故而后悔。

6

孙子荆年少时欲隐，语王武子“当枕石漱流[1]”，误曰“漱石枕流”。王曰：“流可枕，石可漱乎？”孙曰：“所以枕流，欲洗其耳[2]；所以漱石，欲砺其齿。”

注 释

① 枕石漱流：比喻隐居山林。枕石，用石做枕。漱流，即用流水来漱口。

② 洗耳：比喻不愿意过问世事。

译 文

孙楚年轻时曾有归隐之意，想要告诉王济说“我正要枕石漱流”，口误说成“漱石枕流”。王济说：“你可以用流水当枕头、用石头来漱口吗？”孙楚说：“枕流水是想要把自己的耳朵洗干净，漱石头是想把牙齿磨砺得更加坚硬。”

评 析

这则故事中，孙楚本想说“枕石漱流”，却说成“漱石枕流”，但他没有尴尬，急中生智将自己的口误说圆，且展现出了自己更加高贵、坚韧的品质。成语“漱石枕流”就出自这里。

10

陆太尉诣王丞相，王公食[①]以酪。陆还遂病。明日，与王笺云：“昨食酪小过，通夜委顿。民虽吴人，几为伧鬼[②]。”

注 释

① 食：给他吃。

② 伧鬼：一种鄙夷的称呼。

译 文

太尉陆玩前去拜访丞相王导，王导拿奶酪给他吃，结果陆玩一回家就病倒了。第二天，陆玩给王导写信说：“昨天奶酪吃得有些多，一晚上都感觉萎靡困顿。我虽然是东吴之人，却几乎成了北方的死鬼。”

评 析

陆玩乃东吴陆氏家族的后裔，世代为南方人，因此吃不惯北方的奶酪，经过一晚上的病痛，决定写信讽刺一下王导，自喻为“伧鬼”来暗示北方人饮食上的粗犷。虽然在言语中并没有对北方人直接讥讽，但仔细揣摩文字就能发现其中的戏谑之处，文字进退尺度都掌握得很好。这封信既没有当面开骂，也并非泛泛之谈。这种对文字分寸的掌握，足以体现他的素养。

11

元帝皇[①]子生，普赐群臣。殷洪乔[②]谢曰："皇子诞育，普天同庆。臣无勋焉，而猥颁厚赉[③]。"中宗[④]笑曰："此事岂可使卿有勋邪？"

注 释

① 元帝皇：晋元帝司马睿。

② 殷洪乔：即殷羡，字洪乔，陈郡长平人，东晋官员，官至豫章太守、光禄勋。

③ 赉：赏赐之物。

④ 中宗：晋元帝的庙号。

译 文

晋元帝司马睿生了皇子，大赏群臣。殷羡对皇帝表示感谢，并说："皇子诞生，普天同庆。可是微臣并无任何功劳，却承蒙陛下赏赐这么厚重的礼物。"司马睿笑着说："这件事怎能让你有功劳呢？"

评 析

魏晋时期，虽政治氛围较为紧张，但君臣、上下级之间也会有偶尔的调侃，这种无伤大雅的玩笑也是被允许的。所以，元帝司马睿得一皇子，在这种大喜的日子里，殷羡的谢词只会让气氛更加欢快罢了。这件事倘若真有殷羡的功勋，那么历史将会被改写。

12

诸葛令[1]、王丞相共争姓族先后[2]。王曰："何不言葛、王，而云王、葛？"令曰："譬言驴马，不言马驴，驴宁胜马邪？"

注释

① 诸葛令：指诸葛恢，曾任中书令、尚书令，故称。

② 姓族先后：这里指姓氏、家族的高下优劣。

译文

诸葛恢、王导在一起讨论他们家族孰前孰后的问题。王导说："为什么世人不说葛、王，而说王、葛呢？"诸葛恢回答说："譬如说驴、马，而不说马、驴。驴子难道胜过马吗？"

评析

两人的争论很精彩，所用的比喻也是妙语连珠。我们也思考一下，为什么人们都说"王葛""驴马"，而不是"葛王""马驴"呢？这是由汉语的四声音调决定的。我们的汉语有着平仄的区分，在组双音节词的时候，一般平声在前，仄声在后，这样读起来更加上口。

相反，如令仄声在前，平声在后，读起来则丧失了音调之美。汉语博大精深，其中蕴含的奥秘在诸葛恢与王导生活的魏晋时期还没有人觉察。到了南朝，沈约才发现汉字都具有四个声调，这个发现为唐诗宋词的形成打下了重要基础。

18

王丞相枕周伯仁膝，指其腹曰："卿此中何所有？"答曰："此中空洞无物，然容卿辈数百人。"

译文

丞相王导枕着周顗的膝盖，并指着他的腹部说："你这里装的都有什么？"周顗回答说："这里面很空洞，没有东西，但能容纳下几百个像你这样的人。"

评析

俗话说"宰相肚里能撑船"，作为宰相一定要气度非凡。周顗说自己肚子里能装数百个宰相王导，王导本应生气，但身为宰相，气量非常大，所以周顗并不怕王导发怒。

21

康僧渊[1]目深而鼻高，王丞相每调之。僧渊曰：“鼻者面之山，目者面之渊；山不高则不灵，渊不深则不清。”

注释

① 康僧渊：西域人，生于长安，佛教高僧。

译文

康僧渊眼窝深陷，鼻梁很高，丞相王导每次见了都要调侃他。僧渊说：“鼻子是脸上的山，眼睛是脸上的深潭；山若不高，就容不下神灵，潭若不深，就不会有清澈的潭水。”

评析

康僧渊本是西域人，后来到中原，成为一个思维敏捷且汉语水平很好的名士。不过他并非只会巧言答辩，对佛法亦有深刻的领悟。晋朝南渡之后，他曾在豫章山开创寺庙，讲经说法。

24

桓大司马[1]乘雪欲猎，先过王、刘诸人许。真长见其装束单急[2]，问：“老贼[3]欲持此[4]何作？”桓曰：“我若不为此，卿辈亦那得坐谈？”

注 释

① 桓大司马：桓温在晋哀帝隆和初年加侍中、大司马等职。

② 单急：单薄、紧窄。

③ 老贼：朋友间的戏称。

④ 持此：指如此打扮。

译 文

大司马桓温趁着下雪要去打猎，准备先去探望王濛、刘惔等人。刘惔看见桓温的装束单薄紧窄，问道："你这老家伙穿这么少是要干什么？"桓温说："我如果不是穿成这样，你们这群人又哪能闲坐清谈？"

评 析

乘雪打猎，这既是兴致所在，又是一种自我锻炼。确实，如果没有桓温的抗敌之功，那些雪中清谈的名士大约早已死无葬身之地了。但人的性格都是多面的，桓温曾三次北伐，意欲收复中原，一生中却又在叛逆与事功之间徘徊不定。从这则故事即可见其勇悍与英气共存的秉性，史上称桓温为一代枭雄一点都不为过。

27

初，谢安在东山，居布衣[1]，时兄弟已有富贵者，翕集[2]家门，倾动人物。刘夫人戏谓安曰："大丈夫不当如此乎？"谢乃捉鼻曰：“但恐不免耳。”

注 释

① 布衣：代指平民百姓。

② 翕（xī）集：聚集。

译 文

起初，谢安隐居于东山，和平民百姓一样，这时兄弟之中早就有大富大贵的了，他们全都集中在谢家一门，震动了名士。谢安妻子刘夫人对谢安开玩笑说：“难道大丈夫不该如此吗？”谢安便捏着鼻子说：“只怕是难以避免啊。”

评 析

谢安是雄才大略之人，气度与胸襟都很出众，他个人也对自己的前程充满自信。隐居时看到兄弟富贵，他并不羡慕，因为他知道自己迟早有一天会比他们更强。不过这里难得的是“捉鼻”这个动作，刻画出了他的童心与谑态。魏晋间人往往如此，即使身居高位，也能保有一派童真，为我们当代人提供榜样。

30

张吴兴[①]年八岁，亏[②]齿，先达知其不常，故戏之曰："君口中何为开狗窦？"张应声答曰："正使君辈从此中出入。"

注释

① 张吴兴：张玄之，曾任吴兴太守。

② 亏：缺。

译文

吴兴太守张玄之八岁那年掉了牙，前辈贤者知道他不平凡，故意捉弄他说："你嘴里为什么会开狗洞？"张玄之应声回答说："正是为了方便像你们这样的人从这里出入。"

评析

童言无忌，小孩子的思维方式与成年人不同，往往能使别人获得意想不到的快乐。能看出张玄之"不常"，而乐于逗他玩的前辈肯定是个非常诙谐的人，要不也不会问张玄之这样的问题，当然也不会介意当一次狗。而张玄之的回答虽然有些不敬长者，但却显示出他"倚小卖小"的可爱！

31

郝隆[1]七月七日出日中仰卧，人问其故，答曰："我晒书[2]。"

注 释

① 郝隆：字佐治，曾任征西将军桓温的参军。

② 我晒书：民间风俗，七月初七日晒经书和衣裳。郝隆看见别人晒经书，戏称自己满肚子经书也要晒晒。

译 文

郝隆在七月七日那天仰卧于太阳下，有人问他为什么这么做，他回答道："我在晒书。"

评 析

郝隆天资聪慧且顽皮可爱。他在太阳下仰卧，其实是想让人们看明白自己也是腹有诗书的人，他的举动看似好笑，却不会引起人们的反感，反而给人亲切有趣的印象。这则故事告诉我们，很多事情都可以用一种诙谐的方式表达，这样生活中就会增添很多乐趣。

32

谢公始有东山之志[1]，后严命屡臻，势不获已，始就桓公司马。于时人有饷桓公药草，中有远志[2]。公取以问谢："此药又名小草，何一物而有二称？”谢未即答。时郝隆在坐，应声答曰：“此甚易解，处则为远志，出则为小草。”谢甚有愧色。桓公目谢而笑曰：“郝参军此过乃不恶，亦极有会③。”

注 释

① 东山之志：隐居东山的意愿。

② 远志：中药名。根名远志，苗名小草。

③ 会：兴会，意趣。

译 文

谢安起初就想隐居于山林之中，王室多次下达诏书，迫不得已，这才就任桓温属下的司马。这时，有人送给桓温草药，其中有一种名为远志。桓温拿来问谢安：“这种药另一名称为小草，为何同一种东西有两种名称呢？”谢安当下并没有回答。当时郝隆在座，应声回答道：“这非常容易理解，不出就是远志，出来就是小草。”谢安深感惭愧。桓温看着谢安笑着说：“郝参军此次失言并不算坏，话也说得极有意趣。”

评 析

成语“出山小草”就来自这个故事，比喻隐士出来做官。谢安出仕后效力于桓温，受到很多人的非议，但他没有记恨，反而对自己之前的做法有些懊悔，从此谢安发愤图强实现自己的理想与抱负。

40

张苍梧[1]是张凭之祖，尝语凭父曰："我不如汝。"凭父未解所以，苍梧曰："汝有佳儿。"凭时年数岁，敛手[2]曰："阿翁，讵宜以子戏父！"

注 释

① 张苍梧：张镇，字义远，曾任苍梧太守，故称。

② 敛手：拱手，两手在胸前相抱，表示恭敬。

译 文

苍梧太守张镇是张凭的祖父，他曾经对张凭的父亲说："我不如你。"张凭的父亲不知张镇为何这么说，张镇又说："你有一个很出色的儿子。"当时张凭年仅数岁，拱起手恭敬地对张镇说："爷爷，怎么可以拿儿子来开父亲的玩笑呢！"

评 析

这样幽默的对话能够给家庭带来很多欢乐，张家祖孙三人便大有怡然之乐。张凭小小年纪，已经懂得抓爷爷的话茬，足见张凭从小机智过人，何况还说出了一番如此"幼年老成"、令人忍俊不禁的话。本则故事只有寥寥数句，却能够抓住语言中的细节，爷孙两人的形象跃然于纸上。

46

王文度[①]、范荣期[②]俱为简文所要。范年大而位小，王年小而位大。将前[③]，更相推在前；既移久，王遂在范后。王因谓曰："簸之扬之，糠秕[④]在前。"范曰："洮[⑤]之汰之，沙砾在后。"

注 释

① 王文度：王坦之。

② 范荣期：范启，字荣期，南阳顺阳（今河南南阳）人。

③ 将前：快要进殿的时候。

④ 糠秕（bǐ）：秕糠。

⑤ 洮：洗。

译 文

王坦之和范启一起受到简文帝邀请。范启年纪大而职位低，王坦之年纪小而职位高。到了简文帝那里即将进殿的时候，两人你推我搡，都不愿意走在前面。就这样推让了很久，王坦之最终走在范启的后面。王坦之于是说："簸箕扬米，秕和糠在前面。"范启说："淘米洗米，沙子和石子在后面。"

评 析

人生在世，注定会出现一些自己不愿意做的事情，但是人始终要自重，还要学会尊重他人。王、范二人的虚伪推让和相互贬低，显得毫无风度，这让人深感遗憾。王坦之和范启都是当时的文人，但却因此失了风度，他们本应该比普通人更懂得谦让，才好为后世的人做榜样。

55

谢遏夏月尝仰卧，谢公清晨卒来，不暇著衣，跣[1]出屋外，方蹑履问讯。公曰：“汝可谓‘前倨而后恭[2]’。”

注 释

① 跣：赤脚。

② “前倨”句：语出《战国策·秦策》。据载，苏秦贫困时，嫂不为礼。后富贵而归，嫂“蛇行匍伏，四拜，自跪而谢”。苏秦说：“嫂，何前倨而后卑也？”意为先前傲慢而现在谦卑。

译 文

谢玄在夏天的一个夜晚仰卧于床上。次日清晨，谢安突然来到，谢玄来不及穿衣服，光着脚跑出屋外，这才穿上鞋给谢安请安。谢安说：“你真可谓是‘前倨而后恭’啊。”

评 析

人在自己私密空间里独处的时候往往都比较随意，但如果与别人接触，就需要遵守各种礼法。夏日夜晚，谢玄很随意地仰卧于床上睡觉。次日清晨谢安突然来了，致使谢玄来不及穿衣戴帽，显得有些狼狈。古人对礼节十分看重，所以谢玄就算是裸着身子也要给谢安请安。

56

顾长康作殷荆州佐，请假还东[①]。尔时例不给布颿[②]，顾苦求之，乃得发。至破冢[③]，遭风大败[④]。作笺与殷云："地名破冢，真破冢而出[⑤]。行人安稳，布颿无恙。"

注 释

① 还东：回东边去，这里指回家。

② 布颿：布做的船帆，也指帆船。颿，同"帆"。

③ 破冢：地名，在今湖北江陵县东南长江东岸。

④ 大败：指帆船破损。

⑤ 破冢而出：指死里逃生。冢，坟墓。

译 文

顾恺之在担任荆州刺史殷仲堪的参军时请假回家。按照当时的惯例是不允许提供帆船的，在顾恺之极力恳求下殷仲堪才肯借船，于是便起程了。到了破冢一带，突遇大风，船帆全都损坏了。顾恺之写信给殷仲堪说："这儿的地名叫破冢，我们真是破冢而出。人没受伤，布帆没有其他损坏。"

评 析

顾恺之极力求得的帆船却破损了，他很内疚，在给殷仲堪回信的时候，他故意颠倒语序，先把自己的惨状述说一遍，这样就使殷仲堪读完信后，出于同情而不好责罚了。

61

桓南郡与殷荆州语次[①]，因共作了语[②]。顾恺之曰：“火烧平原无遗燎[③]。”桓曰：“白布缠棺竖旒[④]旐。”殷曰：“投鱼深渊放飞鸟。”次复作危语[⑤]。桓曰：“矛头淅[⑥]米剑头炊。”殷曰：“百岁老翁攀枯枝。”顾曰：“井上辘轳卧婴儿。”殷有一参军在坐，云：“盲人骑瞎马，夜半临深池。”殷曰：“咄咄逼人！”仲堪眇[⑦]目故也。

注 释

① 语次：谈话之间。

② 了语：一种语言游戏，说出了结之事。

③ 燎：这里指灰烬。

④ 旒：旗下所垂的饰物。

⑤ 危语：举出危险之事的话。

⑥ 淅：淘洗。

⑦ 眇：瞎了。

译 文

南郡公桓玄和荆州刺史殷仲堪聊天，于是一同谈论终了的话题。顾恺之说：“烈火烧尽平原，没有剩余的火种。”桓玄说：“白布缠裹了棺木，竖起了出殡的魂幡。”殷仲堪说：“游鱼投进了深潭，飞鸟放出了笼子。”接着又说处于险境的事。桓玄说：“在长矛尖上淘米，在宝剑锋上做饭。”殷仲堪说：“百岁老翁攀枯枝。”顾恺之说：“井上辘轳卧婴儿。”殷仲堪的一个参军也在座，说：“盲人骑瞎马，半夜走到深水池边。”殷仲堪说：“气势汹汹，出口伤人！”这是因为殷仲堪瞎了一只眼睛。

评 析

“了语”“危语”这样的游戏，很能锻炼人的心智，是高智商人的游戏。为了游戏，参与者有时候会顾不上礼仪，无心说出伤人的话。言者无心，听者有意，那句“咄咄逼人”想必不是殷仲堪的玩笑话。需要说明的是，“炊”“枝”“儿”“池”等字，在当时完全押韵，今天在普通话读音中已经不能完全押韵了，因此并不是押错了韵，而是由于古今字音的演变，今日之语早已不同往日了。

64

祖广[①]行恒缩头。诣桓南郡，始下车，桓曰：“天甚晴朗，祖参军如从屋漏[②]中来。”

注 释

① 祖广：字渊度，范阳（今河北涿州）人，时任参军。

② 屋漏：破屋漏雨之处。

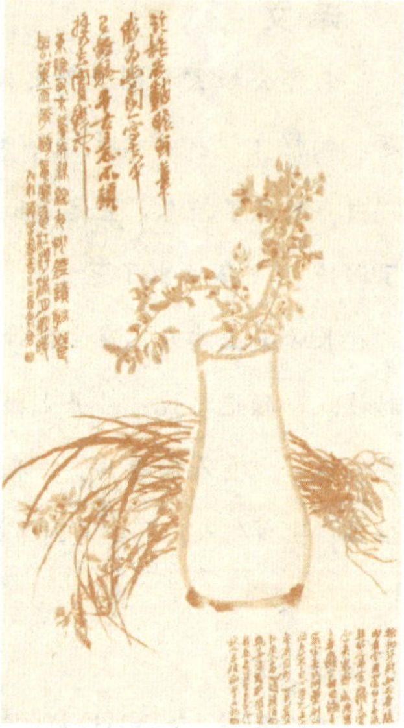

译 文

祖广走路经常缩着脑袋。有一次他去拜访南郡公桓玄，刚一下车，桓玄说："天气很晴朗，祖参军却像是从漏水的屋檐下来的。"

评 析

桓玄善于抓住别人的外部特征进行调侃，比喻新奇有趣。

轻诋 第二十六

1

王太尉问眉子[①]：“汝叔[②]名士，何以不相推重？”眉子曰：“何有名士终日妄语？”

注释

① 眉子：王玄，字眉子。

② 汝叔：指王澄。王澄喜欢品藻人物，在当时颇有名气。

译文

太尉王衍问儿子王玄：“你叔叔可是个大名士，你为什么不推崇他呢？”王玄回答父亲说：“哪个名士是整天都在胡言乱语的？”

评析

点评人物的优劣在当时是一种风度和见识的象征，也有很多人借着清谈，一跃成为“名士”。王玄对这种行为不以为然，从他的这个行为也可以看出，趋附“名士”在当时虽然是特别普遍的观念，但也有一些人能对此保持独立的意见。

7

褚太傅[1]初渡江，尝入东，至金昌亭，吴中[2]豪右[3]，燕集亭中。褚公虽素有重名，于时造次[4]不相识。别敕左右多与茗汁，少著粽，汁尽辄益[5]，使终不得食。褚公饮讫，徐举手共语云："褚季野。"于是四坐惊散，无不狼狈。

注 释

① 褚太傅：即褚裒，卒赠太傅，故称。

② 吴中：吴郡的别称。

③ 豪右：豪门大族。

④ 造次：匆忙，仓促。

⑤ 益：完毕。

译 文

太傅褚季野初到江南，曾到东边的会稽，走到金昌亭的时候，偶遇吴中豪贵们在亭中宴饮聚会。虽然褚公向来特别有名声，但当时席间没有人认识他。宴主另外吩咐手下的人给他多添茶水，少摆蜜饯，使他始终都不能好好吃。褚公喝毕，缓缓拱手对在席宾客说："我是褚季野。"满座的人都当场惊慌散去，无不狼狈。

评 析

我们应该对任何人都抱有最基本的尊敬之心，不应因名声、地位的高下而区别对待。想必吴中豪士只以为褚裒是一介无名小辈，捉弄一下也无妨，结果反而自取其辱。

11

桓公入洛[1]，过淮、泗，践北境，与诸僚属登平乘楼，眺瞩中原，慨然曰："遂使神州陆沉[2]，百年丘墟[3]，王夷甫诸人，不得不任其责！"袁虎率尔对曰："运自有废兴，岂必诸人之过？"桓公懔然作色，顾谓四坐曰："诸君颇闻刘景升不？有大牛重千斤，啖刍豆[4]十倍于常牛，负重致远，曾[5]不若一羸牸[6]。魏武入荆州，烹以飨[7]士卒，于时莫不称快。"意以况[8]袁。四坐既骇，袁亦失色。

注释

① 入洛：北伐洛阳。

② 神州陆沉：指国家因战乱而沦陷。

③ 百年丘墟：指中原已经沦陷很久。

④ 刍豆：牛饲料。

⑤ 曾（zēng）：竟，还。

⑥ 羸牸（léi zì）：衰弱的母牛。

⑦ 飨：以食与人。

⑧ 况：比方。

译文

桓温进攻洛阳，渡过淮河、泗水，北上边境，众多属下官员登上大船船楼，遥望远处中原一带，愤慨地说："居然让神圣的国土沉沦，成了荒废百年的丘墟！王夷甫等人必须承担责任！"袁虎轻率地回答道："时运兴衰本来就无常，难道过错就一定是这些人的吗？"桓温神色严肃，回头对在座的人说："各位有没有听说过刘景升？他有一头大牛，重达千斤，吃的草料、料豆比一般牛多十倍，可这牛驮着重物走起远路，却远不如一头瘦弱的母牛。魏武帝（曹操）打进荆州，把此牛煮了宴请士兵，当时无人不叫好。"大意是用这个故事来比拟袁虎。在座的人们都已经是满脸惊恐了，袁虎更是吓得脸变了色。

评 析

桓温作为一员老将，深知文官不务实业，有清谈误国之嫌，所以面对故国江山，自有一股担当之气。而有些人就像刘表所养的无用之牛，桓温的讥讽其实并不过分。袁宏以文笔优美而出名，然而在关乎国家兴衰的问题上，却以"国运决定一切"来推卸责任。从政者的得过且过，是两晋衰亡的重要原因。

16

桓公欲迁都，以张拓定[①]之业。孙长乐[②]上表，谏此议，甚有理。桓见表心服，而忿其为异。令人致意[③]孙云："君何不寻遂初赋[④]，而强知[⑤]人家国事？"

注 释

① 拓定：开拓，建立。

② 孙长乐：指孙绰。

③ 致意：传话。

④ 遂初赋：孙绰所作名篇《遂初赋》，表达隐居之志。

⑤ 知：干预。

译 文

恒公（桓温）打算将首都迁移，好发展开疆定国的大事业。长乐侯孙绰上奏进谏，写得很有道理。桓温看了奏表心生敬佩，但又在意孙绰提出异议，让人对孙绰传话说："为什么你不重温《遂初赋》，却强行管起别人家的政事？"

评 析

桓温意在定都洛阳，除了想要巩固打下的江山，也有揽国家大权的野心，碍于桓温权倾朝野，当时没有人敢提出异议，孙绰却勇敢地上表进谏。而桓温虽然一直有称霸天下的野心，却并非蛮横无理，见孙绰讲得在理，也心生佩服。然而这口气却难以咽下，于是桓温托人带话，不过这大概不是真的要为难孙绰，只是发两句牢骚，也算是一种率真和可爱吧。

21

王中郎[①]与林公绝不相得[②]。王谓林公诡辩，林公道王云：“箸腻[③]颜帢，𦈝[④]布单衣，挟左传，逐郑康成[⑤]车后，问是何物尘垢囊[⑥]！”

注 释

① 王中郎：王坦之，曾任北中郎将，故称。

② 相得：感情投合。

③ 腻：肮脏。

④ 𦈝：一种布料。

⑤ 郑康成：即郑玄，东汉大儒。

⑥ 尘垢囊：肮脏的皮囊，这里指王坦之。

译 文

北中郎将王坦之跟支道林极不相容。王中郎认为林公为人诡辩，支道林评价王中郎说：“戴着油腻的帽子，穿着单布的衣物，拿着《左传》，在郑康成的车后奔走，问是怎样肮脏的皮囊？”

评 析

王坦之与当时的社会风尚格格不入，而支道林虽为高僧，表现却不免有些狭隘小气。

29

苻宏[1]叛来归国，谢太傅每加接引。宏自以有才，多好上人[2]，坐上无折之者。适王子猷来，太傅使共语。子猷直熟视[3]良久，回语太傅云："亦复竟不异人。"宏大惭而退。

注 释

① 苻宏：前秦王苻坚太子。晋孝武帝太元十年（385），西燕王慕容冲攻入长安，苻坚归降晋朝。

② 上人：凌驾于别人之上。

③ 熟视：盯着看。

译 文

苻宏太子逃到东晋，谢安对他赏识有加，常引荐为座上宾。苻宏以为自己才华横溢，喜欢凌驾于别人之上，在座的没有人能够使他折服。正好王徽之来，谢安让他们聊聊。王徽之只是盯着苻宏看了许久，回身对谢安说："居然跟常人没什么区别啊。"苻宏羞耻地走了。

评 析

论才情和历练，苻宏与王徽之不相上下。但他以前朝太子的身份，一方面恃才傲物，自以为高明，另一方面也有些寄人篱下的心虚与自卑。因此，王徽之对其才能的藐视使他更加惭愧。

假谲第二十七

1

魏武少时，尝与袁绍好为游侠。观人新婚，因潜入主人园中，夜叫呼云："有偷儿贼！"青庐[1]中人皆出观，魏武乃入，抽刃[2]劫新妇，与绍还出。失道，坠枳棘[3]中，绍不能得动。复大叫云："偷儿在此！"绍遑迫自掷出，遂以俱免。

注释

① 青庐：以青布做屋幔的屋子，在东汉到唐代的礼俗中是新婚夫妇交拜之所。

② 抽刃：拔刀。

③ 枳棘：枳树和棘树，皆多刺。

译文

魏武帝（曹操）年轻时，跟袁绍都曾喜欢做许多无赖之事。见到别人新婚，于是悄悄潜到主人的园子中，夜间喊道：“有小偷！”婚房里的人都出来看，曹操就跑进屋，拔刀劫走新娘，跟着袁绍退出来。然后走错了路，掉到棘刺丛中，袁绍不能动弹。曹操又大叫道：“小偷在这儿！”袁绍惊慌中自己爬了出来，于是两人都平安无事。

评 析

一个人的能力往往会在小事中显露。曹操、袁绍所行自然算不上什么游侠行径，但就在这样的恶作剧中，曹操也远胜于袁绍，他敢以身犯险去劫持新娘，当袁绍掉入荆棘丛后，他还能急中生智，令其得以自救。这一连串动作中彰显出的胆量、智慧，以及对人心的准确把握都值得我们去学习。曹操最终成为一代枭雄，而袁绍后来却被打得郁郁而终，其实两人的优劣在少年时就已体现出来了。

2

魏武行役，失汲道[①]，军皆渴，乃令曰：“前有大梅林，饶子，甘酸可以解渴。”士卒闻之，口皆出水，乘此得及前源。

注 释

① 汲道：通向水源的道路。

译 文

魏武帝（曹操）率队行军，一路上都没有水源，军士们都很口渴，于是曹操传令说：“前面有一大片梅林，丰硕的梅子酸甜可口，可用来解渴。”士兵们听了这话，嘴里都流口水。就凭着这句话，他们支撑到了前面有水源的地方。

评 析

故事中曹操所采取的策略非常可取，士卒口渴，想必非常焦心沮丧，如果对他们强加军令，要求快速行进，只会适得其反，引发更多的不满和负面情绪，如此一来后果很难说。曹操懂得在适当的时机施用软性策略，使大家和平、愉快、安全地坚持到目的地，这正是其不凡之处。

这一故事早已脍炙人口，“望梅止渴”的成语即从此出。

6

王大将军既为逆，顿军姑孰。晋明帝以英武之才，犹相猜惮，乃著戎服，骑巴賨马，赍一金马鞭，阴察军形势。未至十余里，有一客姥，居店卖食，帝过愒之，谓姥曰：“王敦举兵图逆，猜害忠良，朝廷骇惧，社稷是忧[1]。故劬劳[2]晨夕，用相觇察。恐行迹危露，或致狼狈。追迫之日，姥其匿之。”便与客姥马鞭而去，行敦营匝而出。军士觉，曰：“此非常人也！”敦卧心动，曰：“此必黄须鲜卑奴来！”命骑追之。已觉[3]多许里，追士因问向姥：“不见一黄须人骑马度此邪？”姥曰：“去已久矣，不可复及。”于是骑人息意而反。

注 释

① 是忧：以之为忧。

② 劬劳：辛劳。

③ 觉：相差。

译 文

大将军王敦已经发动了叛乱，把军队驻扎在姑孰一带。晋明帝虽然英明神武，仍然不免猜疑忌惮，于是身着军装，骑着（造字上宗下贝）马，拿着金马鞭，暗中去查探军情。离王敦军营还有十余里时，路经一间客店，一位外地老妇人在店里卖小吃，明帝就进店休息，并对老妇人说：“王敦兴兵谋逆，残害猜忌忠良，朝野上下不无惊恐，国家社会都以之为忧。所以我朝夕劳顿，前来暗访军情。我怕会暴露行踪，那就会陷入困境。倘若他们追来，请您务必帮忙隐藏实情。”然后把金马鞭留给老妇人便走了。明帝环绕着王敦的军营走了一圈后出来。军士发觉后说：“这不是一个普通人！”王敦当时躺在床上，心有所感，说：“这一定是黄胡子的鲜卑佬来了！”并立刻命令骑兵去追赶，但已相距好几里。于是追兵问之前那位老妇人：“有没有看到一个黄胡子的人骑马经过这里?”老妇人回答道：“已经走过去很久了，不可能再赶上了。”于是骑兵打消继续追赶的念头回去了。

评 析

能够以家国社稷为忧，晋明帝堪称一代英主，而从这则故事可看到他更多的美好品质。敢于单枪匹马侦探敌情，着实勇敢；能时刻为自己的安全着想，并非一味逞勇；向老妇人坦陈实情，又以金鞭相约保密，可称智威并存。然而晋明帝年仅二十七岁就病死了，在位仅仅三年。其子晋成帝年幼继位，国事委任于外戚之手，致使东晋王朝再度陷入风雨飘摇的境地，这是令人扼腕痛惜的。

7

王右军年减十岁时，大将军甚爱之，恒置帐中眠。大将军尝先出，右军犹未起，须臾钱凤入，屏人论事，都忘右军在帐中，便言逆节之谋。右军觉，既闻所论，知无活理，乃阳吐[①]污头面被褥，诈孰眠。敦论事造半，方忆右军未起，相与大惊曰：“不得不除之！”及开帐，乃见吐唾从横，信其实孰眠，于是得全。于时称其有智。

注 释

① 阳吐：用指头抠出口水。

译 文

王羲之还不到十岁的时候，大将军王敦很喜欢他，经常让他在自己帐中睡。一次，王敦先起来，而王羲之还睡在帐中，过了一会儿，钱凤进来，两人屏退左右商量大事，他们完全忘记了王羲之在床上，就开始商议谋反的计划。王羲之醒后听到了密议，知道活不成了，于是把口水涂在脸和被褥上，装作睡得很熟。王敦和钱凤谈到一半，忽然想起王羲之还没起床。两人大惊道："不得不杀了他啦。"等打开帐子一看，发现到处都是口水，才相信他真的睡熟了，王羲之这才保住性命。当时的人都说他聪明。

评 析

王敦的心狠手辣，从此处可见一斑。不过，据《晋书》《晋中兴书》等记载，这则逸事其实是王允之所为，而非王羲之。《世说新语》虽然言之凿凿，但没有其他旁证，所以恐怕确实是记载错误了。

9

温公[①]丧妇。从姑刘氏，家值[②]乱离散，唯有一女，甚有姿慧。姑以属公觅婚，公密有自婚意，答云："佳婿难得，但如峤比[③]，云何[④]？"姑云："丧败之余，乞粗存活，便足慰吾余年，何敢希汝比？"却后少日，公报姑云："已觅得婚处，门地粗可，婿身名宦尽不减峤。"因下[⑤]玉镜台一枚。姑大喜。既婚，交礼，女以手披纱扇[⑥]，抚掌大笑曰："我固疑是老奴，果如所卜！"玉镜台，是公为刘越石[⑦]长史，北征刘聪[⑧]所得。

注 释

① 温公：即温峤。

② 值：遭遇。

③ 比：类。

④ 云何：怎么样。

⑤ 下：下聘礼。

⑥ 纱扇：当时举行婚礼，新娘用扇遮脸，行礼后去扇，又称“却扇”。

⑦ 刘越石：刘琨，字越石，中山魏昌（今河北无极）人，西晋名将，著名诗人，音乐家。

⑧ 北征刘聪：建兴二年（314），温峤为刘琨率军讨伐刘聪。

译 文

温峤的妻子死了。他的堂姑刘氏家遇战乱，亲人离散，只剩一个女儿在身边，聪明美丽。堂姑拜托温峤帮忙物色女婿，温峤暗自有娶她为妻的打算，回答姑姑说：“好女婿难得，只有像我这样的，成不成？”姑姑说：“丧乱后活下来的人，只要马马虎虎地保住性命，我晚年就深感安慰了，哪敢指望有像你这样的好女婿呢！”过了没几天，温峤告诉姑姑：“我找到人家了。门第大体上还行，女婿的声名和官位都不比我差。”于是以一枚玉镜台下聘礼，姑姑很高兴。等到结婚交拜之后，姑娘用手拨开纱扇，拍手大笑说：“我本来就疑心是你这老家伙，果然不出所料！”玉镜台是温峤在刘琨手下做长史，率军讨伐刘聪时所得。

评 析

这一小小喜剧，在“假谲”中别有温情。温峤看上自己的远房表妹，又不敢贸然提亲，于是假托旁人之言。但那位姑姑恐怕未必不知道其中情由，只是并不说破而已，否则，温峤这么好的女婿恐怕是打着灯笼也找不到的。

10

诸葛令女，庾氏妇，既寡，誓云："不复重出[1]！"此女性甚正强，无有登车[2]理。恢既许江思玄婚，乃移家近之。初诳女云："宜徙。"于是家人一时去，独留女在后。比其觉，已不复得出。江郎莫来，女哭詈弥甚，积日渐歇。江虨暝入宿，恒在对床上。后观其意转帖，虨乃诈厌，良久不悟，声气转急。女乃呼婢云："唤江郎觉！"江于是跃来就之，曰："我自是天下男子，厌何预卿事而见唤邪？既尔相关，不得不与人语。"女默然而惭，情义遂笃。

注释

① 重出：这里指再嫁。

② 登车：登上婚车。

译文

诸葛恢的女儿是庾亮的儿媳妇，寡居之后，立誓绝不改嫁。这位女子生性正直刚强，没有再婚的可能。但诸葛恢又把她许给了江虨，于是把家搬到江家附近，起初骗女儿说："应该搬到这里来。"后来家人一起走了，只留下她落在后面。等她发觉，已经不能再出屋门。江虨晚上进房，女子又哭又骂，愈演愈烈，好几天后才缓和下来。江虨晚上进屋睡觉，总是在她对面的床上。后来看到她心意渐缓，于是假装做噩梦，久久醒不了，呼吸都变得急促了。女子于是叫丫鬟，说：“快把江郎叫醒！”江彪于是翻身而起，靠近她说：“我堂堂男子汉，做噩梦关你什么事，为什么把我叫醒呢？既然我们彼此相关，从此以后，你就该和我说话!”女子哑口无言，又羞又惭，夫妻之间情义于是逐渐深厚。

评 析

魏晋时期女子改嫁本非过分，而这位夫人立志守寡，除了道义上的自守，或许更是因为思念亡人吧。因此暂不能接受新生活，也在情理之中。所以诸葛恢的轻率逼嫁，对女儿实在很残忍。这里难得的倒是江彪的体贴和智慧，面对伤心羞愤的新婚妻子，他能够不用粗暴的手段去伤害她，而是体察她的情绪变化，又巧用智谋，诱起她的温柔与关切。江彪的成功在于唤起“关心”，而它也确实是夫妻之间长久恩爱的基础。

12

王文度弟阿智，恶乃不翅，当年长而无人与婚。孙兴公有一女，亦僻错[①]，又无嫁娶理。因诣文度，求见阿智。既见，便阳言：“此定可，殊不如人所传，那得至今未有婚处？我有一女，乃不恶，但吾寒士，不宜与卿计，欲令阿智娶之。”文度欣然而启蓝田云：“兴公向来，忽言欲与阿智婚。”蓝田惊喜。既成婚，女之顽嚚[②]，欲过阿智。方知兴公之诈。

注释

① 僻错：乖僻。

② 嚚：愚蠢。

译文

王坦之的弟弟王虔之，非常顽劣，年纪很大了还没有人愿意跟他结亲。孙绰有个女儿，性格也很乖僻，没有嫁人的机会。于是孙绰去拜访王坦之，求见王虔之。见到之后，就假惺惺地说："这孩子一定还可以，完全不像别人传的那样糟，怎么会至今还没成亲？我有个女儿，也还不坏，只是我家贫寒，本不能和您商量此事，我想把她许给阿智。"王坦之很高兴地告诉父亲蓝田侯王述："孙绰刚来，忽然说想把女儿嫁给阿智。"王述很惊喜。等到成婚以后，才发现女方竟比王虔之更加顽劣。这才知道是孙绰的假诈。

评析

有些事情不能光看表面，也要看事物的本质。不要因为一时冲动，而忽略其负面影响。在生活中，我们往往会觉得事情是对我们有利的，觉得有利可图，但实际上则很可能暗流涌动，不能卜知下一秒会发生什么。王述和王坦之这对父子，以为捡到一个宝贝儿媳和弟媳，在没见到真人的情况下许诺婚事，最后才知道吃了暗亏。

14

谢遏年少时，好箸紫罗香囊[1]，垂覆手，太傅患[2]之，而不欲伤其意。乃谲与赌，得即烧之。

注释

① 紫罗香囊：紫色绫罗做成的香袋。

② 患：不满。

译文

谢玄年少的时候，喜欢佩戴紫罗香囊，让它垂挂下来覆盖在手上。谢安不喜欢这样，又不忍伤他的心，于是假装和他赌博，把它们赢过来就全烧了。

评析

作为长辈的谢安，实在很值得钦佩与欣赏——对待子侄，有一以贯之的关心。谢玄趣味不正，他并不直接指责，更想要维持孩子脆弱的自尊。魏晋时期的名士家族往往历几世风流而不坠，可以从此找到原因。而在今天，又有多少家长还懂得用尊重来保护孩子的独立性，而不是一味野蛮地塑造孩子的一切呢?

黜免第二十八

1

诸葛厷[1]在西朝，少有清誉，为王夷甫所重。时论亦以拟王。后为继母族党所谗，诬之为狂逆。将远徙，友人王夷甫之徒，诣槛车与别。厷问："朝廷何以徙我？"王曰："言卿狂逆。"厷曰："逆则应杀，狂何所徙？"

注 释

① 诸葛厷（gōng）：字茂远，一作诸葛宏，仕至司空主簿。

译 文

诸葛厷在西晋朝廷中，年纪轻轻就有美好的名声，很受王衍的器重。当时舆论也把他比作王衍。后来，他为继母的同族党羽所诬陷，被安上"狂逆"的罪名，将被流放到远地去。王衍等友人都来到囚车前送别。诸葛厷问："朝廷为什么要流放我？"王衍回答："他们说你狂乱悖逆。"诸葛厷说："谋逆就该杀头，狂乱何必流放？"

评析

有人以为诸葛厷是个书呆子，上了囚车还不知道自己犯事，细味文意，似亦不然。两晋之间政治动荡，但凡入朝为官的，又有谁不知道自己是在刀尖上跳舞呢？他的话虽然寥寥数语，但其中除了天真，还有一种决绝孤愤的气息。

2

桓公入蜀[①]，至三峡中，部伍中有得猨子[②]者。其母缘岸哀号，行百余里不去，遂跳上船，至便即绝。破视其腹中，肠皆寸寸断。公闻之怒，命黜其人。

注释

① 入蜀：晋穆帝永和二年（346），桓温西伐蜀汉李势，次年攻占成都。

② 猨子：小猿猴。

译文

桓温率部进入四川地区，行至三峡，部队中有人抓到一只小猿猴。它的母亲沿着江岸一路哀号，行了百余里路也不肯离开，终于跳上船，一上来便死去了。剖开它的肚子一看，肠子都已断作数寸。桓温听说之后勃然大怒，下令开除了抓小猿猴的人。

评 析

桓温是《世说新语》中着墨较多的人，因为他的故事多，其形象也格外立体生动，如北征时感慨“木犹如此”，如大雪天乘兴游猎，指责清谈误国，又如这里的“闻之怒”。武将大抵给人以强硬无情的印象，而桓温却时时处处显示着丰富真切而又不失细腻深沉的性情，为母猴的冤死而罢免军士，其中的温柔与博爱，恐怕许多饱读儒家经典的书生都未必能够身体力行吧。

4

桓公坐有参军椅[1]烝[2]薤[3]不时[4]解[5]；共食者又不助，而椅终不放[6]。举坐皆笑。桓公曰：“同盘尚不相助，况复危难乎？”敕令免官。

注 释

① 椅：通“攲”，用筷子夹菜。

② 烝：通“蒸”。

③ 薤：藠头，多年生草本植物，其嫩叶和鳞茎可食。

④ 不时：指不及时。

⑤ 解：这里指夹不住。

⑥ 放：停止。

译 文

桓温座上有位参军用筷子夹蒸薤，一时间夹不住。同桌吃饭的人也不帮助他，而他还一直在夹，满座的人都笑他。桓温说："一起吃饭都不互相帮助，何况危难当头的时候？"于是下令把他们都罢免了。

评 析

细节往往能够体现个人素质的高低，道貌岸然之人往往在小事上露出马脚，而平凡渺小的人也可能从细微处展现人性的光辉。桓温深谙此理，仅从众人的冷眼旁观，便知道手下队伍离心离德，实在无相互担当、同舟共济之意。这些人的鄙陋无须多言，桓温的领导才能与见微知著，非常值得钦佩赞赏。

7

桓宣武既废太宰父子[①]，仍上表曰："应割近情[②]，以存[③]远计。若除太宰父子，可无后忧。"简文手[④]答[⑤]表曰："所不忍言，况过于言？"宣武又重表，辞转苦切。简文更答曰："若晋室灵长[⑥]，明公便宜奉行此诏；如大运去矣，请避贤路[⑦]！"桓公读诏，手战流汗，于此乃止。太宰父子远徙新安。

注 释

① 太宰父子：指司马晞、司马综父子。简文帝即位后，桓温诬

陷司马晞父子谋反，上奏章请求将他们逮捕问罪。简文帝拒绝，太宰父子最后流徙新安郡。

② 近情：这里指亲情。

③ 存：存念，顾虑。

④ 手：亲手。

⑤ 答：批示。

⑥ 灵长：气运绵长。

⑦ 请避贤路：这里意指让位给桓温。

译 文

桓温罢免司马晞、司马综父子之后，依然上奏章说：“陛下应当割断亲情，考虑长远之计。如果把司马晞、司马综父子杀了，就不会再有远忧。”简文帝在奏章上亲手批示说：“我说都不忍心，何况竟要做出来！”桓温再次上表，言辞更为迫切。简文帝再度批复说：“如果老天保佑我晋朝国运久长，就请阁下照我的话办；如果晋朝气数已尽，不如让位给你！”桓温读着诏书，害怕得手发抖，汗直流，这才停止上奏。司马晞、司马综父子被流放到遥远的新安郡。

评 析

东晋政局中，桓温虽然稳占上风，但也受到种种牵制，晋穆帝对他颇有防备。穆帝死后，他一手扶植司马昱，可是虽然实权在握，早有谋逆之心，却也不敢轻举妄动，终其一生，都未能夺权。

桓温强悍凶狠的一面在这则故事中暴露无遗。剪除异己，不遗余力；要挟天子，情见于言。而这里的简文帝，虽然是在桓温扶植下坐上帝位，却也终于勃然大怒，向他放了狠话。如此顾惜手足之情，在乱世帝王之中是非常少见的。

俭啬　第二十九

1

和峤性至俭[1]，家有好李，王武子求之，与不过数十。王武子因其上直[2]，率将少年能食之者，持斧诣园，饱共啖毕，伐之，送一车枝与和公，问曰："何如君李？"和既得，唯笑而已。

注 释

① 俭：这里指吝啬。

② 上直：值勤。

译 文

和峤生性非常吝啬，家里有美味的李子，王济去讨要，他只给了几十颗。王济于是乘着他值勤的时候，带了一帮很能吃的少年，扛着斧头跑到果园里，饱饱地吃了一顿之后，把李树都砍了，送了一车子树枝给和峤，还问："比您家的李子怎么样？"和峤只有苦笑而已。

评 析

对于小气鬼，王济的行为不仅有报复之意，还带着些促狭的幽默感，令人一笑。

2

王戎俭吝，其从子婚，与一单衣，后更[1]责[2]之。

注 释

① 更：又。

② 责：索取。

译 文

王戎为人节俭悭吝，堂侄结婚，他送了一件单衣作为贺礼，后来又向侄儿讨了回来。

评 析

悭吝至此，不如不送。

3

司徒王戎既贵且富，区宅、僮牧、膏田、水碓[1]之属，洛下无比[2]。契疏[3]鞅掌[4]，每与夫人烛下散筹[5]算计。

注释

① 水碓：用水力舂米的器具。

② 洛下无比：洛阳城里无人能比。

③ 契疏：地契、簿籍等。

④ 鞅掌：事务繁多的样子。

⑤ 散筹：摆开筹码。

译文

司徒王戎既有地位又很富有，房产、僮仆、良田、水碓之类，在洛阳堪称第一。家中地契簿籍很多，他常常和夫人一起在烛光下摆开筹码，仔细计算财物。

评析

对于钱财，节俭是美德，而吝啬却是令人不齿的恶习。从节俭到吝啬只有一步之遥，这之间的“度”，是很难把握好的。不过分挥霍是自律和成熟的表现，但一味积敛钱财，在某种程度上只显得更为寒酸。

4

王戎有好李，卖之，恐人得其种，恒钻其核。

译 文

王戎家有很好的李子。卖的时候，因为怕别人得到种苗，总是钻孔把李核打掉。

评 析

这是又一个吝啬的例子，人如果做到这样的地步，就简直太可笑了。

6

卫江州[①]在寻阳[②]，有知旧人[③]投之，都不料理，唯饷“王不留行[④]”一斤，此人得饷，便命驾[⑤]。李弘范[⑥]闻之，曰：“家舅刻薄，乃[⑦]复驱使草木。”

注 释

① 卫江州：指卫展，字道舒，河东安邑（今山西夏县）人。曾任江州刺史，故称。

② 寻阳：东晋郡名，今九江、广济一带，即浔阳。

③ 知旧人：指老朋友。

④ 王不留行：中药名，这里是以字面意思表示不欲留客。

⑤ 命驾：命人驾车，指离去。

⑥ 李弘范：李轨，字弘范。但李轨不是卫氏的外甥，这里应为车夫。参看余嘉锡《世说新语笺疏》。

⑦ 乃：竟。

译 文

江州刺史卫展在寻阳的时候，有个老朋友来投靠他，卫展完全不照顾人家，只是送了一斤“王不留行”给他，那人接到后，立刻动身走了。李充听说这件事后，说：“我舅舅真刻薄，竟然差使草木为他说话！”

评 析

比之王戎，卫展已然十分含蓄。至于用中药名谐音或寓意为种种提示，本是一个悠久的传统，“出山小草”已是一例，发展到后来，更产生了著名的药名诗词。因此识记一些普通草药的名称，也是对传统文化知识的积累。

9

郗公[1]大聚敛[2]，有钱数千万。嘉宾[3]意甚不同，常朝旦问讯。郗家法：子弟不坐。因倚语移时，遂及财货事。郗公曰：“汝正当欲得吾钱耳！”乃开库一日，令任意用。郗公始正[4]谓[5]损数百万许，嘉宾遂一日乞与[6]亲友，周旋[7]略尽。郗公闻之，惊怪不能已已。

注 释

① 郗公：即郗愔。

② 聚敛：搜刮钱财。

③ 嘉宾：即郗超，小名嘉宾。

④ 正：只。

⑤ 谓：以为。

⑥ 乞与：给予。

⑦ 周旋：本指交往、交际，这里引申为朋友、友人。

译 文

郗愔大肆敛财，有好几千万钱。其子郗超与他观念很不同，有一天清晨，郗超去向郗愔请安。按照他们家的规矩，后辈不能坐着。于是郗超站着跟父亲说了好一会儿，终于把话题牵到了钱财方面。郗愔说："你只是想要我的钱而已！"于是打开钱库一天，让儿子任意取用。郗愔起先以为郗超最多花掉几百万，谁知他竟然在一日之中把钱财赠予亲朋好友，差不多分完了。郗愔听说后，惊讶叹息，不能自已。

评 析

过分的挥霍是奢侈，过分的俭吝则是贪鄙，而在两者之间的，则是慷慨。如何看待财富取决于每个人的个性和观念，郗超在一天之内把钱财都分赠给亲友，显得比父亲潇洒多了。不过他的行为想必也只是对父亲的一种"反动"，而并非真的不知珍惜。

汰侈 第三十

1

石崇[1]每要客燕集，常令美人行酒；客饮酒不尽者，使黄门交[2]斩美人。王丞相与大将军[3]尝共诣崇。丞相素不能饮，辄自勉强，至于沉醉。每至大将军，固不饮以观其变，已斩三人，颜色如故，尚[4]不肯饮。丞相让[5]之，大将军曰："自杀伊家人，何预[6]卿事。"

注 释

① 石崇：字季伦，西晋文学家，祖籍渤海南皮（今属河北）。

② 交：依次。

③ 大将军：即王敦。

④ 尚：仍然。

⑤ 让：责备。

⑥ 预：相关。

译 文

石崇每次邀请客人举行宴会的时候，都要令美人劝酒。客人喝酒不能喝尽，就令仆役依次处死美人。一次，丞相王导和大将军王敦去拜访石崇。王导一向不善于喝酒，就勉强自己多饮，以致烂醉。每次轮到王敦的时候，他都坚持不喝，静观其变，劝酒的美人被杀了三个，他面不改色，依然不肯喝。王导责备他，他说："石崇自己杀自家的人，关你什么事儿！"

评 析

中国古代，奴仆姬妾本就常被当作没有生命的物品，可供交换、任意杀戮。所以石崇炫富本属他的自由，别人虽然反感，也不能横加指责。而最可怕的并非炫富，而是其对下人残暴、漠然的态度，冷酷狠毒的王敦也与他相似。王导的仁爱之心，相比之下便令人觉得可敬可感。

2

石崇厕常有十余婢侍列，皆丽服藻①饰，置甲煎粉、沉香汁②之属，无不毕备。又与新衣著令出。客多羞不能如厕。王大将军往，脱故衣，著新衣，神色傲然。群婢相谓曰：“此客必能作贼[3]。”

注释

① 藻：华美。

② 甲煎粉、沉香汁：前者是香粉，后者是香水，都是熏香。

③ 作贼：指造反、作乱。

译文

石崇家的厕所里常常有十几个丫头排着队侍候，都装束华贵、打扮艳丽。厕所中放着香粉、香水这类东西，十分齐备。又为客人准备了新衣服，让他们换上再出来。客人们大多不好意思上厕所。大将军王敦进去，脱旧衣，换新衣，神色傲慢。婢女们互相说：“这位客人一定能做叛贼。”

评析

细节常能反映一个人真实的性情，对于富贵之家的奢侈服务，寻常百姓往往感到受宠若惊，甚至惊慌失态。但王敦却能够以一种悍然霸气，盖过石崇的气焰。这种强势的性格，大约也是他作乱的因素之一吧。

3

武帝[1]尝降王武子家，武子供馔，并[2]用琉璃器。婢子百余人，皆绫罗绔䙝，以手擎饮食。烝㹠[3]肥美，异于常味。帝怪而问之。答曰：“以人乳饮[4]㹠。”帝甚不平，食未毕，便去。王[5]、石[6]所未知作。

注 释

① 武帝：晋武帝司马炎。

② 并：全都。

③ 㹠：通“豚”，猪。

④ 饮：给……喝。

⑤ 王：王恺。

⑥ 石：石崇。

译 文

晋武帝曾经到王济家里去。王济设宴侍奉，用的餐具全是琉璃做的。侍宴的丫鬟有一百多个，都穿着绫罗做的衣裤，用手托着食物。其中有一道蒸小猪肉，味道鲜美，和一般的不一样。武帝感到奇怪，就问王济是如何烹调而成。王济回答：“这是用人奶喂的小猪。”武帝心中非常愤慨不满，饭还没吃完便走了。连王恺、石崇也不懂得他的做法。

评 析

王济家的小猪在没被杀之前还是很幸福的，当然，对于提供乳汁的妇女来说，这种幸福或许就是一种屈辱了。也许对于她来说，能够以此维持生计已属不易，“屈辱”并非她所能够考虑的范畴，而这才是更深的悲哀。

5

石崇为客作豆粥，咄嗟[①]便办[②]。恒冬天得韭蓱齑[③]。又牛形状气力不胜王恺牛，而与恺出游，极晚发，争入洛城，崇牛数十步后，迅若飞禽，恺牛绝[④]走不能及。每以此三事为搤腕。乃密货崇帐下都督及御车人，问所以。都督曰：“豆至难煮，唯豫[⑤]作熟末，客至，作白粥以投之。韭蓱齑是捣韭根，杂以麦苗尔。”复问驭人牛所以驶[⑥]。驭人云：“牛本不迟，由将车人不及制之尔。急时听偏辕，则驶矣。”恺悉从之，遂争长。石崇后闻，皆杀告者。

注 释

① 咄嗟：呼应之间，即顷刻。

② 办：做成。

③ 韭蓱齑：韭根、麦苗捣成的腌菜，农历八月的时令菜，但冬日难得。

④ 绝：尽力。

⑤ 豫：事先准备。

⑥ 驶：快。

译 文

石崇为客人提供豆粥，顷刻之间就烧好。大冬天也总是有韭根、麦苗捣成的腌菜。他的牛无论形状、力气，都比不过王恺的牛，和王恺一同出游的时候，石崇晚出发，两人在进入洛阳城的路上争先后，石崇的牛走了数十步之后就像鸟儿一般轻快，王恺的牛尽力奔走也赶不上。王恺常对这三件事耿耿于怀，扼腕叹息，于是暗地里买通石崇手下的都督和车夫，向他们询问原因，都督说：“豆子是最难煮熟的，只有预先烧好，捣成豆末，客人来的时候，烧好白粥，把豆末放进去。而韭蓱虀，不过是把韭根捣碎，掺些麦苗而已。”王恺又向车夫询问牛跑得快的原因。车夫说：“那牛本来跑得不慢，只是驾车的人跟不上，反而牵制了它。牛急驰的时候，听任车辕偏在一旁，就跑得快了。”王恺全都照着办，终于占了上风。后来石崇听说此事，把告密者都杀了。

评 析

把精力花在斗富、置气上，实在没有必要。但在竞争中使用谋略，在某种程度上倒也是可取的。竞争就是博弈，如何根据对方的表现来变换自己的策略，这是非常值得思考的问题。在这个故事里，王恺就成功了，而故事中的都督与车夫，则不够聪明，不懂得长远地看问题，才终于招致杀身之祸。

8

石崇与王恺争豪，并穷绮丽，以饰舆服。武帝[①]，恺之甥也，每助恺。尝以一珊瑚树高二尺许赐恺。枝柯扶疏，世罕其比。恺以示崇；崇视讫[2]，以铁如意击之，应手[3]而碎。恺既惋惜，又以为疾己之宝，声色甚厉。崇曰：“不足恨[4]，今还卿。”乃命左右悉取珊瑚树，有三尺、四尺，条干绝世，光彩溢目者六七枚，如恺许[5]比[6]甚众。恺惘然自失。

注 释

① 武帝：晋武帝司马炎。司马炎的母亲文明皇后是王恺的姐姐。

② 讫：完毕。

③ 应手：随手。

④ 恨：遗憾。

⑤ 许：这样。

⑥ 比：类。

译 文

石崇和王恺斗富，两人都用尽了华美的东西去装饰自己的车马、服装。晋武帝司马炎是王恺的外甥，经常帮助王恺。曾赏赐他一棵两尺多高的珊瑚树，枝条纷披，世上罕见。王恺向石崇展示它，石崇看完，用铁如意一敲，珊瑚树随手而碎。王恺既觉得惋惜，又以为石崇妒忌自己的宝贝，便声色俱厉起来。石崇说：“这有什么好遗憾的？我现在就赔你！”于是叫侍者把自己的珊瑚树全拿出来，有三尺、四尺高的，枝干美丽无比，光彩夺目的有六七棵，像王恺那样的就更多了。王恺见后惘然若失。

评 析

晋武帝是西晋的开国君主。他早年励精图治，成就过“太康盛世”，可是后来很快变得骄奢淫逸，纵欲后宫，在这里便成了助长王恺气焰的帮凶。西晋王朝短暂的统一和平衡，便是在这种斗富竞奢的社会风气中渐渐产生危机的。

9

王武子被责，移第北邙[①]下。于时人多地贵，济好马射，买地作埒[②]，编钱匝地[③]竟[④]埒。时人号曰“金沟”。

注 释

① 北邙：山名，在今洛阳东北。

② 埒：矮墙，这里指马埒，即跑马射箭的场所，四周用矮墙围着。

③ 编钱匝地：用绳子把钱串起来，在地上铺满一圈。

④ 竟：从头到尾。

译 文

王济被晋武帝责罚后，迁居到北邙山下。当时那里人多、地价贵。王济喜欢骑马射箭，于是要买一块地，并用矮墙围起来，买这块地的钱用绳子串起来，可以围绕马场一圈。当时的人把这里叫作“金沟”。

评 析

这则故事简直完美地诠释了什么叫作财大气粗。任意挥霍当然不可取，但是王济负气买地，反而显示出率真的性情，远胜于王戎之徒。一味敛财，是不懂得如何运用财富的表现；而纵情一掷，虽然不免于冲动，却确实赢得了所爱的东西。

10

石崇每与王敦入学戏，见颜[①]、原[②]象而叹曰：“若与同升孔堂[③]，去人何必有间！”王曰：“不知余人云何，子贡去卿差[④]近。”石正色云：“士当令身名俱泰，何至以瓮牖[⑤]语人！”

注 释

① 颜：颜回。

② 原：原宪，孔子的弟子。

③ 孔堂：孔子的厅堂。

④ 差：大致。

⑤ 瓮牖（yǒu）：比喻贫困。原宪生活贫困，住处以破瓮为牖。牖，指窗户。

译 文

石崇常常和王敦一同到学校里去游玩，看见颜回、原宪的画像，石崇叹息说：“如果我和他们一起登上孔子的厅堂，我和他们

未必有什么距离。”王敦说：“别人怎样不知道，我觉得您和子贡挺像。”石崇正色说：“读书人应当生活舒适，名位安泰，何至于用安贫乐道的话去劝诫人！”

评 析

石崇认为读书人应当“身名俱泰”，是很有道理的。一直以来，安于清贫被认为是读书人的美德，但这其实是社会舆论施加的压力和道德桎梏。一个不能在经济上独立自主、只知在贫苦的环境中一味读书的人，实在谈不上懂得善待自己。而一个不能为读书人创造合适的环境、只知提倡“清贫”的美德的社会，也是一个不健康的社会。

忿狷第三十一

1

魏武有一妓，声最清高[①]，而性情酷恶[②]。欲杀则爱才，欲置则不堪。于是选百人，一时俱教。少时，果有一人声及之，便杀恶性者。

注释

① 清高：指声音清越悠远。

② 酷恶：特别坏。

译文

魏武帝曹操有个歌伎，歌声最为清越悠远，但性情却非常不好。曹操想杀她，却又爱惜她的歌唱技艺；想留下她，却又受不了她的脾气。于是挑选了一百名女子，同时训练她们的唱歌本领。不久发现果然有一名女子能赶上她，就把她杀了。

评析

曹操的残暴在历史上非常有名，已经不必多言。这则故事反映的另一个重点是才华和性情的关系，有才华是好的，但有才者往往在生活中并不得意，很大程度上是因为他们恃才傲物，或因为受到太多恭维而无法保持平常心态。如此，便难免养成“酷恶”的性情，并为之付出惨痛的代价。反之，许多普通人却在日常生活中培养出了坚韧、耐心、温柔、勇敢的性格，相比之下，这样的人更可爱。

2

王蓝田性急。尝食鸡子[①]，以箸[②]刺之，不得，便大怒，举以掷地。鸡子于地圆转[③]未止，仍[④]下地以屐齿碾之，又不得，瞋甚，复于地取内口中，啮破即吐之。王右军闻而大笑曰：“使安期[⑤]有此性，犹当[⑥]无一豪[⑦]可论，况蓝田邪？”

注释

① 鸡子：鸡蛋。

② 箸：筷子。

③ 圆转：滚动，转动。

④ 仍：跟着，接着。

⑤ 安期：即王承，王述的父亲。

⑥ 当：会。

⑦ 豪：通“毫”。“无一豪可论”为“一无可取”之意。

译文

蓝田侯王述性子急躁。有一次吃鸡蛋，用筷子夹，夹不起来，于是大怒，拿起鸡蛋丢在地上。鸡蛋在地上滚动不停，他也跟着从席上下地，用屐齿去踩，依然踩不到，王述怒极了，又从地上捡起鸡蛋放进嘴里，咬破壳就吐了出来。王羲之听说后大笑着说："假使是他老子王承，有这样的性格也一无可取，何况是王述！"

评 析

世上有这样吃鸡蛋的吗？其实是精妙的描写为日常景象增添了喜剧效果，抓住几个又气又急的动作，便带出了一连串的"动势"，将王述的急脾气刻画得如在目前。这是值得借鉴的写作技巧。

4

桓宣武与袁彦道①樗蒲。袁彦道齿②不合，遂厉色掷去五木③。温太真云："见袁生迁怒，知颜子为贵。"

注 释

① 袁彦道：即袁耽，字彦道。

② 齿：指骰子。

③ 五木：古代的博具。

译 文

桓温和袁耽玩掷骰子。袁耽掷出的点数不合心意，就神色愠怒地把博具给扔掉了。温峤说："看到小袁迁怒的样子，才知道颜回的可贵。”

评 析

不迁怒是一种难得的美德。遇到不顺利的时候，往往想要发泄，这本是人之常情。但不选择对象与方式，只能显示出自己的修养不足。而懂得不迁怒，则是自律的表现。只有具备一定的自我疏导、自我控制能力，在紧急关头懂得冷静，才能把握好自己的言行。这虽然是非常不容易达到的境界，却值得每一个普通人为了完善自己而为之努力。

5

谢无奕[①]性粗强[②]，以事不相得[③]，自往数王蓝田，肆言极骂。王正色面壁不敢动。半日谢去，良久，转头问左右小吏曰：“去未？”答云：“已去。”然后复坐。时人叹其性急而能有所容。

注 释

① 谢无奕：即谢奕，字无奕，陈郡阳夏(今河南太康)人。东晋大臣太常卿谢裒之子、太傅谢安长兄、车骑将军谢玄之父，曾为桓温幕府司马，官至安西将军、豫州刺史。

② 粗强：粗犷刚强。

③ 相得：满意。

译 文

谢奕秉性粗犷刚强。因为一件事不满意，就亲自跑到王述那里，口无遮拦，一顿大骂。王述正色面壁，一动不敢动。谢奕骂了半天才走，过了很久，王述问左右的小吏：“走了没？”答说：“走了。”这才回到原来的座位上。当时的人都赞叹他性子虽急，却能够包容别人。

评 析

性格如何，往往是由个人成长经历所决定的，因此脾气或急或慢，在不妨碍别人的情况下都无大碍。但一旦和别人接触，就需要顾及是否会伤害对方，谢奕就是不能够控制自己的人，而王述虽然对鸡蛋发过脾气，却懂得避免矛盾升级，因而也值得赞扬。

6

王令[1]诣谢公，值习凿齿[2]已在坐，当与并榻。王徙倚[3]不坐，公引之与对榻。去后，语胡儿曰：“子敬实自清立，但人为[4]尔多矜咳[5]，殊足损其自然。”

注 释

① 王令：王献之，曾任中书令，故称。

② 习凿齿：字彦威，东晋史学家、文学家，曾任桓温的主簿，后出任荥阳太守。

③ 徙倚：徘徊。

④ 人为：故意去做，刻意去做。

⑤ 矜咳：当作“矜硋（ài）”，矜持、固执之意。

译 文

王献之去拜访谢安，恰好习凿齿已经在座，本来两人应该并排而坐。但王献之徘徊着不肯坐下，谢安引导他坐在对面的坐榻上。王献之离开后，谢安对谢朗说：“王献之确实清高自立，只是故意这么做，有些矜持固执，这太有损于自然了。”

评 析

人应当拥有平和朴实的态度。王献之不愿意与习凿齿同坐，表现出清高的态度。在谢安眼里，即使是当今被认为是大书法家的王献之，也存在诸多缺点。在生活中，我们要发扬谦虚平和的态度，平等对待周围的人。

8

桓南郡小儿时，与诸从兄弟各养鹅共斗。南郡鹅每不如，甚以为忿。乃夜往鹅栏间，取诸兄弟鹅悉杀之。既晓，家人咸以惊骇，云是变怪[①]，以白[②]车骑。车骑[③]曰：“无所致怪，当是南郡戏耳！”问，果如之。

注释

① 变怪：异变，怪事。

② 白：问明白。

③ 车骑：车骑将军，桓冲。

译文

桓玄小时候与诸位兄弟养鹅，以用来斗鹅。桓玄每次都不如几个兄弟，甚为生气。于是半夜之时到鹅栏之内，把其他人的鹅都杀死。这件事被家里人知道后，大家都比较惊骇，以为有神鬼之事发生，后来问车骑将军桓冲，被告之说：“没有发生怪异之事，只是桓玄的恶作剧而已。”问了桓玄之后，果然如此。

评析

输赢不重要，重要的是过程。桓玄小时候急于成功，不择手段，却不知享受斗鹅比赛的过程。此篇告诫我们要放平心态，合理竞争，才能真正享受其中的乐趣。

谗险 第三十二

2

袁悦有口才，能短长说①，亦有精理。始作谢玄参军，颇被礼遇。后丁艰，服除还都，唯赍②战国策而已。语人曰：“少年时读论语、老子，又看庄、易，此皆是病痛事，当何所益邪？天下要物，正有战国策。”既下③，说司马孝文王，大见亲待，几乱机轴，俄而见诛。

注释

① 短长说：战国时期合纵连横的学说。

② 赍（jī）：带着。

③ 既下：指到达建康之后。

译文

袁悦有口才，擅长战国纵横家的合纵连横之说，道理也很精辟。起先在谢玄手下任参军，颇受器重。后来逢父母之丧，回家守孝，三年期满，要回都城建康的时候，只带了一部《战国策》。他对别人说：“少年时读《论语》《老子》，又读《庄子》《周易》，这些写的都是小事情，有什么益处呢？天下最重要的东西，只有《战国策》。”到了建康以后，他游说孝文王司马道子，得到了莫大的信任，几乎扰乱了整个朝廷秩序，不久就被杀了。

评 析

晋孝武帝时，袁悦以其纵横之说得到了会稽王司马道子的信任，他撺掇司马道子专揽朝政，王恭向孝武帝告发了此事。后来袁悦在孝武帝面前盛赞中书令王国宝，而王国宝又是司马道子的亲信。其时孝武帝对司马道子已渐无信任，迁怒于袁悦，便把他杀了。所以所谓“纵横家”，有时做的就是一场投机倒把的赌博，赌赢了固然风光，输了就必须面对惨淡的下场。

3

孝武甚亲敬王国宝[1]、王雅。雅荐王珣于帝，帝欲见之。尝夜与国宝、雅相对，帝微有酒色，令唤珣，垂[2]至，已闻卒传声[3]，国宝自知才出珣下，恐倾夺要宠，因曰：“王珣当今名流，陛下不宜有酒色见之，自可别诏也。”帝然[4]其言，心以为忠，遂不见珣。

注释

① 王国宝：王坦之之子，谢安的女婿。

② 垂：将要。

③ 卒传声：士兵传呼之声。

④ 然：以……为正确。

译文

晋孝武帝对王国宝和王雅二人非常亲近与信赖。王雅向孝武帝推荐王珣，孝武帝也很想见见。某天夜里，孝武帝与王国宝、王雅对坐喝酒，孝武帝微醉时，命令召王珣前来。在王珣将要到达、都能够听到士兵的传唤时，王国宝知道自己才能不及王珣，害怕日后被他夺宠，就对皇帝说："王珣是当今的名流，皇上不应该喝酒之后见他，可以之后另找时机召见。"孝武帝觉得王国宝言之有理，心中还认为他忠心无比，于是就没有见王珣。

评析

王国宝由于玩弄权术，权倾朝野，在历史上很是出名。他与司马道子二人，在晋安帝在位期间掌控朝政又贪纵聚敛。至隆安年间，王恭、殷仲堪等起兵反抗，为平息民怨，司马道子将王国宝处死。正所谓物极必反，可见过分追求与沉醉在权力、财富和名望中不可自拔，终会走向灭亡。

4

王绪[1]数谗殷荆州于王国宝，殷甚患之，求术于王东亭。曰：“卿但数诣王绪，往辄屏人，因论它事。如此，则二王之好[2]离矣。”殷从之。国宝见王绪，问曰：“比[3]与仲堪屏人何所道？”绪云：“故是常往来，无它所论。”国宝谓绪于己有隐，果情好日疏，谗言以息。

注 释

① 王绪：字仲业，王国宝堂弟，会稽王司马道子心腹。

② 好：感情。

③ 比：近来。

译 文

王绪总是在王国宝面前出言中伤荆州刺史殷仲堪，殷仲堪对此很是苦恼，于是就找东亭侯王珣想办法。王珣说：“你只要经常去王绪那里，然后支开旁人和王绪闲谈，这样二王的交情就会疏远。”殷仲堪照办。有一次，王国宝见到王绪，问：“你最近背着旁人跟殷仲堪聊什么？”王绪说：“本就是普通交往，没说什么其他的。”王国宝觉得王绪一定有事瞒着自己，两人之间的感情果然日渐疏远，谗言也因此平息下来。

评 析

准确洞察他人的想法是获取成功重要的一步，无论对方是敌是友。

王珣深知像王国宝这样的玩弄权术之辈，一定多疑又敏感，便设这无中生有的局，于是助殷仲堪解决了苦恼，而二王也因此疏远了交情。钩心斗角并无可取之处，懂得分析人情与事态，能够针对具体的局面来想办法解决问题，却是办好很多事的关键一步。

尤悔第三十三

1

魏文帝忌弟任城王[①]骁壮。因在卞太后阁共围棋，并啖枣，文帝以毒置诸枣蒂中。自选可食者而进，王弗悟，遂杂进之。既中毒，太后索水救之。帝预敕左右毁瓶罐，太后徒跣趋井，无以汲。须臾，遂卒。复欲害东阿，太后曰：“汝已杀我任城，不得复杀我东阿！”

注 释

① 任城王：曹彰，字子文，卞太后第二子，封任城王，故称。

译 文

魏文帝曹丕忌惮他的弟弟任城王曹彰骁勇强壮，就趁两人一起在卞太后阁中下围棋、吃枣的时候，把毒放在许多枣的枣蒂里，自己挑无毒的吃。任城王不知道，于是吃了有毒的枣。中毒之后，太后想要用水来救他。但曹丕预先命令手下们毁坏了可盛水的瓶罐等。太后赤着脚跑到井边，却没有工具可以汲水。没过一会儿，任城王就死了。曹丕后来又想杀害东阿王曹植，太后说：“你已经杀死了我的任城王，不许再杀我的东阿王了！”

评 析

位高权重、养尊处优之人其实也承受着无比巨大的压力和痛苦，而且很多时候，这种压力和痛苦与自己所拥有的地位和权力成正比。为当帝王，不得不手足相残；为保江山，母亲眼见儿子们互相残杀，这都是可悲的事实。不过，曹植被封“东阿王”应当是曹丕死后三年之事。这里卞太后称其为“东阿”，是作者的疏忽。

2

王浑后妻，琅邪颜氏女。王时为徐州刺史，交礼拜讫，王将答拜，观者咸曰：“王侯州将[1]，新妇州民，恐无由答拜。”王乃止。武子以其父不答拜，不成礼，恐非夫妇；不为之拜，谓为颜妾。颜氏耻之。以其门贵，终不敢离。

注 释

① 王侯州将：王浑，曾为西晋初大臣，袭父爵为京陵侯，又任扬烈将军、徐州刺史，故称王侯，又称州将。

译 文

王浑续弦的妻子，是琅邪颜家的女儿。举行婚礼时，王浑任徐州刺史，行交拜礼时，王浑正要答拜，观礼的人都说：“新郎是一州之主，新娘是州中的百姓，恐怕没有答拜的道理吧。”于是王浑便没有答拜。王济因为父亲没有行答拜礼，认为婚礼未成，也就不算是夫妻，所以也不拜后母，称她为颜妾，颜氏为此深感耻辱。因为王家的门第高贵，终究也没敢离婚。

评 析

约定俗成的传统总是对人们的行为习惯产生深刻的影响。魏晋时期虽然力主反对礼教束缚，但民众的眼光与想法却不得不顾及。所以，对于王浑、王济父子的行为，也不能完全站在后人的立场去批判，应当考虑到当时的历史环境，毕竟任何人都无法脱离自己切身所处的时代与环境。

4

刘琨善能招延，而拙于抚御。一日虽有数千人归投，其逃散而去亦复如此。所以卒无所建。

译 文

刘琨非常善于招募人才，却不善于安抚驾驭他们。虽然每天都会有数千人归顺投靠，可是逃跑离散的人也有这么多。所以他最终也没有什么建树。

评 析

世上没有十全十美的人，品行、能力也是各有不同。面对自身的优势和不足，应当取长补短，善于发扬自己的特长，同时不断弥补自己的短处。刘琨善于招募人才，就应当与他人建立合作关系，以此来弥补自己在安抚驾驭以及运用有才之士方面的缺陷，这样才能取得更大的成果，为自己及投靠他的人们建立起更优秀的事业。

6

王大将军起事[①]，丞相兄弟[②]诣阙谢。周侯深忧诸王，始入，甚有忧色。丞相呼周侯曰："百口委卿！"周直过不应。既入，苦相存救[③]。既释，周大说，饮酒。及出，诸王故在门。周曰："今年杀诸贼奴[④]，当取金印如斗大系肘后。"大将军至石头，问丞相曰："周侯可为三公[⑤]不？"丞相不答。又问："可为尚书令不？"又不应。因云："如此，唯当杀之耳！"复默然。逮[⑥]周侯被害，丞相后知周侯救己，叹曰："我不杀周侯，周侯由我而死。幽冥中负此人！"

注 释

① 起事：王敦是丞相王导的堂兄。东晋永昌元年（322），王敦以诛杀刘隗为名在武昌起兵，直下建康。刘隗劝晋元帝杀王氏，王导当时每天带着同宗族人到朝廷待罪。

② 丞相兄弟：指王导及族兄弟等人。

③ 存救：保护，挽救。

④ 贼奴：叛贼。

⑤ 三公：古代辅佐帝王的最高大臣。晋以太尉、司徒、司空为三公。

⑥ 逮：等到。

译文

大将军王敦起兵作乱，丞相王导及其族兄弟，为自己的堂兄弟而到朝廷请罪。武城侯周顗对王家人的安危深感担忧。他进宫时，脸上为此带着忧虑的神色。王导叫住周顗，说：“我们家族几百口人的性命，都拜托您了！”周顗径直走过，没有回应。进宫以后，他竭力向皇帝求情以挽救王家人。皇帝答应赦免后，周顗极为高兴，喝起酒来。等出宫时，王导及其族兄弟仍然在门口。周顗说：“今年消灭了乱臣贼子，定能将斗大的金印挂在胳膊上。”王敦攻入石头城，问王导：“周顗能够做三公吗？”王导不回答。又问：“可以做尚书令吗？”王导又不回答。于是王敦说：“既然如此，那只有杀了他！”王导还是默不作声。等到周顗被杀后，王导才知道他救过自己全族性命，叹息着说：“虽然不是我杀了周顗，周顗却是因我而死的，冥冥中还是负了他啊！”

评析

周顗心存善意、宅心仁厚，救人而不宣于口。但由于不图回报的广阔胸怀，或者说为避免嫌隙遭疑，因而没有对王导说明实际情况，后因王导的自保心态和不知情，枉然被杀，实在遗憾！纵观事件始末，周顗和王导似乎都没有错，又似乎都有过失。周顗若采用一种更正确的方式或者坦荡的态度，就有可能避免一场杀身之祸；王导若不是只求自保而未去了解获救始末，可能也不必在歉疚中度过一生了。而这一切，都只是一言之差。政坛本就险象环生、风雨飘摇，不管怎样选择立场都不知会走向怎样的结局，令人唏嘘！

8

王大将军于众坐中曰："诸周[1]由来未有作三公者。"有人答曰："唯周侯邑五马领头而不克。"大将军曰："我与周，洛下[2]相遇，一面顿尽[3]。值世纷纭，遂至于此！"因为流涕。

注 释

① 诸周：指周顗一族。

② 洛下：洛阳。

③ 一面顿尽：指初次见面就无话不谈。

译 文

大将军王敦对众人说："周顗一族中从来没有人位至三公。"有人回答说："只有周顗已经拥有五个筹码，将要晋升，却没有成功。"大将军说："我和周顗在洛阳初次见面的时候，就无话不谈。等到世事动乱，就变成了今天这样的结局！"因而流下泪来。

评 析

据《晋书》本传记载，周顗被害时曾经路过太庙，感慨地说："天地先帝之灵，贼臣王敦倾覆社稷，枉杀忠臣，陵虐天下，神祇有灵，当速杀敦，无令纵毒，以倾王室。"话音未落，左右差役便用戟戳其口，血流满地，而周顗面不改色、神情自若。由此可见，即使周顗曾挽救过丞相王导一族的性命，但对王敦仍然是深恶痛绝的。那么，王敦所言"一面顿尽"等说辞很可能是为了美化自己杀害周顗的事实，所谓“值事纷纭”更是有此含义。

10

庾公[1]欲起周子南，子南执辞愈固。庾每诣周，庾从南门入，周从后门出。庾尝一往奄[2]至，周不及去，相对终日。庾从[3]周索食，周出蔬食，庾亦强饭，极欢；并语世故[4]，约相推引，同佐世之任。既仕，至将军二千石，而不称意。中宵[5]慨然曰：“大丈夫乃[6]为庾元规所卖！”一叹，遂发背[7]而卒。

注 释

① 庾公：指庾亮。

② 奄：突然。

③ 从：向。

④ 世故：这里指时局。

⑤ 中宵：半夜。

⑥ 乃：竟然。

⑦ 发背：痈疽生于脊背部位。

译文

庾亮想要起用周子南，周子南却一再执意推辞，而且越来越坚决。庾亮每次去拜访周子南，庾亮从南门进，周子南就从北门出。有一次，庾亮突然来到周家，周子南来不及避开，只好陪着客人坐了一天。庾亮向周子南要吃的，周子南就拿出粗茶淡饭，庾亮也强作欢颜，吃得很香。两人谈论时局，约定推荐周子南做官，共同担当辅佐国家的重任。周子南出仕以后，一直做到了将军之位，俸禄二千石，却并不得志。半夜感慨道："我堂堂一个大丈夫却被庾亮卖了！"叹息一声。后来得了背疮而离世。

评析

庾亮在征用贤人方面是一个很好的典范，极其讲究策略，懂得制造见面机会，并且能够坚持；见面之后能够制造谈话时机，并且可以很好地控制情绪，保持宽容与谦逊，这些都是最终让周子南妥协的重要因素。但周子南却没有坚持自己的立场，明确自己的人生目标，最终即使出仕也没有达到自己的预期，然后郁郁寡欢，在两难的境地里，将自己生活的不幸归咎于庾亮，令人惋惜。

11

阮思旷奉大法[①]，敬信甚至[②]。大儿年未弱冠，忽被笃疾。儿既[③]是偏所爱重，为之祈请三宝[④]，昼夜不懈。谓至诚有感者，必当蒙佑。而儿遂不济。于是结恨释氏[⑤]，宿命都除。

注释

① 大法：佛教。

② 甚至：很虔诚。

③ 既：本来。

④ 三宝：佛教以佛、法、僧为三宝。

⑤ 释氏：指佛教。佛教信奉释迦牟尼，省称释迦氏。

译文

阮裕信奉佛教，而且虔诚无比。他的大儿子还不到二十岁的时候，忽然得了重病。这孩子本来就是阮裕特别偏爱的，因此为他向佛祷告，昼夜不停。阮裕以为自己的一片至诚定能感动佛祖，孩子一定会得到保佑。但孩子最终却没能活下来。于是阮裕从此对佛祖怀恨在心，彻底抛弃了宿命论。

评析

信仰原本应当使人获得内心的安宁以及道德的自律，但有些信徒只是希望通过信仰满足自己的一些愿望和意图，显得十分愚昧和贪鄙。

14

谢太傅于东船行，小人[1]引船，或迟或速，或停或待，又放船从横，撞人触岸。公初[2]不呵谴。人谓公常无嗔喜[3]。曾送兄征西[4]葬还，日暮雨驶[5]，小人皆醉，不可处分[6]。公乃于车中，手取车柱撞驭人[7]，声色甚厉。夫以水性沉柔，入隘奔激。方[8]之人情，固知迫隘之地，无得[9]保其夷粹。

注释

① 小人：仆人。

② 初：完全。

③ 嗔喜：偏义副词，指发怒。

④ 征西：谢奕，曾任征西将军，故称。

⑤ 驶：急。

⑥ 处分：安排。

⑦ 驭人：车夫。

⑧ 方：相比。

⑨ 无得：不能够。

译文

谢安在会稽有一次坐船前行，奴仆牵着船，有时慢，有时快，有时停下，有时等候，又放任船只随意漂荡，导致撞人又碰到岸边。谢安完全不呵斥谴责，人们都认为他没有发怒的时候。有一次，谢安为哥哥征西将军谢奕送葬回来，正赶上傍晚雨急，赶车的人都喝醉了，无法安排。谢安于是从车中拿了车柱来捅驾车的人，声色俱厉。就像水性本来是沉静柔和的，但一流入狭窄的地方便奔腾激荡。人的性情正与水相似，一旦陷入紧急时刻或困境之中，就再也不会保持自己平和、纯正的状态。

评 析

谢安原本就是性子雍容娴雅的翩翩君子，但越是这样的人，在作色之时就越是凛然。游玩之时不与仆人计较，一来是宽容体谅，二来也可能是不屑计较。但事有轻重缓急，送葬归来的谢安心情是何等沉重苦悲，怎能平静面对仆人的失误？人的性情即使如水，也是有急有缓的，谢安纵然君子风度也难免受负面情绪的影响。

15

简文见田稻不识，问是何草？左右答是稻。简文还，三日不出，云：“宁有赖其末而不识其本[①]？”

注 释

① 本：指禾苗。

译 文

简文帝司马昱看到田里的水稻却不认识，就问这是什么草。身边的随从回答说是稻子。简文帝回去以后，三天不好意思出门，说：“哪有吃米饭却不认识水稻的？”

评 析

帝王身处宫闱，五谷不分也是常情，但简文帝的知耻却是难能可贵的。知耻是人保有尊严的基础，但面对耻辱却也需要很大的勇气。

纰漏第三十四

1

王敦初尚主，如厕，见漆箱盛干枣，本以塞鼻，王谓厕上亦下果[①]，食遂至尽。既还，婢擎金澡盘盛水，琉璃碗盛澡豆，因倒著[②]水中而饮之，谓是干饭。群婢莫不掩口而笑之。

注 释

① 下果：指陈设果物。

② 著：加入。

译 文

王敦刚与舞阳公主结婚时，有一次上厕所，看到漆箱中放着干枣，这些干枣本是用来塞鼻孔的，王敦却以为厕所中也摆设着果子，于是就全都吃完了。出来之后，看到婢女端着盛水的金澡盘和装澡豆的玻璃碗，便把豆子倒在盆中喝了，以为是干饭。众婢女没有不掩着嘴笑话他的。

评 析

人们都渴望过上富贵的生活，正所谓“富与贵是人之所欲也”。

然而“富”容易，只要达到一定的物质条件即可，“贵”却难，因为这指的是精神上的雍容脱俗。只有在物质层面达到富裕之后，进而不断提高自己的素质，学习知识时亦注重仪态，才能做到名副其实的“富贵”。

2

元皇[①]初见贺司空，言及吴时事，问：“孙皓[②]烧锯截一贺头，是谁？”司空未得言，元皇自忆曰：“是贺劭。”司空流涕曰：“臣父遭遇无道，创巨痛深，无以仰答明诏。”元皇愧惭，三日不出。

注 释

① 元皇：晋元帝司马睿。

② 孙皓：三国时吴国最后一个君主，因中书令贺劭上书劝谏，便锯断贺劭的头。

译 文

晋元帝第一次召见司空贺循，谈论到吴国的事情，便问：“孙皓烧红了锯子后，锯下一个姓贺之人的头颅，这个人是谁？”贺循没有回答，元帝自己想起来，说：“是贺劭。”贺循流着泪说：“臣的父亲碰上无道昏君，创痛深重，无法回答陛下英明的问话。”元帝很羞愧，三天没有出门。

评析

位高权重之人的问题往往需要睿智的回答，但当触及伤痛的时候，无论地位何等悬殊也难免无言以对。所以在交流中应注意场合与说话对象等，以避免伤人或出现尴尬的场景。

3

蔡司徒[1]渡江，见彭蜞[2]，大喜曰：“蟹有八足，加以二螯。”令烹之。既食，吐下[3]委顿，方知非蟹。后向谢仁祖说此事，谢曰：“卿读尔雅不熟，几为劝学死。”

注释

① 蔡司徒：即蔡谟，字道明，陈留考城(今河南民权)人，卒赠司徒，故称。

② 彭蜞：蟹的一种，体小少肉。

③ 吐下：上吐下泻。

译文

司徒蔡谟渡江时，见到彭蜞，非常高兴地说：“螃蟹有八只脚，加上两个夹钳。”叫人煮来吃。吃完以后，上吐下泻，精神疲困，这才知道不是螃蟹。后来他向谢尚说起这件事，谢尚说：“你读《尔雅》读得不熟，差点被《劝学》害死。”

评 析

古人云“尽信书则不如无书”，蔡谟正是如此按图索骥便闹了笑话。但知识是无穷无尽的，我们常常无法做到面面俱细、事事精通，正如蔡谟熟知《劝学》却不解《尔雅》。当然谢尚的揶揄也是值得称赞的，文雅诙谐而又不伤人自尊。

4

任育长[1]年少时，甚有令名。武帝崩，选百二十挽郎，一时之秀彦，育长亦在其中。王安丰选女婿，从挽郎[2]搜其胜者，且择取四人，任犹在其中。童少时神明可爱，时人谓育长影亦好。自过江，便失志。王丞相请先度时贤共至石头迎之，犹作畴日相待，一见便觉有异。坐席竟，下饮，便问人云：“此为茶？为茗？”觉有异色，乃自申明云：“向问饮为热为冷耳。”尝行从棺邸下度，流涕悲哀。王丞相闻之曰：“此是有情痴。”

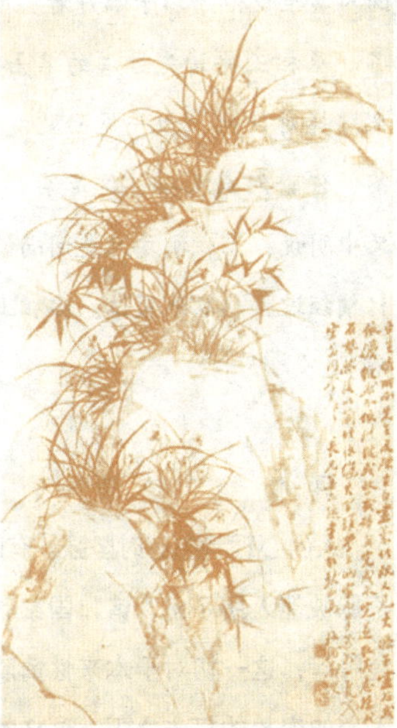

注释

① 任育长：任瞻，字育长，曾任仆射、都尉、天门太守。

② 挽郎：拉棺材、唱挽歌的青年。

译文

任瞻年轻时就美名在外。晋武帝司马炎驾崩的时候，要挑选一百二十个牵引灵柩、唱挽歌的人，都是当时杰出的青年，任瞻也在其中。安丰侯王戎要挑选女婿，就想从这一百二十个人中选取最好的，只挑出了四个，其中也有任瞻。任瞻从小就聪明可爱，当时的人甚至说他的影子都好看。可他自从过江之后，就开始变得糊涂了。丞相王导请先过江的名士一起到石头城迎接他，并且仍像原来那样对待他，但一见面就发觉任瞻与过去大不相同。入座后上茶，任瞻问别人："这是茶，还是茗？"发觉众人神色不对，就又申明说："我刚才只是问喝的是冷茶还是热茶。"任瞻曾经从棺材铺经过，悲哀地哭泣。丞相王导听闻后说："这真是一个有情的痴人。"

评析

人的心理状态有时坚强，有时脆弱，而这其中的过程和原因却并不能被他人所了解，诸如国家动乱、朝政变化、民生凋零、人命安危等等，这一切对于本来性情清雅的任瞻而言，是难以接受的。在无端的变故的打击之下，这样的有志之士难免会变得"失志"，对世事充满困惑。若非如此，经过棺材铺时，任瞻何以悲哀哭泣呢?想来是因为对生命的消逝与世事的无常的无限感慨。

8

王大[①]丧后，朝论或云："国宝应作荆州。"国宝主簿夜函白事，云："荆州事已行。"国宝大喜，而夜[②]开阁，唤纲纪话势，虽不及作荆州，而意色甚恬。晓遣参[③]问，都无此事。即唤主簿数之曰："卿何以误人事邪？"

注 释

① 王大：王忱，卒于官。会稽王司马道子想让王国宝代替他，孝武帝却任用殷仲堪。

② 而夜：一本作"其夜"。

③ 参：检查。

译 文

王忱死后，朝廷中有些人议论说："王国宝应该出任荆州刺史。"王国宝的主簿有天夜里封好了一份报告送上来，说："荆州的事已经实现了。"王国宝非常高兴，当夜打开侧门叫主簿进来谈论情势问题，虽然没有说到出任荆州刺史的事，可是神情态度很安适。天亮之后，又派人去验证打探，结果却完全没有这回事。王国宝立即叫来主簿并数落他，说："你怎么耽误人家的事情呢！"

评 析

这一则故事告诉我们，做人做事都要谨慎而为之，切不可冲动行事或者做事疏忽不尽责，无论大小事宜，都要以端正的态度对待。

惑溺第三十五

1

魏甄后[①]惠而有色，先为袁熙[②]妻，甚获宠。曹公之屠邺也，令疾召甄，左右白："五官中郎[③]已将去。"公曰："今年破贼，正为奴。"

注 释

① 魏甄后：魏文帝的皇后，姓甄。

② 袁熙：袁绍次子。

③ 五官中郎：曹丕时任五官中郎，故称。

译 文

魏文帝的皇后甄氏聪明贤惠而又美丽动人，她本是袁熙的妻子，很受袁熙宠爱。曹操攻破邺城以后，命令立刻召见甄氏，随从禀告说："五官中郎曹丕已经把她带走了。"曹操说："今年大败敌人，正是为了曹丕这小子。"

评 析

以曹操的宏图大志，绝不可能为了给自己的儿子添个贤惠美丽的媳妇儿才攻城略地。纵览文意，应当是曹操本人对甄氏有所意图，但在儿子抢先之后也不好与他争抢，所以有所托词。可见曹操城府很深，也足以说明甄氏的魅力确实令众英雄倾倒。

2

荀奉倩[①]与妇至笃，冬月妇病热，乃出中庭自取冷，还以身熨之。妇亡，奉倩后少时亦卒。以是获讥于世。奉倩曰："妇人德不足称，当以色为主。"裴令[②]闻之，曰："此乃是兴到之事，非盛德言，冀后人未昧[③]此语。"

注 释

① 荀奉倩：荀粲。

② 裴令：裴楷，曾任中书令，故称。

③ 昧：误解。

译 文

荀粲和他的妻子感情非常深厚，冬天妻子发烧体热，他就自己跑到院子里受凉，然后回到房里用身体紧贴着妻子帮她降温。妻子死后不久，他也死了。因此被世人讥讽。荀粲曾说过："女子的品德是不值得称道的，应当以姿色为主。"中书令裴楷听说这句话后，说："这只是他兴之所至才说的，不是德行高尚的人该说的话，希望后人不要被这句话误导了。"

评 析

在夫行妇随的封建时代，荀粲能够对妻子如此情深义重、体贴亲切，是难能可贵的，两人也因此成了夫妻恩爱的典范。虽然荀粲说了这样一番言论，导致众人有些断章取义地理解他，但这也丝毫不影响其夫妻情深的事实。

5

韩寿①美姿容，贾充辟以为掾。充每聚会，贾女②于青琐中看，见寿，说之，恒怀存想，发于吟咏。后婢往寿家，具述如此，并言女光丽。寿闻之心动，遂请婢潜修音问。及期往宿。寿趫捷绝人，逾墙而入，家中莫知。自是充觉女盛自拂拭，说畅有异于常。后会诸吏，闻寿有奇香之气，是外国所贡，一著人则历月不歇。充计武帝唯赐己及陈骞，余家无此香，疑寿与女通，而垣墙重密，门（造字门里合）急峻，何由得尔？乃托言有盗，令人修墙。使反，曰："其余无异，唯东北角如有人迹，而墙高非人所逾。"充乃取女左右婢考问。即以状对。充秘之，以女妻寿。

注 释

① 韩寿：字德真，南阳(今河南方坡)人，官至散骑常侍、河南尹。

② 贾女：贾充之女。

译文

韩寿的相貌很美，贾充聘他来做属官。贾充每次会集宾客，他的女儿都会从锁孔里悄悄向外张望，见到韩寿，就欢喜了，心里常常想念着他，并且在咏唱中表露出来。后来她的婢女去韩寿家里，便把这些情况都一一说了，并说贾女也是相貌艳丽夺目。韩寿听了之后很是心动，就托这个婢女暗中传递音信。此后，到了约定的日期就到贾女那里过夜。韩寿动作迅速、身手不凡，跳墙进去，贾家没有一个人知道。从此以后，贾充发觉女儿越发用心修饰打扮，心情欢畅，不同平常。后来贾充会见下属，闻到韩寿身上有一股奇异的香气，这是外国的贡品，一旦沾到身上，香味几个月也不会消散。贾充思量着晋武帝只把这种香料赏赐给自己和陈骞，其余人家没有，就开始怀疑韩寿和女儿私通。但是围墙重叠严密，门户又严紧高大，韩寿是怎么做到的呢？于是借口有小偷，派人去修理围墙。派去的人回来禀告说："其他地方都没有什么异常，只是东北角好像有人跨过的痕迹，可是围墙很高，并不是常人能够跨过去的。"贾充就把女儿身边的婢女叫来拷问，婢女如实交代了。贾充秘而不宣，把女儿嫁给了韩寿。

评析

韩寿与贾充的女儿花前月下、私订终身，充满了传奇与浪漫主义色彩，最终结得良缘。后来，韩寿偷香的这一典故就成了偷情的代名词，和相如窃玉、张敞画眉、沈约瘦腰合称古代四大风流韵事。

6

王安丰妇，常卿[①]安丰。安丰曰：“妇人卿婿，于礼为不敬，后勿复尔。”妇曰：“亲卿爱卿，是以卿卿；我不卿卿，谁当卿卿？”遂恒听之。

注释

① 卿：称安丰为卿，亲热而不拘礼法。

译文

安丰侯王戎的妻子常常称王戎为卿。王戎说：“妻子称丈夫为卿，在礼节上是属于不敬的，以后就不要再这样称呼了。”妻子说：“与你亲近，又对你充满爱意，所以才将你称作卿；我不将你称作卿，还有谁能将你称作卿？”于是，王戎也就索性任她这样称呼。

评析

王戎的妻子显然是一位招人喜爱而娇俏可喜的女子，君子得此妙人已无憾。她对丈夫妙语连珠，似有娇嗔却又有理有据，可见其对丈夫的爱意，而王戎“遂恒听之”，又何尝不是对娇妻的怜爱。后世所云“卿卿我我”即出于此，形容夫妻或相爱的男女十分亲昵。

仇隙　第三十六

1

孙秀[1]既恨石崇不与绿珠，又憾潘岳昔遇之不以礼。后秀为中书令。岳省内见之，因唤曰：“孙令，忆畴昔[2]周旋不？”秀曰：“中心藏之，何日忘之？”岳于是始知必不免。后收石崇、欧阳坚石，同日收岳。石先送市，亦不相知。潘后至，石谓潘曰：“安仁，卿亦复尔邪？”潘曰：“可谓‘白首同所归’。”潘金谷集诗云：“投分寄石友，白首同所归。”乃成其谶[3]。

注 释

① 孙秀：字俊忠，琅邪人。

② 畴昔：往昔。

③ 谶：预兆，预言。

译 文

孙秀怨恨石崇不把绿珠送给他，又怨潘岳过去见面时对他不够礼敬。后来孙秀做到中书令，潘岳在中书省内遇到他，因而叫住他问：“孙令，还记得我们昔日的交情吗?”孙秀回答说：“我在心中深深记着呢，怎么会忘记呢？”于是潘岳便知道自己必定不能免于

灾祸了。后来孙秀在逮捕石崇、欧阳坚石的同一天，也把潘岳抓起来了。石崇先被送到刑场，并不知道潘岳也被捕了。潘岳后到，石崇就对他说："潘岳啊，你最终也这样了吗?"潘岳说："这大概就叫作'白首同所归'了吧。"潘岳在金谷园集会时所作的诗中曾有"投分寄石友，白首同所归"的句子，竟然就这样一语成谶。

评 析

正所谓"宁犯君子，不拂小人"。孙秀原本只是司马伦手下的一个小吏，参与谋划废太子、杀皇后、登帝位等一系列政事，小人得志，致使天下大乱。孙秀生性贪残污秽，睚眦必报，得不到绿珠，就围攻石崇，致使绿珠跳楼自杀，成语"绿珠坠楼"就出自这里。

至于潘岳，孙秀诬陷他和石崇追随淮南王等作乱，导致其被株连三族。成语"白首同归"即出自潘岳临刑时所引述的诗，本指一直到头发白了，志趣依然相投，形容友谊长久，始终不渝，后用以表示老人同时去世。

2

刘屿兄弟①少时为王恺所憎，尝召二人宿，欲默除之。令作坑，坑毕，垂加害矣。石崇素与玙、琨善，闻就恺宿，知当有变，便夜往诣恺，问二刘所在。恺卒迫不得讳，答云："在后斋中眠。"石便径入，自牵出，同车而去。语曰："少年，何以轻就人宿？"

注 释

① 刘屿兄弟：指刘屿、刘琨兄弟。

译 文

刘屿、刘琨兄弟少年时为王恺所憎恨。王恺曾经邀请他们留宿，想要暗中除掉他们。他命手下人挖坑，坑挖好后，就想动手加害。石崇一向和刘氏兄弟的关系很好，听说二人到王恺家夜宿，就知道要发生变故，于是连夜到王恺家中拜访，问刘氏兄弟身在何处。王恺仓促窘迫，无法隐瞒，便回答："他们在后面斋中睡觉。"石崇于是径直走进去，亲自把二人带出来，一同坐车走了。石崇对刘氏兄弟说："年轻人，怎么能这样轻率地到别人家里过夜呢？"

评 析

涉世未深的少年天真而又稚嫩，却遭遇恶人而差点送了性命。王恺的处心积虑和毒辣手段令人胆战心惊，好在有侠义的石崇出手相救。虽然世间并非完全都是险恶之地，但老话说"害人之心不可有，防人之心不可无"，要不断地历练，做一个有智慧、明善恶，并且正派坦荡的人。这并非一朝一夕可就，需要对生活和人事进行仔细观察和总结，可以成为一个人长期努力的方向。

3

王大将军执司马愍王，夜遣世将[①]载王于车而杀之，当时不尽知也。虽愍王家亦未之皆悉，而无忌兄弟皆稚。王胡之与无忌[②]，长甚相昵。胡之尝共游，无忌入告母，请为馔。母流涕曰：“王敦昔肆酷汝父，假手世将。吾所以积年不告汝者，王氏门强[③]，汝兄弟尚幼，不欲使此声著，盖以避祸耳！”无忌惊号，抽刃而出，胡之去已远。

注 释

① 世将：王廙（yì），字世将，王胡之之父，王敦的堂兄弟。

② 无忌：司马丞之子司马无忌，字公寿，袭封谯王。

③ 门强：门第高贵，权势熏天。

译 文

大将军王敦拘捕了司马丞，连夜派遣堂兄弟王廙把他弄到车中杀了，当时知道这件事的人很少。即使是司马丞家中的人也并不都清楚，而司马丞的儿子司马无忌兄弟年纪也都很小。王廙的儿子王胡之和司马无忌长大后感情很好。有一次，两人一起出去游玩，无忌回家禀告母亲，想请母亲准备些饭食。母亲哭着说：“王敦当年极端残暴地杀害了你父亲，就是假借王胡之的父亲王廙之手干的。我这么多年没告诉你们，是因为王家人势力强盛，你们兄弟两个又还年幼，我不想把这事张扬开来，是为躲避祸患罢了！”无忌听了之后非常惊讶，号啕大哭，拔出刀就往外冲，但王胡之已经走得很远了。

评 析

杀父之仇大过天，与仇人的儿子相交甚好委实大逆不道。但对于不知情的司马无忌而言，接受自己的友人是杀父仇人之子的事实也是十分残忍的，更何况父债子还，无法手刃王廙就只能杀了王胡之。在那样的时代，并不是不顾友情，只是约定俗成的伦理道德就是如此，所以应当予以理解。而人在暴怒之中，所作所为往往并不理性。设想倘若司马无忌真杀了王胡之，王家人又如何会放过司马家的孤儿寡母呢？

5

王右军素轻蓝田。蓝田晚节论誉转重，右军尤不平。蓝田于会稽丁艰[①]，停山阴治丧。右军代为郡，屡言出吊，连日不果。后诣门自通，主人既哭，不前而去，以陵辱之。于是彼此嫌隙大构。后蓝田临[②]扬州，右军尚在郡。初得消息，遣一参军诣朝廷，求分会稽为越州。使人受意失旨，大为时贤所笑。蓝田密令从事数其郡诸不法，以先有隙，令自为其宜。右军遂称疾去郡，以愤慨致终。

注 释

① 丁艰：指王蓝田死了母亲。

② 临：监临，治理。

译文

右军将军王羲之一向轻视蓝田侯王述。王述的晚年获得的评价和声誉更为广博，王羲之就更加不满。王述在任会稽内史时母亲去世了，于是留在山阴县办理丧事。王羲之接替他出任会稽内史，他好几次都说要前去吊唁，可是一连几天也没有去成。后来他亲自登门并通知王述自己前来吊唁，等到主人哭起来后，他又不上灵堂就走了，以此来侮辱王述。于是双方仇怨更深。后来王述出任扬州刺史，王羲之仍然主管会稽郡。刚得到任命王述的音讯时，王羲之就派一名参军上朝廷，请求把会稽从扬州划分出来，成立越州。但作为使者的参军接受任务时领会错了王羲之的意图，结果深为当代名流所讥笑。而王述也暗中派从事去一一检查会稽郡的各种不法行为，因为两人先前有嫌隙，王述就叫王羲之自己找个合适的办法来解决。王羲之于是告病离任，最后因愤慨而送了命。

评析

从一开始王羲之的轻视及侮辱，到后来王述的报复至王羲之离任、愤慨而亡，两个身居高位的大人物因为仇怨和嫌隙而做出种种令人不齿的行为。生活中，我们应当以不断提升自己为首要事宜，而不是紧盯他人的不足，浪费精力，最终得不偿失。

6

王东亭与孝伯语，后渐异。孝伯谓东亭曰：“卿便不可复测！”答曰：“王陵廷争，陈平从默，但问克终[1]云何耳。”

注释

① 克终：结果。

译文

东亭侯王珣和王恭交谈，后来意见渐渐有了分歧。王恭对王珣说：“你怎么变得越发不可捉摸了！”王珣回答说：“当年吕后要封兄弟们为王，王陵在朝廷上据理力争，而陈平却一言不发，只是问最后事情的结果如何。”

评析

面对强权，不要急于争夺话语权，以柔克刚往往更能四两拨千斤，以迂回的方式表达自己的观点，不仅能够更好地表述自己的意愿，更能顾及周全。但每个人的处事习惯与方法不同，所以也不必苛求整齐划一，只要能够有效地完成任务，取得一个好的结果即可。

7

王孝伯死，悬其首于大桁。司马太傅命驾出，至标所[1]，孰视首，曰：“卿何故趣[2]，欲杀我邪？”

注释

① 标所：立柱子悬首示众的地方。

② 趣：通“促”，急促。

译文

王孝伯死后，他的头颅被挂在朱雀桥上示众。太傅司马道子坐车出行，到悬首示众的地方，仔细地看着王孝伯的头，说道：“你为什么如此急着要杀我呢？”

评析

晋安帝时，太傅司马道子专权，引王愉、司马尚之为腹心。隆安二年（398），王孝伯以讨伐王愉等为名，起兵造反，兵败被杀。王孝伯死后却还遭到对手的如此辱没，实在可恨。